"형님. ──무시키 씨를, 저에게 주세요."

7

왕의 프러포즈
오흑의 종자

쿠가 마도카
─불운을 달고 사는 무시키와
루리의 이복 남매.

"착각을 해……?
무슨 소리를 하는 거야.
너는 무시키잖아."

"내 어디를 보고
무시키로 착각한 거지?"

쿠오자키 사이카
—어떤 이유로
쿠가 무시키의 몸과 융합한
세계 최강의 마녀.

카라스마 쿠로에
—사이카의 종자.
크나큰 비밀을 안고 있다.

"부끄럽지만~
사랑하는 오라버니를
위해 힘낼래요~♡"

후야죠 루리
—사이카, 그리고 오빠인
무시키를 편애하는 마술사.
평소와 어딘가 달라 보인다.

"하기로 한 이상, 반드시 이기겠습니다."

시온지 린도

—마술사 양성 기관
〈그림자의 누각〉 중등부
3학년인 마술사.

"프, 플레이~, 플레이……."

"응원 잘 부탁해애애애앳!
빌어먹으으으으으을!"

히메미야 라이무

—마술사 양성 기관
〈황혼의 가구〉 소속의 마도구사.
그리고 소년.

"—야회는 즐기고 있으려나.
    좀처럼 얼굴을 비추지 못해 미안해."

"시누이를 상대하는 건, 아내의 소임이니까요."

CONTENTS

king Propose 7

raven black colors servant

건강할 때도, 아플 때도.
기쁠 때도, 슬플 때도.
부유할 때도, 가난할 때도.
분명 당신은 변함없겠죠.

―저 자신도 모르는 사이에, 저는 당신의
그런 면에 구원받았습니다.

왕의 프러포즈
오흑의 종자

King Propose 7
raven black colors servant

서장 정원 야회 수칙

"—그럼, 정원 야회의 기획을 정할까 해요. 의견이 있는 사람은 말해 주세요."

마술사 양성 기관 〈공극의 정원〉, 고등부 2학년 1반 교실.

정원 야회 실행 위원인 나게카와 히즈미가 전자 칠판 앞에 서서 그렇게 말했다. 참고로 정원 야회란 일반적인 고등학교의 문화제 같은 것이다.

"노점이 좋지 않을까? 마술사 양성 기관에서만 맛볼 수 있는 특별한 것을 제공하는 거야."

"연극을 하자, 연극. 마술 이펙트도 잔뜩 넣고, 공중전도 화끈하게 펼치는 거야."

"으음~, 카페도 괜찮지 않아? 특별한 메뉴와 연출, 양쪽 다 담을 수 있거든?"

그런 아이디어가 연이어 나왔다. 히즈미는 전자 칠판에 그것들을 적었다.

"으음, 얼추 나온 것 같네. 다른 의견은—."

바로 그때, 눈썹이 파르르 떨린 히즈미가 말을 멈췄다.

그 이유는 짐작이 됐다. —이 반의 우등생이자 문제아인 후야죠 루리가 당당하게 손을 들었기 때문이다.

"……루, 루리도 의견 있어?"

히즈미는 불길한 예감에 사로잡혔지만, 그렇다고 무시할 수도 없었기에 루리를 향해 그렇게 말했다.

"응. ―가자, 무시키."

루리는 자리에서 일어나더니, 어느새 꺼내 든 선글라스를 멋들어지게 썼다.

그와 동시에 근처의 자리에 앉아 있던 쿠가 무시키(어째선지 그도 선글라스를 쓰고 있었다)도 자리에서 일어나더니, 루리와 등을 맞대듯 서며 팔짱을 꼈다.

학생들이 얼이 나간 표정으로 쳐다보는 가운데, 두 사람은 교단을 향해 성큼성큼 걸어갔다.

"루, 루리……?"

"잠시 자리 좀 빌릴게, 히즈미."

그리고 루리는 교탁에 섰고, 무시키는 그 뒤편에 놓인 단말 앞에 섰다.

무시키가 단말을 조작하자, 교실의 조명이 어두워지면서 천장에서 스크린이 스르륵 내려오며 펼쳐졌다.

"프, 프로젝터……?!"

"뭘 이렇게까지 신경 쓴 거야……."

"누가 이 바보들에게 기술력을 하사한 거냐고……."

그런 소리가 들려오며, 교실이 술렁거렸다.

루리는 가볍게 헛기침해서 입을 다물게 한 후, 이목을

모으려는 듯이 손을 들어 보였다.

"자, 그러면 프레젠테이션을 시작하겠습니다. 후야죠 루리와 쿠가 무시키, 그리고 카라스마 쿠로에가 제안하는 것은—."

"저까지 포함하지 말아 주십시오."

교실에 있던 검은 머리카락과 검은 눈동자를 지닌 소녀—카라스마 쿠로에가 도끼눈을 뜨며 그렇게 말했다.

하지만 루리는 개의치 않으면서 두 손을 펼쳤다.

"바로 이거야!"

그리고 그 목소리와 동작에 맞춰, 스크린에 어떤 글자가 표시됐다.

『인류 마녀화 계획』

그 글자가 표시된 순간, 정적이 흐르던 교실이 다시 술렁거렸다.

루리는 새가 지저귀는 소리를 즐겁게 듣고 있는 듯한 표정으로 그들을 진정시킨 후, 말을 이어갔다.

"이번 야회에서 〈정원〉이 외부의 귀빈에게 가장 어필해야 할 것은 무엇인가? —그야 물론 우리의 마녀님, 쿠오자키 사이카 님이야."

스크린에는 극채색의 두 눈동자를 지닌 절세 미녀의 사

진이 표시됐다.

거기에 맞춰, 커다란 박수와 새된 손가락 피리 소리가 울려 퍼졌다. 유심히 보니, 루리의 뒤편에서 무시키가 혼자서 힘쓰고 있었다.

"세계 최강의 마술사로 유명한 마녀님은, 그야말로 〈정원〉의 상징. 그러니―."

루리의 말에 맞춘 것처럼, 스크린의 영상이 바뀌었다.

"우선, 〈정원〉을 마녀님으로 물들이는 거야."

표시된 것은, 사이카를 의식한 듯한 디자인 및 장식으로 〈정원〉 부지 곳곳을 꾸민 이미지 영상이었다. 노점에는 사이카 가면과 사이카가 좋아하는 음식인 컵케이크 및 홍차 등이 놓여 있었고, 사이카를 데포르메한 마스코트도 보였다. 손님 또한 사이카 느낌의 옷과 가발을 쓰고 있었다. 문화제라기보다 사이카를 콘셉트로 한 테마파크 같아 보였다.

이것은 취지에서 벗어난다고 생각한 건지, 히즈미가 진땀을 삐질삐질 흘리며 입을 열었다.

"으음…… 루리? 그건 우리 반의 기획이라기보다, 야회 전체의 운영 방침으로 봐야 할 것 같은데……."

"……?"

"어, 왜 내가 이상한 소리를 했다는 듯한 표정을 짓는 거야?"

히즈미가 그렇게 말했지만, 루리는 개의치 않으며 말을

이어갔다.

"잘 들어. 마녀님과 하나가 되면서, 우리의 혼은 한 단계 더 높은 스테이지에 올라서게 될 거야. 이것은 계획의 제1 단계거든? 〈정원〉에서 시작해서, 도쿄를, 일본을, 세계를! 마녀님으로 물들이는 거야! 일어서라, 마술사! 우리는 이 자리에서, 인류 마녀화 계획을—."

분위기가 하늘을 찌르는 상태에서 이야기가 탈선했을 때, 찰싹! 찰싹! 하는 경쾌한 소리가 들려왔다. 어느새 슬리퍼를 손에 쥔 쿠로가 단상에 나타나서 두 사람의 머리를 때린 것이다.

"헉……."

"우, 우리가 대체……."

루리와 무시키는 정신을 차린 것처럼 고개를 들었다.

두 사람은 쿠로에게 목덜미를 잡히더니, 원래 자리로 끌려갔다.

히즈미는 쓴웃음을 흘리며 그 모습을 지켜본 후, 어험 하고 헛기침했다.

"그러면 아이디어가 얼추 나온 것 같으니 이만 정하도록 하자. 종류가 많으니까 〈정원〉식으로 말이야."

〈정원〉식이란 각자가 종이에 희망하는 것을 적어서 상자에 넣은 후에 대표자가 그 안에서 한 장을 뽑아서 결정하는, 이른바 추첨 방식이다.

인기가 있는 아이디어는 그만큼 적혀 있는 종이가 많아서 유리할 것이며 독자성이 강한 아이디어에도 기회가 주어지는 이 방식은 사이카가 즐겨 쓰기에 그렇게 불리게 됐다고 한다.

그래도 실현 불가능한 것이나 미풍양속에 반하는 것은 설령 뽑히더라도 무효 처리가 된다.

"참고로 루리 네가 내놓은 아이디어는 실현하는 게 불가능하니까, 더 현실적인 것을 종이에 써. 알았지?"

"아, 네."

"조심하겠습니다."

히즈미가 그렇게 말하자, 루리와 무시키는 순순히 고개를 끄덕였다. 마치 귀신에게 홀렸다가 깨어난 것만 같았다. 뭐, 등 뒤에 쿠로에가 있어서 그런 걸지도 모르지만 말이다.

─다들 종이에 자기가 지지하는 아이디어를 적은 후, 상자에 넣었다.

전원이 종이를 넣은 후, 히즈미가 상자 앞에 섰다.

"그럼 뽑겠어요. 우리 반이 올해 할 기획은─ 이거예요!"

히즈미가 상자 안에서 종이를 하나 꺼내더니, 힘차게 들어 보였다.

『오오……?!!』

거기에 적힌 글자가 공개되자…….

교실 안에서 경악 혹은 환희의 목소리가 흘러나왔다.

제1장 보호자에게의 연락은 신중하게

—그 사람은, 참으로 불가사의한 여자였다.

그렇다고 광대처럼 기발한 복장을 한 것도, 길거리에서 춤을 추고 있는 것도 아니다. 작은 목소리로 UFO와 교신을 시도하는 것도, 길 가는 사람에게 라즈베리 파이를 던지는 것도 아니다.

언뜻 보기에는 지극히 평범한 여성이다. 나이는 스무 살 정도일까. 재킷 호주머니에 손을 집어넣고, 곱게 땋은 긴 머리카락을 흔들면서 길을 걷고 있었다.

그녀의 어디를 불가사의하게 여기는 거냐고 물으면, 대부분의 사람은 분명 당혹스럽다는 듯이 고개를 갸웃거릴 게 틀림없다. 그녀는 그 정도로, **특별한 구석이 없었다.**

하지만, 길을 가는 그녀를— 정확히는 그 주위를 관찰해 보면, 기묘한 점을 눈치챌 수 있을 것이다.

"……."

"어, 왜 그래?"

"아니, 좀 쌀쌀하지 않아……?"

그녀를 스쳐 지나간 학생이 갑자기 팔을 문질렀고—.

"……."

"어? 뭐야. 기계가 고장난 거야?"

"안 들려~."

기분 좋게 노래하던 길거리 뮤지션이 갑자기 노래를 멈췄으며—.

"응애~! 으응……."

"어라, 갑자기 울음을 그쳤어……."

엉엉 울던 갓난아기가 갑자기 입을 다물었다.

하나하나는 사소한 일이다. 아마 본인들 또한 그 원인을 정확하게 파악하지 못했을 것이다.

실제로 그녀가 무언가를 한 것도 아니다.

그녀는 그저 목적지를 향해 걸음을 옮겼을 뿐이다.

하지만 그 과정에서 스쳐 지나간, 감각이 특별히 예민한 사람들이 본능적으로 『무언가』를 느낀 것에 지나지 않는다.

바로—.

"……."

그때였다.

그녀는 갑자기 걸음을 멈추더니, 천천히 고개를 들어 올렸다.

"또냐……."

십여 초 후. 주위의 인간도 그녀를 뒤따르듯 하늘을 올려다보기 시작했다.

그 이유는 단순했다. 끝없이 펼쳐진 하늘이 갑자기 무너지는가 싶더니, 그 너머에서 거대한 괴물이 얼굴을 내밀었기 때문이다.

파충류를 연상케 하는 긴 얼굴과, 뿔이 달린 머리. 그 모습은 온갖 이야기에 나오는 용 혹은 특수 촬영 영화의 괴수를 연상케 했다.

"헉—."

"저, 저게…… 뭐야……."

"진짜야? 대박. 사진, 사진—."

주위 사람들의 반응은 각양각색이지만, 몸 전체가 드러난 괴물이 지상을 향해 어마어마한 불길을 내뿜자 달라졌다.

"꺄아아아아아아아아아아아아아아아아앗—!!"

"우, 우와아아아아앗!"

"젠장! 저게 뭐야……!"

지상에 줄지어 있는 빌딩들을 휘감듯이 불꽃이 소용돌이치자, 비명과 고함이 울려 퍼졌다.

주위에 있던 사람들은 하나같이 입에 거품을 물면서 괴물로부터 도망치려는 듯이 길을 내달렸다. 번화가의 대로에서, 사람들의 급물살이 형성됐다.

그런 가운데, 그녀는 홀로 그 자리에 계속 서 있었다.

공포에 몸이 굳어 버린 것 같지는 않았다. 그 표정에서는 두려움이 전혀 존재하지 않았으며, 그 시선은 날뛰는 괴물을 그저 조용히 응시하고 있었다.

"꺄앗⋯⋯!!"

그런 그녀에게 앞에서 뛰어오던 어린 여자아이가 부딪치더니, 그대로 엉덩방아를 찧었다.

그제야 그녀는 시선을 돌리더니, 주저앉은 여자아이를 내려다봤다.

"⋯⋯."

"아⋯⋯, 죄, 죄송⋯⋯해⋯⋯."

그녀의 가라앉은 눈길에 꿰뚫린 것처럼, 여자아이는 겁먹은 목소리로 그렇게 말했다.

그 표정은, 괴물한테서 도망치다 다른 괴물과 마주친 것처럼 공포에 질려 있었다.

하지만 그녀는 딱히 화내거나 언성을 높이지 않으면서 몸을 숙이더니, 여자아이를 향해 손을 내밀었다.

"⋯⋯일어설 수 있겠니?"

"어⋯⋯ 아, 네⋯⋯ 네ㅡ."

여자아이는 뜻밖이라는 듯이 눈을 동그랗게 뜨더니, 머뭇머뭇 그녀의 손을 잡고 자리에서 일어났다.

"⋯⋯혼자구나. 부모님은?"

"으⋯⋯ 음, 떨어져서⋯⋯ 일단 도망쳐야겠다고⋯⋯."

"⋯⋯그랬구나."

그녀는 조용히 그렇게 말하더니, 서툰 손길로 여자아이

의 머리를 쓰다듬어 준 후에 천천히 가던 길을 계속 갔다.

앞쪽— 거대한 괴물이 날뛰고 있는, 아비규환의 한복판으로 말이다.

"어, 언니, 그쪽은 위험해요……!"

"……괜찮아. 어디 숨어 있어."

자기를 걱정해 주는 여자아이를 향해 그렇게 대답한 후—.

그녀는 다시 앞에 있는 괴물을 주시했다.

"……이제부터 중요한 볼일이 있어서 말이야. 미안하지만, 『없었던 일』이 되어 줘야겠어, 요괴."

"앗, 루리! 다음 마녀 포털 근처에 파티시에르 사이카 씨가 있어!"

"뭐?! 아까 궁도부 마녀님에게 써서, 컵케이크의 스톡이 얼마 안 돼!"

"나도 마찬가지야……. 큭, 빨리 더 사야 해……!"

"우오오오오오오오! 버텨 줘, 내 출동 수당! 3배다아아아아앗—!!"

"……아까부터 대체 뭘 하는 겁니까?"

쿠가 무시키와 후야죠 루리가 차 뒷좌석에서 스마트폰을 조작하면서 완전 익사이팅하고 있을 때, 왼편에서 검은색 머리카락과 검은색 눈을 지닌 소녀가 미심쩍은 표정으로 얼굴을 내밀었다.

새하얀 피부와 인형 같은 얼굴을 지닌 그녀는 쿠오자키 사이카의 종자인 카라스마 쿠로에다.

무시키와 루리는 한순간 서로를 쳐다본 후, 의아하다는 표정으로 그녀를 쳐다봤다.

"뭘 하냐니……."

"『Kuozaki-GO』거든?"

"의문이 더 깊어지는군요."

쿠로에는 도끼눈을 뜨며 그렇게 말했다.

무시키와 루리는 한동안 화면을 터치해서 목적을 달성하고 나서 찰싹! 소리가 나게 하이파이브를 한 후, 쿠로에를 향해 스마트폰의 화면을 내밀었다.

"힐데 씨가 제작한, GPS 기능을 이용한 애플리케이션 게임이에요. 현실의 맵과 연동되며, 실제로 길을 걸어가면 게임 안에서도 캐릭터가 이동하죠."

"맞아. 원래 도보에 맞춘 게임이니까, 지금처럼 차로 이동할 때는 맵이 어지럽게 변화해서 스릴이 넘친다니깐."

"파티시에르 사이카 님은 뭡니까?"

"아, 이런 식으로 맵에 다양한 사이카 씨가 존재해요."

"전국 각지에 있는 마녀님에게 컵케이크와 홍차를 바쳐서, 사진을 찍는 걸 허락받는 거야."

"흠. 잡거나 쓰러뜨리는 게 아니군요."

쿠로에는 태연한 어조로 그렇게 말했다.

하늘 무서운 줄 모르는 그 발언을 들은 순간, 무시키와 루리는 얼굴이 새파랗게 질리며 부르르 떨었다.

"무, 무슨 그런 무시무시한 소리를 하는 거예요, 쿠로에 씨……."

"기업 윤리라는 말, 몰라……?"

"우선 그 초상권을 완전히 무시한 듯한 그 게임을 향해 그 말을 해 주시겠습니까?"

쿠로에는 담담한 어조로 그렇게 말한 후, 작게 한숨을 내쉬었다.

"긴장하지 않은 건 다행입니다만, 곧 약속 장소입니다. ―무시키 씨, 오늘 목적은 잊지 않으셨겠죠?"

"……물론이에요."

무시키는 그 말을 듣고 스마트폰을 집어넣더니, 자세를 바르게 고쳤다. 그러자 그의 오른편에 앉아 있던 루리도 자세를 고쳤다. 둘로 나눠 묶은 긴 머리카락이 그에 맞춰 살랑거렸다.

그렇다. 무시키 일행은 현재, 드라이브를 즐기고 있는 것이 아니다.

차가 달리고 있는 곳은 무시키 일행이 속한 마술사 양성 기관 〈공극의 정원〉 부지가 아니다.

『밖』— 즉, 마술사가 아니라, 평범한 인간들이 생활하는 곳이다.

무시키는 이제부터, 이곳에서 어떤 면담을 성사시켜야만 한다.

"나는, 반드시, 누나한테서 편입 허가를 받아내겠어요."

무시키는 가슴속을 가득 채우고 있는 긴장감을 숨결과 함께 토해 내더니, 결의를 불태우며 주먹을 말아 쥐었다.

—지금으로부터 며칠 전. 무시키의 스마트폰으로, 『밖』에서 사는 누나로부터 연락이 왔다.

아무래도 무시키가 원래 다니던 고등학교를 통해, 그가 기숙사제 고등학교로 멋대로 전학한 것을 알게 되어서 확인 전화를 한 것 같았다. ……뭐라 할 말이 없을 만큼 타당한 이유였다.

하지만 무시키 또한 좋아서 누나에게 연락하지 않은 건 아니다.

약 반년 전, 어떤 사건에 휘말려서 목숨이 위험할 정도의 중상을 입고 만 무시키는 〈궁극의 정원〉 학원장, 쿠오자키 사이카와 융합해서 겨우 목숨을 부지했다.

그 후로 어떤 때는 무시키, 어떤 때는 사이카로서의 기묘한 이중생활을 하게 된 것이다.

"그래도 놀랐습니다. 무시키 씨와 루리 양에게 남매분이 계셨군요. —후야죠 가문의 분은 아니신 거죠?"

쿠로에가 두 사람을 쳐다보며 그렇게 말하자, 무시키와 루리는 팔짱을 끼며 고개를 끄덕였다.

"네. 아버지의 전처이신 분이 낳은 딸이라 들었어요. 즉, 이복남매인 거죠."

"맞아. 그래서 후야죠와는 아무런 상관이 없어. 마술사도 아니지. 나는 후야죠 가에 맡겨졌기 때문에 자주 만나진 않았지만, 무시키한테는 실질적인 보호자나 다름없을 거야."

"그렇습니까? 아버님이 계시지 않나요?"

쿠로에가 의아해하며 묻자, 무시키는 쓴웃음을 머금으며 볼을 긁적였다.

"아버지는 그다지 한곳에 머물지 않는 편이라서요……. 지금도 대체 어디서 뭘 하고 있는지 모르겠어요."

"……그렇군요. 〈정원〉 편입 수속 과정에서 관리부가 보호자에게 보고하도록 되어 있습니다만, 아버님에게서 누님에게 전달이 안 된 것 같군요. 송구합니다. 저희 쪽의 실수입니다."

쿠로에가 희미하게 인상을 썼다. 그것은 관리부의 실수로 화가 난 것처럼도, 그 점을 눈치채지 못한 자기 자신을 부끄러워하는 것처럼도 보였다.

"아뇨. 그때는 여러모로 정신이 없었으니 어쩔 수 없었을 거예요. ……그리고 아버지가 누나한테 한마디 해 줬으면 해결됐을 문제니까요. 저야말로 죄송해요."

무시키가 고개를 살며시 숙이자, 루리 또한 그 말에 동의한다는 듯이 고개를 끄덕였다.

"맞아. 쿠로에가 신경 쓸 필요 없어. 그 사회 부적합 쓰레기 아버지한테 뭔가를 기대하는 게 잘못이거든."

"말이 좀……."

도끼눈을 뜨고 있던 쿠로에는 문뜩 뭔가가 생각난 것처럼 루리를 쳐다봤다.

"그러고 보니 루리 양."

"왜?"

"여기까지 같이 와 주셨다는 건, 무시키 씨와 누님분의 면회 자리에 동석할 의향이 있으신 것으로 알면 되겠습니까?"

"앗…… 아……."

쿠로에의 말을 들은 루리가 갑자기 인상을 확 찡그리면서 식은땀을 흘렸다.

"아니…… 나는…… 없는 편이 낫지 않을까…… 싶은데……."

"어째서입니까? 루리 양에게 있어서도 언니분이실 텐데요?"

"아니, 그게…… 내가 같은 학원에 다니고 있다는 게 알려지면 귀찮은 설명이 늘어날 테니까…… 무엇보다, 나는 그 사람이 좀 거북하달까……."

"그렇다면 왜 따라오신 겁니까?"

쿠로에가 미심쩍은 눈길로 쳐다보자, 루리는 주먹을 말 아 쥐며 대꾸했다.

"그야 가족으로서 일이 어떻게 풀리는지 봐 두고 싶어서 야. 책임감을 느낀달까? 그것보다 내가 있으면 안 되기라 도 해?!"

"그런 건 아닙니다만……. 아마 지금쯤, 정원 야회 준비 중인 나게카와 양이 분노에 떨고 있으리라고 생각합니다."

"……!"

쿠로에가 그렇게 말하자, 루리는 식은땀을 삐질삐질 흘 렸다.

정원 야회란, 매년 10월에 〈정원〉에서 열리는 행사다. 내용은 연구 발표와 강연에 연극과 노점 등, 다양하다. 〈누 각〉과 〈방주〉, 〈영봉〉과 〈가구〉 같은 다른 양성 기관에서 도 손님이 오기에, 〈정원〉 학생으로서는 소홀히 할 수 없 는 일대 이벤트다.

반의 기획 자체는 여름에 결정해 두지만, 그 준비는 지 금 한다. 순혼제에 이어 이 행사의 실행 위원도 맡게 된 히 즈미는 너무 바쁜 탓에 하루가 다르게 인간성과 눈의 생기 를 잃어가고 있었다.

"무, 무서운 소리 하지 마. 그리고 쿠로에와 무시키도 같 은 반이잖아."

"저와 무시키 씨는 외출 허가를 받았으니까요."

"잠깐만…… 그럼 나는?!"

"출발 직전에 다짜고짜 이 차에 탄 사람의 허가를 어떻게 받으라는 겁니까?"

쿠로에가 그렇게 말한 바로 그 순간이었다.

세 사람의 스마트폰에서 동시에 알람음이 흘러나왔다.

"이건―!"

"―멸망인자 경보네. 『밖』에서 멸망인자의 출현이 확인됐을 때, 그 지점에서 반경 10킬로미터 안에 있는 마술사의 단말로 보내지는 거야."

"그 말은, 이 근처에 멸망인자가 있다는 거야?"

무시키는 방금 집어넣었던 스마트폰을 꺼내면서 표정을 굳혔다.

―멸망인자는 『이 세상을 멸망시킬 가능성이 있는 존재』의 총칭이다. 그 형태는 일정하지 않아서, 괴물이나 재해 혹은 병마일 때도 있다.

무시키를 비롯한 마술사는 약 300시간에 한 번 이 세상에 발생하는 위협을 토벌한다는 사명을 가지고 있다.

"그럼, 지금 바로 향해야 해."

"아니, 나 혼자서 충분해. 무시키는 이대로 약속 장소에 가. 가역 토멸 기간 안에 멸망인자를 해치우면 그 피해는 『없었던 것』이 된다, 같은 걸 지각의 변명으로 써먹을 수는 없는걸."

"아니, 하지만……."

"어, 설마 나를 걱정하는 거야? S급 마술사를 얕보지 말아 줄래?"

"물론 루리가 나보다 강하다는 건 알아. 그래도 귀여운 여동생을 홀로 보낼 수는 없어."

"무~시~키~. 진짜로 조심 좀 해, 무~시~키~. 바로 그런 점이 문제거든? 그런 자연스러운 한마디가 여자애를 착각에 빠뜨리거든~? 나는 괜찮지만, 다른 사람한테 함부로 그런 소리 마~. 알았어~?"

루리는 얼굴을 새빨갛게 붉히면서 무시키의 볼을 손가락으로 찔러댔다. 좀 아팠다.

그런 두 사람을 본 쿠로에는 하아 하고 한숨을 내쉰 후에 말을 건넸다.

"—두 분, 메시지를 확인해 주십시오. 이미 토벌 완료 보고가 와 있습니다."

"뭐?"

그 말을 듣고, 눈을 동그랗게 뜨면서 스마트폰의 화면을 쳐다봤다.

거기에는 쿠로에의 말대로, 출현한 멸망인자가 토벌됐다는 내용이 표시되어 있었다.

"아니, 출현하고 이렇게 빨리 말인가요?"

"엄밀하게 따지자면 『출현』과 『관측』은 다르며, 『통지』까지는 약간의 시간 차가 발생합니다. 희귀한 케이스지만, 출현 지점 근처에 마술사가 있을 때는 이런 일도 발생할 수 있죠."

"그렇군요……."

무시키는 이해했다는 듯이 그렇게 말했지만, 루리는 이상하다는 듯한 반응을 보였다.

"……어?"

"루리 양, 왜 그러십니까?"

"아니, 토벌한 사람이 『Unknown』이라서 말이야."

"흠……?"

쿠로에가 다시 스마트폰의 화면을 쳐다보자, 무시키는 고개를 살짝 갸웃거리면서 물었다.

"『Unknown』…… 정체불명이란 건가요?"

"그렇습니다. 단순히 인증이 늦어지고 있을 뿐일 수도 있습니다만…… 〈정원〉 및 다른 기관에 소속되지 않은 이가 멸망인자를 토벌했을 때도 이렇게 표시되죠."

"그건…… 예의 떠돌이 마술사 말인가요? 왠지 이미지와 맞지 않는 것 같은데요."

"떠돌이 마술사라고 뭉뚱그려서 부릅니다만, 그 안에도 다양한 유형이 있습니다. 일전에 문제를 일으켰던 〈살리쿠스〉처럼 사리사욕을 위해 마술을 쓰는 조직도 있는가 하면, 고대로부터 내려오는 가르침을 지키면서 하염없이 진리만을 추구하는 자들도 있죠. 혹은, 그저 공적 기관에 소속되지 않았을 뿐인 이들도 있습니다."

"그렇군요……. 즉, 우연히 출현 장소에 있었던 그런 마술사가 멸망인자를 쓰러뜨렸을 가능성이 있다는 건가요?"

"그럴지도 모릅니다. 아니면—."

쿠로에는 눈을 가늘게 뜨며 말을 이었다.

"그 이외의 케이스일 경우에도, 같은 식으로 표시되죠."

"네—?"

쿠로에가 그렇게 말하자, 무시키는 무심코 눈을 동그랗게 떴다.

그 이외, 라는 말은 어떤 의미일까. 기관에 속해 있는 마술사와, 속하지 않은 마술사. 그 외의 마술사가 있을 것 같지는 않은데 말이다.

무시키의 의문을 눈치챈 것인지, 쿠로에가 말을 이었다.

"최근 몇 년 동안, 토벌자를 알 수 없는 사례가 늘어나고 있습니다. 떠돌이 마술사가 싸운 장소는 현장에 마력 잔재가 남을 텐데, 그것도 확인되지 않죠."

"즉, 마술사 이외의 존재가 멸망인자를 토벌했다는 건가요?"

"글쎄요. 마술을 쓰지 않고 멸망인자와 싸우는 건 매우 어렵습니다. 정체를 드러내고 싶지 않은 떠돌이 마술사가 자신의 흔적을 지웠을 가능성이 더 크겠습니다만—."

바로 그 타이밍에 차가 멈추더니, 운전석에 앉아 있던 〈정원〉 스태프가 입을 열었다.

"목적지에 도착했습니다."

"감사합니다."

쿠로에가 짤막하게 대답했다. 그리고 시계를 곁눈질해서 시간을 확인한 후, 무시키를 향해 고개를 돌렸다.

"멸망인자 건은 상세한 내용을 알게 되는 대로 보고하겠습니다. 신경이 쓰이실지도 모르지만, 지금은 누님분의 설득에 집중해 주시길. 자료는 가지고 계시죠?"

"아, 네."

무시키가 약간 긴장한 표정으로 그렇게 말하자, 쿠로에는 담담한 어조로 말을 이었다.

"불안하시다면, 만약에 대비해 가까운 자리에서 제가 대기하겠습니다만—."

하지만 쿠로에의 제안을 들은 무시키와 루리는 동시에 고개를 저었다.

"아, 그건……."

"관두는 편이 좋을 거야."

"이유를 여쭤도 될까요?"

두 사람의 태도를 미심쩍게 여긴 것인지, 쿠로에가 그렇게 물었다. 그러자 무시키와 루리는 시선을 교환하면서 고개를 끄덕였다.

"뭐랄까…… 누나는 감이 무지 좋으니까, 아마 근처에서 상황을 살핀다면 들킬 거예요."

"응. 게다가 패밀리 레스토랑에서 만나기로 했잖아? 나이프나 포크 같은 예리한 금속이 놓인 곳에서 그 사람을 감시하는 건 너무 위험해."

"두 사람의 남매분은 대체 뭐 하는 사람입니까?"

쿠로에는 미심쩍어하면서 고개를 갸웃거리더니, 일단은 이해했다는 투로 말을 이었다.

"두 분이 그렇게 말씀하시니 자제하도록 하겠습니다. 그 대신, 이 소형 인터컴을 착용해 주십시오. 여차할 때는 지시를 내리겠습니다."

"아니, 그것도…….."

"관두는 편이 좋을 거야."

"……이유를 여쭤도 될까요?"

쿠로에는 미간을 찌푸리면서 물었다. 그러자 무시키와 루리는 당연하다는 듯이 고개를 끄덕이며 대답했다.

"소형이라고 해도, 각도에 따라서는 귀에 착용한 인터컴이 보일 거잖아요. 그러니 아마 무리일 거예요. 바로 들킬 게 뻔해요."

"맞아. 대화 내용이 궁금하다면 아마 몰래 듣는 게 한계일 거야. 그것도 전용 도청기가 아니라, 스마트폰 애플리

케이션을 이용하는 편이 나을걸? 그 사람은 눈으로 전파를 보는 게 아닐까 싶을 정도로, 수상한 전자기기를 잘 찾아내거든."

"그러니까 두 사람의 남매분은 대체 뭐 하는 사람입니까?"

쿠로에가 다시 물었다. 항상 냉정한 그녀답지 않게, 땀을 삐질삐질 흘리고 있었다.

"……뭐, 두 사람이 그렇게까지 말씀하신다면 어쩔 수 없군요. 그렇다면—."

쿠로에는 작게 한숨을 내쉬더니, 머리카락을 쓸어올리면서 그중 한 가닥을 움켜쥐었다.

"그렇다면 마술사의 방식을 쓰도록 하겠습니다."

그렇게 말하면서 뚝, 하고 머리카락을 뽑았다.

"무시키 씨, 손을 주십시오."

"어? 아, 네."

무시키가 시키는 대로 손을 내밀자, 조그마한 목소리로 뭔가를 영창하며 머리카락에 마력을 불어넣은 쿠로에는 그것을 그의 새끼손가락에 묶었다.

"이게 뭐죠?"

(—간이적인 염화 장치입니다.)

"우왓?!"

무시키가 묻자, 그 물음에 답하는 쿠로에의 목소리가 머릿속에 울려 퍼졌다. 그러자 무시키는 무심코 눈을 동그랗게 뜨며 머리를 감싸 쥐었다.

"실례했습니다. 놀라게 해드린 것 같군요. 체험해 보는 게 가장 빨리 이해되리라고 생각했습니다."

쿠로에가 이번에는 입으로 말해서 대답했다. 무시키는 놀라면서도 「아뇨」 하고 말하며 고개를 저었다.

"이런 것도 가능하군요. 대단해요."

"인간의 일부이면서 분리가 손쉬운 머리카락은 마술적으로 강한 의미를 지닙니다. 미리 술식을 걸어 두면, 초보자가 다루기 쉬운 것도 이점이죠. 겉보기에는 머리카락을 손가락에 묶고 있을 뿐이니, 상대가 마술사가 아니라면 의심하지도 않을 테죠."

"그렇군요……. 하지만 이렇게 편리한 방법을 왜 이제까지 쓰지 않은 건가요?"

"거리와 지속 시간 등의 제약이 많은 술법이기도 해서입니다. 디메리트도 적지 않죠. 이번 같은 케이스에서는 확실히 편리하지만, 종합적인 범용성 및 내구성을 보면 통신 기기가 우위를 점합니다. 물론 숙달된 마술사끼리라면 이야기가 또 달라지겠습니다만……."

무시키가 이해했다는 듯이 고개를 끄덕이자, 쿠로에는 「그것보다」 하고 말을 이었다.

"이래서는 일방통행입니다. 무시키 씨의 머리카락도 한 올 주시겠습니까?"

"이거면 될까요?"

무시키가 그 말에 따라 머리카락 한 올을 뽑아서 건네주자, 쿠로에는 아까와 마찬가지로 주문을 영창하면서 머리카락에 마력을 불어넣었다.

"그럼, 이것을 제 손가락에 묶어 주십시오."

"어, 저기…… 그래도 될까요?"

"왜 그렇게 묻는 겁니까?"

무시키가 볼을 붉히면서 그렇게 말하자, 쿠로에는 도끼눈을 뜨며 대꾸했다. 죄송해요, 하고 말하며 고개를 숙인 무시키는 쿠로에의 약지……가 아니라 새끼손가락에 머리카락을 묶었다.

쿠로에는 그 감촉을 확인하듯 손을 쥐락펴락한 후, 말했다.

"그러면 제 손가락에 묶인 머리카락을 의식하면서, 뭔가를 떠올려 주십시오."

"뭘…… 말인가요?"

"뭐든 좋습니다. 염화가 되는지 안 되는지 확인하려는 것뿐이니까요. 가능하면 말이 좋을지도 모르겠군요."

"으음~, 그렇군요……."

뭐든, 이라는 말을 들으니 더 고민이 된 무시키는 낮은 신음을 흘리며 팔짱을 꼈다.

바로 그때, 루리가 그를 향해 손짓했다.

"무시키, 이거 좀 봐."

"어? 뭘—."

바로 그때, 무시키는 무심코 말을 멈추면서 눈을 치켜떴다.

하지만 그러는 것도 당연했다. 무시키가 쳐다보기를 기다렸다는 듯한 타이밍에 루리가 내민 스마트폰의 화면에는—.

한 소녀의 모습이 담겨 있었다.

빛나는 머리카락은 햇살 빛깔.

눈부신 눈동자는 극채색.

그리고 얼굴은, 현기증이 날 정도로 아름다웠다.

그렇다. 그녀가 바로 〈공극의 정원〉 학원장이자, 극채의 마녀란 별명을 지닌 세계 최강의 마술사— 쿠오자키 사이카였다.

정면에서 찍은 사진이 아니었다. 일상의 한 장면을 담은 스냅샷이다. 한여름에 정원의 초목에 한창 물을 주는 와중에, 실수로 물을 뒤집어쓴 것일까. 햇빛을 받아서 눈부시게 빛나는 물방울 사이에서, 쓴웃음을 짓고 있는 듯한 표정이 담겨 있었다.

구도. 타이밍. 그리고 피사체. 모든 면에서 나무랄 데가 없는 완벽한 한 장이다.

그것을 본 순간, 무시키의 머릿속에서는 무한하다 해도 과언이 아닐 만큼 방대한 정보가 휘몰아쳤다.

—앗, 귀여워. 예뻐. 아름다워. 아리따워. 좋아해. 이런

건 본 적 없어. 내가 〈정원〉에 오기 전에 찍은 사진일까? 진짜 끝내주네……. 사이카 씨가 직접 물을 주고 있어? 진짜 희귀하잖아. 흩날리는 물방울. 볼에 달라붙은 머리카락이 자아내는 묘미. 계산된 듯한 무지개. 극채색의 눈동자에 맞춘 걸까? 너무 완벽해. 역시 쿠오자키 사이카 진흥회 종신 명예회장 후야죠 루리. 이 오빠도 네가 정말 자랑스러워……. 여름은 마녀. 초목도 물이 필요할 터. 정원에서 피어난 물보라. 저 아름다운 목덜미에 달라붙은 머리카락 한두 올의 정취. 물에 젖은 모습 또한 정취 있어 더할 나위 없노라—.

거기까지 들인 시간, 겨우 0.3초.

무시키는 반쯤 무의식적으로, 스마트폰을 쥔 루리의 손을 움켜쥐었다.

"회, 회장님…… 이게 대체 뭡니까?"

"누가 회장이라는 거야."

루리는 눈을 부라리며 말을 이었다.

"작년 여름에 찍은 거야. 내가 찍은 거지만, 베스트샷이라고 자부한다니깐."

"데이터를 공유해 주실 수 없으신지요……."

"흐음~? 어떻게 할까~."

루리는 장난스레 그렇게 말한 후, 반대편 좌석 쪽을 가리켰다.

"그것보다 저쪽 좀 봐."

"응?"

그 말을 듣고 왼편 좌석을 쳐다본 무시키는 눈을 동그랗게 떴다.

그 자리에 앉아 있던 쿠로에가 얼이 나간 듯이 공허한 눈빛을 하고 있었던 것이다.

"쿠로에? 왜 그래요? 쿠로에."

"——!"

무시키가 말을 건네자, 쿠로에는 그제야 정신을 차린 것처럼 어깨를 부르르 떨었다.

"……실례했습니다. 짧은 시간에 대량의 정보를 받은 탓에, 한순간 의식이 프리즈 상태에 처하고 말았습니다."

"어, 아, 혹시……."

쿠로에의 말을 들은 무시키가 자기 손가락에 묶인 머리카락을 쳐다봤다.

혹시 사진을 본 순간에 무시키의 뇌리에 스친 온갖 정보가, 쿠로에에게 전해진 것일까.

무시키의 생각을 눈치챈 건지, 루리는 당당하게 고개를 끄덕였다.

"—이런 사태도 벌어질 수 있으니까, 운용에 주의가 필요해. 어느 정도 마음을 허락한 이들끼리는 전달할 생각이 없었던 이미지까지 전달할 수 있거든."

"……루리 양. 일부러 이러신 거죠?"

"아니, 그게…… 미안해. 장난삼아서 해 본 건데, 의외로 효과가 너무 세서 깜짝 놀랐어. ……그것보다 얼굴이 좀 빨개진 거 아냐?"

"그렇지 않습니다."

쿠로에는 도끼눈으로 루리를 노려본 후, 마음을 다잡으려는 것처럼 헛기침했다.

"뭐, 좋습니다. 무슨 일이 있다면, 염화를 보내죠. 반대로 질문이나 확인 사항이 있다면 머릿속으로 생각을 해 주십시오."

"알겠어요."

"하지만, 이것은 어디까지나 보조 수단에 지나지 않습니다. 누님분을 설득할 수 있을지는 무시키 씨에게 달려 있어요."

"네. 이건 원래 제 문제니까요. 게다가 말이 안 통하는 사람도 아니에요. 성의를 다해 설명한다면 이해해 주리라고 생각해요."

두 눈에 결의의 불꽃이 어린 무시키가 그렇게 말하자, 쿠로에는 눈을 살짝 내리깔며 고개를 끄덕였다.

"그럼, 무운을 빌겠습니다."

"네."

짤막하게 답한 무시키는 안전띠를 푼 후, 가방을 들고

차에서 내렸다.

이곳은 무시키가 『밤』에서 생활하던 시절에 살았던 곳 근처에 있는 패밀리 레스토랑이다. 휴일 점심때라 그런지, 주차된 차량이 꽤 많았다.

"……좋아."

무시키는 마음을 다지면서 걸음을 떼더니, 패밀리 레스토랑에 들어섰다.

주위를 둘러보니, 누나는 아직 보이지 않았다. 무시키는 점원에게 나중에 일행이 오리라는 것을 전한 후, 창가의 테이블석에 앉았다.

그리고 약간 안절부절못하는 심정으로 10분 정도 기다렸을 때였다.

가게 밖에서 새된 브레이크 음과 격렬한 충돌음이 들려오자, 무시키는 흠칫하며 어깨를 부르르 떨었다.

"대, 대체 뭐야……."

(—아무래도 가게 앞에서 사고가 발생한 것 같습니다. 트럭이 담벼락에 충돌한 듯하군요.)

무시키가 무심코 그렇게 중얼거렸을 때, 그 말에 답하듯이 쿠로에의 목소리가 머릿속에서 들려왔다.

무시키는 뭐가 어떻게 된 건지 알겠다는 듯이 고개를 끄덕이며 염화로 대답했다.

(아…… 그런가요. 누나가 왔나 보네요.)

(네?)

쿠로에는 미심쩍어하는 듯한 목소리로 그렇게 대꾸했다.

그리고 잠시 후에 가게 입구의 문이 열리더니, 한 여성이 농밀한 연기를 두른 채 가게 안으로 들어왔다.

"……."

긴 머리카락을 한 갈래로 모아서 땋은, 스무 살 정도로 보이는 젊은 여성이었다. 긴 앞머리 사이로 보이는 두 눈동자는 마치 방금 가까운 이의 사망 소식을 들은 것처럼 음울했다. 하지만 무시키는 그녀가 딱히 화나거나 세상을 비관하는 게 아니라 평소 모습 그대로라는 것을 잘 알고 있다.

얇은 재킷과 핫팬츠 차림이며, 다리는 검은색 타이츠에 감싸여 있다. 등에 짊어진 기타 케이스가 꽤 개성적인 그녀의 인상을 전위적인 아티스트로 정리해 주고 있다. 온몸을 감싼 연기와 그을음 탓에, 라이브 연출로 화약을 너무 과하게 쓴 록밴드 싱어 같은 분위기가 났다.

"어, 어서 오십시오. ……한 분이신가요?"

여성의 범상치 않은 분위기에 압도당한 듯한 점원이 말을 건넸다.

"……아뇨. 만나기로 한 사람이 아마 먼저 와 있을 거예요."

조용한 목소리로 그렇게 대답한 여성은 가게 안을 둘러보더니, 무시키를 향해 걸어왔다.

"—마도 누나."

"……좀 늦었어. 오래 기다린 거야?"

무시키가 이름을 부르자, 그 인물은 작은 목소리로 중얼거리듯이 답했다.

그렇다. 그녀가 바로, 무시키가 기다린 사람.

이름은 쿠가 마도카. 무시키와 루리의, 배다른 남매다.

"아냐. 나도 방금 도착했어."

"……그래."

"그것보다, 몸은 괜찮은 거야? 엄청난 굉음이 들렸거든."

"……이 가게 앞에서 트럭이 돌진해 오지 뭐야. 아무래도 운전사가 졸음운전을 한 것 같아. 일단 운전석에서 끌어낸 후, 무사한지 확인했어. 구급차와 경찰은 근처에 있던 사람이 불러 준 것 같아."

"아, 그렇구나. 고생했네."

"……자주 있는 일이야."

무시키의 말에 그렇게 대꾸한 마도카는 느릿느릿한 동작으로 기타 케이스를 의자 위에 내려놓더니, 그 옆에 자리했다.

바로 그때, 머릿속에서 쿠로에의 목소리가 들려왔다.

(……무시키 씨?)

(네, 왜요?)

(아니, 방금 그 말로 끝입니까? 꽤 큰일이 벌어진 것 같

습니다만…….)

　(아…… 누나는 옛날부터 묘하게 운이 나빠서요. 길을 걷는데 나무가 누나 쪽으로 쓰러진다거나, 하늘에서 철골이 떨어지는 등의 일이 자주 일어나요. 뭐, 본인은 매번 멀쩡하고요.)

　(단순히 운이 나쁜 레벨을 초월했다고 생각합니다만…….아니, 그런 일을 겪고도 무사하다면 운이 좋은 것 아닐까요?)

　(아, 그럴지도 모르겠네요. 생각을 조금 전환했을 뿐인데 인상이 이렇게 달라지다니, 말이라는 건 참 불가사의해요.)

　(딱히 도움이 될 만한 사고방식을 소개해 드린 게 아닙니다만…….)

　쿠로에가 그렇게 말한 바로 그때였다.

　"어서 오십시오. 마실 물과 물수건을—, 어, 우왓?!"

　은색의 쟁반을 들고 걸어 온 점원의 발이 갑자기 미끄러지더니, 그 위에 놓인 컵과 물수건이 허공을 갈랐다.

　"……."

　마도카는 순간적으로 손을 뻗어서 그것을 공중에서 잡았다.

　하지만 물까지는 막을 수 없었기에, 컵 안의 물을 그대로 뒤집어쓰고 말았다. 몸을 일으킨 점원은 입에 거품을 물며 사과했다.

"죄, 죄송합니다, 손님……!"

"……개의치 마세요. 자주 있는 일이니까요. 그을음 범벅이었으니까, 마침 잘 됐어요."

마도카는 딱히 당황하거나 화내지 않으며 그렇게 말하더니, 수건으로 물에 젖은 얼굴을 닦았다.

(……이해했습니다. 확실히 운이 매우 나쁘신 분이군요.)

(그렇죠? 뭐, 본인은 이제 익숙해진 것 같지만요.)

쿠로에가 어처구니없다는 투로 그렇게 말하자, 무시키는 마음속으로 쓴웃음을 머금으며 대꾸했다.

마도카는 연신 사과하는 점원을 달랜 후, 음료를 주문했다.

커피와 홍차가 나올 때까지 기다린 후, 마도카는 차분한 목소리로 이야기를 시작했다.

"……오랜만이야."

"응. 누나는 여전한가 보네. 잘 지냈지?"

"……딱히 문제는 없었어. 무시키는 어때?"

"아, 응. —나도 잘 지냈어."

무시키는 미소를 머금으며 고개를 끄덕였다.

실은 몇 달 전에 죽을 뻔하기는 했지만, 괜한 말을 해서 걱정을 끼칠 필요는 없을 것이다.

하지만 그 대답을 들은 마도카의 눈썹 끝이 희미하게 꿈틀거렸다.

"……다치기라도 했던 거야? 아니면 병에 걸렸어?"

"뭐? 아, 그런 건—."

정곡을 찔린 무시키는 무심결에 부정하려 했다.

하지만, 무시키는 말을 멈췄다. ……그렇다. 어떻게 판별하는 건지는 모르겠지만, 마도카는 묘하게 감이 좋았다. 적당히 둘러대 봤자 괜히 불신감만 남으리라. 그래서 무시키는 작게 숨을 내쉬었다.

"……얼마 전에, 그럴만한 일이 있었어. 하지만 지금은 괜찮으니까 걱정하지 마."

"……그렇구나."

중요한 정보는 이야기하지 않았지만, 거짓말은 하지 않았다. 무시키가 그렇게 답하자, 마도카는 일단 이해한 듯한 반응을 보였다.

이 『거짓말은 하지 않았다』라는 것이, 마도카와의 커뮤니케이션에서 중요했다. 괜히 얼버무리지 않고, 말할 수 없는 건 말할 수 없다고 밝힌다. 마도카는 상대방이 비밀로 하고 싶어 하는 것을 억지로 캐물으려 하지 않는다. 언뜻 보면 그녀는 융통성이 없어 보이지만, 실은 상대방의 마음을 배려하는 성품과 관용을 지닌 사람이다.

하지만 거기에도 예외가 존재한다.

명백하게 상대방에게 잘못이 있는 경우. 혹은 그것을 숨기는 탓에 상대방에게 불이익이 발생하는 경우다.

예를 들자면—.

피호보자인 동생이 자기와 상의도 하지 않고 전학을 가는 경우다.

쿠가 마도카의 염라대왕 뺨치는 관찰안이, 인정사정없이 맹위를 발휘할 것이다.

"……그런데, 무시키. 대체 어떻게 된 거야?"

마도카는 조용하면서도 섬뜩한 목소리로 그렇게 말했다.

"왜 나한테 말도 하지 않고 전학을 간 건데?"

……누나지만, 위압감이 어마어마했다. 그 탓에 무시키의 이마에는 식은땀이 맺혔다.

하지만, 이대로 계속 압도당하고 있을 수만은 없다. 무시키는 끈적끈적한 진흙탕 속에서 헤엄치고 있는 듯한 착각에 사로잡힌 채, 어찌어찌 입을 열었다.

"미, 미안해, 마도 누나. 이런저런 일이 있었거든. 그리고 맹세하건대, 전학한 것을 마도 누나에게 숨기려는 의도 같은 건 없었어."

"……흠. 그러면 왜 이제까지 보고하지 않은 거야?"

"……일단 아버지한테는 연락이 됐을 텐데, 무슨 말……."

"못 들었어."

"그럴 줄 알았어~."

예상 대로의 답변이기에, 무시키는 인상을 찡그렸다.

마도카 또한, 무시키의 말을 듣고 불신감이 커진 것 같았다. 원혼에 사로잡힌 유령 같은 두 눈을 더욱 일그러뜨리며, 말을 이어갔다.

"……그 방탕한 아버지에게는 말했으면서, 나한테는 말도 안 한 거야?"

"아, 저기, 그런 게 아니야. 학원 측 사람이 보고했대서, 나는 마도 누나한테도 연락이 갔을 줄 알았어."

"……학원 측 사람?"

무시키가 그렇게 말한 순간, 마도카는 눈썹을 살짝 모았다.

"……그게, 쿠오자키 사이카란 여자야?"

"──."

갑자기 사이카의 이름이 언급되자, 무시키는 무심코 숨을 삼켰다.

하지만, 일전의 통화 때도 마도카는 사이카의 이름을 언급했다. 무시키는 가슴을 진정시키려는 듯이 숨을 고른 후, 차분한 목소리로 말했다.

"그 이름을, 어떻게……?"

"……너희 집 우편함에 들어 있던 서류에, 그 이름이 적혀 있었거든."

"아, 아하…… 그렇게 된 거구나……."

무시키는 이해했다는 듯이 고개를 끄덕였다.

어떤 서류인지는 모르겠지만, 아마 〈정원〉에서 보낸 것이리라. 그렇다면, 책임자인 사이카의 이름이 실려 있는 것도 이상하지 않았다.

참고로, 하고 마도카는 이어서 말했다.

"······우편함이 우편물이 잔뜩 들어 있더라. 기숙사제 학원으로 전학하면서, 우편 배송지 변경도 제대로 안 한 거야?"

"그건······ 자, 잘못했어."

그것은 순전히 깜박했다. 무시키는 미안한 마음에 몸을 웅크렸다.

마도카는 그건 됐어, 하고 말하면서 이야기를 재촉했다.

"······그것보다, 어떻게 된 거야?"

"으음······ 약간 특수한 케이스랄까, 복잡한 사정이 있달까······. 뭐라고 말하면 좋을지 모르겠네. 지금 다니는 학원에 스카우트된 느낌에 가깝달까······."

"······스카우트?"

무시키의 설명을 들은 마도카가 의아하다는 듯이 고개를 갸웃거렸다.

"왜 스카우트를 당한 건데? 너는 딱히 운동부 소속도 아니었잖아."

"아······ 응. 뭐······."

무시키는 애매모호하게 답하면서 팔짱을 꼈다. 마도카의 말대로, 무시키는 전에 다니던 학교에서는 운동부에 들어가지 않았다. 그렇다고 학업 성적이 매우 우수하지도 않았다. ······대체 그런 학생을 누가 스카우트할까. 자기가 한 말이지만 참 수상한 소리 같다고 무시키는 생각했다.

"아, 아무튼 좀 특이한 형태이기는 하지만, 정말 좋은 조건으로 지금 학원으로 전학하지 않겠냐는 제안을 받았어. 전학 수속과 보호자에게의 연락도 전부 맡아 주겠다고 하니까, 그냥 맡겨 버린 거야. 하지만 내가 직접 연락해야 했고, 확인도 해 봤어야 했어. 정말 미안해. —하지만, 마도 누나를 함부로 여긴 게 아니라는 것만은 믿어 줘."

"……"

무시키가 눈을 똑바로 응시하며 그렇게 말하자, 마도카는 가늘게 숨을 내쉬면서 팔짱을 꼈다.

아직 납득하지 않았을 뿐만 아니라 할 말도 산더미처럼 있지만, 일단 무시키의 주장을 들어 보자고 판단한 것 같았다.

마도카가, 다시 입을 열었다.

"……어떤 학원이야?"

"응?"

"……전학한 학원 말이야. 대체 어떤 곳인데?"

"아, 응……!"

무시키는 고개를 끄덕이더니, 들고 온 가방 안에서 큰 책자를 꺼냈다. —쿠로에게 받은, 사립 정원 학원의 팸플릿이다.

참고로 이것은 가짜 팸플릿이 아니다.

그렇다. 무시키가 속한 마술사 양성 기관 〈공극의 정원〉은 대외적으로 일반 학원 법인으로 운영되고 있다.

생각해 보면 앞뒤가 맞다. 그만한 규모를 자랑하는 시설인 것이다. 아무리 인식 저해 결계가 펼쳐져 있다고는 해도, 사람과 차량의 출입을 완전히 은닉하는 것은 곤란하다.

그렇다면 『뭘 하는지 알 수 없는 정체불명의 시설』인 것보다 『기숙사제 학원』으로 해 두는 편이 여러모로 낫다. 덕분에 같은 교복을 입은 마술사들이 학원 밖을 걸어 다니더라도, 인근 주민들에게 의심을 사지 않는다.

무엇보다, 현재의 무시키 같은 케이스— 마술사 가정 출신이 아닌 마술사가 〈정원〉에 소속될 때, 보호자에게 설명을 순조롭게 마칠 수 있다는 장점이 매우 크다.

일단 〈정원〉의 허가를 받으면, 3등급 이내의 친족 및 보호 책임자 한정으로 마술 및 멸망인자 등의 기밀 사항을 알려 주는 것이 가능하다.

하지만 진실을 알려 준다고 해서, 보호자가 그것을 순순히 믿으리란 보장은 없다. 「우리 애가 수상한 종교 단체에 속고 있어!」 하면서 〈정원〉에 보호자가 쳐들어온 일도 한두 번이 아니라고 한다.

그러니 공적인 소속을 밝힐 수 있다는 의미에서도, 대외적인 『얼굴』은 중요하다고 할 수 있다.

〈정원〉 부지 안에는 외부인이 견학할 수 있는 에어리어도 존재한다고 한다.

"이게 우리 학원의 자료야. 살펴봐."

"……흠."

무시키에게서 팸플릿을 넘겨받은 마도카가 그것을 훑어 봤다.

그리고 잠시 후, 고개를 들었다.

"……그래. 이것만 보면, 나쁘지 않은 학원이네."

"그렇지?"

대외적인 정보만으로 내린 판단이라고는 해도 〈정원〉이 칭찬을 받으니, 기분이 썩 나쁘지 않았다. 마도카의 태도 도 부드러워져서 그런지, 무시키는 기뻐하며 몸을 쑥 내밀 었다.

하지만—.

"……그래도, 이해가 안 돼."

마도카는 눈을 가늘게 뜨더니, 내뱉는 듯한 투로 이렇게 말했다.

"뭐?"

"……딱히 이 학원을 깎아내리려는 건 아냐. 하지만 전학 이라는 건 학생에게 있어서 중대사지. 어떤 판단으로 그런 결정을 내린 건데? 네가 원래 다니던 학교에 딱히 불만이 있었던 건 아니잖아. 무시키는 다른 곳에서 제안을 받았다 고 해서, 그렇게 간단히 모교를 버리는 인간이 아니잖아. 그것도 나와 상의도 하지 않고 말이야."

"마, 마도 누나……."

"—대답해, 무시키. 네가 전학을 결심한 결정적인 이유가 있을 거야. 그게 뭔데?"

마도카는 상대방을 꿰뚫을 듯한 날카로운 눈길로 무시키의 눈을 응시했다.

마치 마음속을 꿰뚫어 보는 듯한, 엄청난 위압감이 느껴졌다. 그 탓에 꼼짝도 할 수 없는 무시키는 폐를 쥐어 짜내서 겨우겨우 얇은 숨만 내쉬었다.

물론 진짜로 마음을 읽을 리가 없다. 하지만 직감적으로 이해했다. 거짓말을 해 봤자 의미가 없다. 아니, 마도카에게 나쁜 이미지만 줄 뿐이다.

"……."

무시키는 각오를 다지듯 주먹을 말아 쥐었다.

쿠로에게 사전에 허락은 받았다. —마도카가 대략적인 학원 정보만으로 이해해 준다면 다행이지만, 여차할 때는 마술과 멸망인자라는 기밀 사항을 밝히기로 말이다.

하지만, 그것은 리스크가 있다.

마도카는 무시키가 거짓말을 한다고 여기지 않겠지만, 학원 측으로부터 동생이 속고 있다는 판단을 내릴 가능성을 부정할 수 없었다.

또한 전부 믿어 주더라도, 몇 달 전의 루리처럼 무시키가 목숨을 걸고 싸우는 것에 반대할 가능성도 있다. 어느 쪽이든 간에, 이야기가 꼬이는 것은 피할 수 없으리라.

하지만, 이대로 적당히 둘러대며 얼버무리는 것은 불가능하리라고 여겨졌다. 이야기가 어느 쪽으로 굴러가든, 무시키가 지금 마술사로서 싸우고 있다는 사실을 밝힐 수밖에—.

"마도 누나, 실은—."

하지만 결심을 다지며 진실을 밝히려던 순간, 무시키는 입을 다물었다.

사이카의 모습이 뇌리를 스치는 것과 동시에, 어떤 의문이 생겨난 것이다.

—자신이 〈공극의 정원〉에 속하기로 결심한 이유는, 정말 마술사로서 멸망인자와 싸우기 위해서일까?

그런, 의문이 말이다.

확실히 그것도 이유이기는 할 것이다. 우연히 세계의 진실을 알게 되고, 자신도 싸워야만 한다는 생각을 한 건 거짓말이 아니다.

하지만 그것은, 마도카의 질문에 대한 답변으로 적당하지 않다는 생각이 들었다.

『전학을 결심한 결정적인 이유』. 무시키는 마도카의 질문을 마음속으로 다시 한번 되새겼다.

자신이, 〈공극의 정원〉에 들어가기로 결심한 이유.

마술사로서, 멸망인자와 싸우기로 결심한 이유.

—그 이유는, 하나뿐이다.

"……실은, 뭐?"

무시키가 도중에 말을 멈춘 것을 의아하게 여긴 건지, 마도카가 그렇게 물었다.

무시키는 마음속으로 그 대답을 떠올리며, 다시 마도카의 눈을 응시했다.

"나, 실은— 마음에 두고 있는 사람이 있어."

그리고, 올곧은 시선을 보내면서, 그 대답을 입에 담았다.

"……."

그 말에 마도카는 기나긴 침묵으로 답했다.

무시키의 눈을 똑바로 바라보며, 마도카는 움직임을 멈췄다.

눈을 깜빡이지도, 숨을 쉬면서 어깨를 희미하게 흔들지도 않았다. 완전히 얼어붙고 만 듯한 모습이었다.

하지만 무리도 아니다. 전학을 한 이유를 물었는데, 그런 대답을 들을 줄은 몰랐을 테니 말이다.

"그건……."

잠시 후…….

로딩이 그제야 끝난 것처럼, 마도카는 입을 열었다.

"……장래에 결혼하고 싶은 사람이 있어서, 이 학원으로 전학했다……?"

"응. 세세한 부분은 다르지만, 얼추 그런 느낌이야."

"……이름은?"

"뭐?"

"……그 상대 말이야. 이름이 뭔데?"

마도카는 노려보는 듯한 시선으로 응시하며 물었다.

무시키는 마른침을 삼킨 후, 결의에 찬 목소리로 그 이름을 입에 담았다.

"—쿠오자키, 사이카 씨."

"……."

무시키가 똑바로 바라보며 그렇게 말하자, 마도카는 머리가 지끈거리는 것처럼 이마를 짚었다.

하지만, 그러는 것도 무리는 아니었다. 그것은 아까 언급된 학원 관계자의 이름이니 말이다.

마도카는 잠시 침묵한 후, 말을 고르며 입을 열었다.

"……꽤 과감한걸. 졸업 때까지 기다리지 못한 거야? 연인과 오랜 시간 함께 있고 싶은 심정은 이해하지만—."

"아, 미안해. 연인 사이는 아냐."

"……뭐?"

무시키가 말을 끊으며 그렇게 정정하자, 마도카는 눈을 동그랗게 뜨며 고개를 갸웃거렸다.

"……연인 사이가, 아냐?"

"응."

"하지만, 결혼하기로 맹세하긴 한 거지……?"

"으음, 그 부분도 좀 다르달까…… 아직 명확한 대답은 못 받았어."

"……."

무시키가 쓴웃음을 머금으며 그렇게 말하자, 마도카는 몇 초 동안 생각에 잠기듯 침묵한 후에 호주머니에서 스마트폰을 꺼냈다.

"……결혼 사기…… 학생…… 변호사…… 상담……."

"마도 누나. 잠깐만 기다려. 마도 누나."

왠지 불온한 키워드로 검색하고 있는 듯한 느낌이 들었기에, 무시키는 허둥지둥 마도카를 말렸다.

"그런 게 아니야. 진정해. 진짜로 그런 게 아니야."

"……정말 괜찮은 거야? 상대는 학원 관계자지? 학생 숫자를 확보하기 위해 이용당한 거 아냐?"

"그, 그런 건 아니니까 안심해. 오히려 내가 일방적으로 좋아한다고나 할까, 한눈에 반해서 쫓아다니고 있을 뿐이야."

무시키가 그렇게 말하자, 마도카의 눈썹이 파르르 떨렸다.

"……한눈에 반해서, 사귀는 것도 아닌데, 상대방이 있는 학원에 전학하기로 결심한 거야?"

"으음…… 뭐, 그렇게 되겠네."

"……게다가, 연인도 아닌 상대에게 프러포즈도 한 거네?"

"정확하게는, 프러포즈를 할 권리를 달라고 부탁한 단계야."

무시키가 부끄러워하며 그렇게 말하자, 마도카는 다시 스마트폰을 쳐다봤다.

"동생…… 스토커…… 갱생…… 방법……."

"마도 누나. 잠깐만 기다려. 마도 누나."

아까보다 더 문제 많은 키워드로 검색하는 것 같았기에, 무시키는 허둥지둥 마도카를 말렸다.

"설명하기 어렵기는 한데, 마도 누나가 걱정할 만한 일이 일어난 건 아냐."

"……."

무시키의 말이 거짓말이 아니라고 판단한 건지, 마도카는 잠시 망설인 후에 스마트폰을 집어넣었다.

무시키는 안도의 한숨을 내쉰 후, 다시 자세를 고쳤다.

"뭐…… 이야기가 좀 우회하기는 했지만, 이번 건의 이유는 그거야. ……평범하게 생각해 보면 말도 안 된다 싶을 테고, 일을 벌인 후에 보고하게 되어서 미안하다고 생각해."

하지만, 하고 말한 무시키는 마도카를 똑바로 바라보며 말을 이었다.

"—나, 진심이야. 제발, 이 전학을 허락해 줘."

"……."

마도카는 미간을 찌푸리면서 잠시 생각에 잠긴 후, 천천히 고개를 저었다.

"……안 돼."

"뭐—."

무시키는 그 대답을 듣고 당황했다.

하지만 마도카는 진정하라는 듯이 손바닥을 펼쳐 보이며 말을 이었다.

"이렇게 중요한 일의 판단을 간단히 내릴 수 있을 리가 없잖아. —이 자료만으로는 충분하지 않아. 이 학원을 직접 견학해 보고 싶어."

그리고 테이블 위에 펼쳐진 팸플릿을 손가락으로 톡톡 두드리면서, 그렇게 말했다.

"그, 그건……."

마도카의 요구를 들은 무시키는 말문이 막혔다.

기밀 사항의 공개 허가는 받았지만, 직접 견학은 이야기가 달라진다. 외부인은 〈정원〉에 초대해도 될지는 무시키가 판단할 수 있는 일이 아닌 것이다.

무시키가 대답하지 못하고 있을 때, 그의 머릿속에서 목소리가 들려왔다.

(—괜찮습니다. 누님분의 요구는 올바르니까요. 부디 〈정원〉에 와 달라고 전해 주십시오.)

(……아! 쿠로에, 그래도 될까요?)

무시키가 염화로 그렇게 묻자, 쿠로에가 말을 이었다.

(네. 어찌 보면 무시키 씨는 현재 〈정원〉에서 가장 중요한 인물입니다. 보호자 분께서 이해해 주신다면 더할 나위 없죠. 마침 다음 주에는 정원 야회가 개최됩니다. 외부의 손님도 다수 방문할 예정이니, 마침 잘 됐습니다.)

(아, 알았어요.)

무시키는 그렇게 말하더니, 마도카를 향해 고개를 돌렸다.

그러자 마도카는 미심쩍은 눈길로 무시키의 얼굴을 응시했다.

"……방금 그 뜸은 뭐야. 누군가와 텔레파시라도 주고받은 거야?"

"조, 좀 생각에 잠겼을 뿐이야."

감이 좋은 데도 정도가 있다. 무시키는 등이 땀으로 축축해지는 느낌을 받았다.

"……뭐, 좋아. 아무튼, 견학 말인데……."

"응. 꼭 와 줘. 다음 주 15일은 어때?"

"……알았어. 시간을 비워 둘게."

마도카는 그렇게 말하더니, 테이블에 놓인 계산서를 들고 자리에서 일어났다.

"……그러면 먼저 실례할게. 볼일이 있거든."

"볼일?"

"……아르바이트 같은 거야."

"그렇구나. 바쁜데 시간 내게 해서 미안해."

"······신경 쓰지 마. 또 연락할게."

그렇게 말하면서 가려던 마도카가 갑자기 걸음을 멈췄다.

"확인 삼아 묻겠는데— 견학 때, 네가 마음에 둔 상대라는 사람도 소개해 줄 거지?"

"뭐? 아— 응. 물론이야."

"······좋아."

마도카는 짤막하게 답한 후, 그대로 돌아갔다.

그 뒷모습이 시야에서 사라지자, 무시키는 안도의 한숨을 내쉬었다.

아까는 큰일 나는가 싶었지만, 어찌어찌 될 것 같다. 뭐, 다음 주의 견학의 결과에 달려 있을지도 모르지만—.

"······아."

그제야······.

무시키는 눈치챘다.

"사이카 씨를······ 어떻게 소개하지?"

"——."

감고 있던 눈을 뜬 쿠로에는 눈썹이 희미하게 떨렸다.

백미러에 비친 루리의 얼굴에 불만의 기색이 어려 있던 것이다.

"왜 그러십니까, 루리 양. 마치 겉면이 쪼개진 찐빵 같은 얼굴을 하고 계시군요."

"볼멘 얼굴의 더 적절한 비유 표현은 없었던 거야?"

쿠로에가 그렇게 말하자, 루리는 더욱 볼을 부풀렸다. 그 모습은 오븐 안에서 부풀고 있는 빵 생지 같았다.

"됐어. 그것보다 머리카락을 통해 두 사람의 대화를 듣고 있지? 나한테도 알려 줘."

루리는 쿠로에의 새끼손가락을 가리키며 그렇게 말했다.

그러자, 쿠로에는 천천히 고개를 저었다.

"송구합니다만, 이것은 1인용입니다."

"듣기만 하는 거면 문제없지 않아? 남는 부분을 내 손가락에 묶어줘."

"하지만 루리 양과 제가 새끼손가락을 연결했다가, 이상한 소문이라도 돌면 곤란합니다만……."

"왜 갑자기 순진무구한 소녀 행세를 하는 건데? 너는 그런 캐릭터가 아니잖아?!"

바로 그때, 루리는 뭔가를 눈치챈 것처럼 미간을 좁혔다.

"……어, 표정이 왜 그래? 진짜로 부끄러워하는 거야?"

"네?"

"볼과 귀가 빨개졌어."

쿠로에는 그 말을 듣고, 사이드미러에 자신의 얼굴을 비춰 봤다. 확실히 루리의 말처럼, 표정에는 변함이 없지만 볼과 귀가 붉은색을 띠고 있었다.

물론 루리에게 한 말 자체는 농담이다. 무시키와 그의

누나가 나눈 대화 안에는 루리에게 들려주지 않는 편이 나을 화제가 섞여 있을 가능성이 있기에, 정보의 확산을 막았을 뿐이다. 결코 부끄러워하는 게 아니다.

그렇다면, 이것은―.

"……."

쿠로에는 아무 말 없이, 찰싹찰싹하고 자기 볼을 가볍게 때렸다.

그 갑작스러운 행동을 본 루리는 깜짝 놀란 표정을 지었다.

"어, 왜 그래? 갑자기 뭐 하는 거야?"

"정신을 좀 가다듬으려는 것뿐입니다. 그 바람에 얼굴이 좀 빨개진 것 같군요."

"이, 인과관계를 역전시키려고 하네……?"

쿠로에의 생각을 가늠할 수 없는 건지, 루리는 미심쩍은 표정을 지으면서 땀을 삐질삐질 흘렸다.

의도와는 조금 다르지만, 아무래도 주의를 돌리는 데는 성공한 것 같았다. 쿠로에는 작게 안도의 한숨을 내쉬었다.

그렇다. 루리에게 들켜서는 안 된다.

―머리카락을 통해 들려온 무시키의 말 때문에, 볼을 붉힌 걸지도 모른다는 사실을…….

◇

—달이 뜨지 않은 밤, 산에 발을 들이면 이계(異界)를 헤매게 된다.

그것은 이 지역에서 먼 옛날부터 내려오는 전설 같은 것이다.

하지만 그것 자체는 그렇게 드문 이야기가 아니다. 원래 산에는 많은 위험이 도사린다. 빛이 없는 밤에는 더 위험해진다. 낮에는 숨을 죽이고 있던 짐승이 어슬렁거리고, 익숙한 산길은 황천길이 된다. 그러니, 이계라 불리기에 걸맞은 위험지대가 틀림없는 것이다.

그렇기에, 그것은 아이들에게 위험을 알려 줄 때 들려주는 일종의 우화다. 밤늦게까지 깨어 있으면 요괴가 데려간다거나 부모 말을 안 들으면 귀신이 나온다 같은 것처럼, 한밤중의 산에 들어가면 행방불명이 된다는 이야기다. 밤의 어둠이 지금보다 절대적인 공포로 군림하던 시절, 세계는 지금보다 더 괴이에 가득 차 있었다. 그런 시절에 여기저기서 들을 수 있던 이야기다.

하지만 그런 이야기와 이 지역의 전설 사이에 결정적인 차이점이 존재한다면—

—그 산에는, 진짜 『이계』가 존재한다는 점이리라.

"—말씀 올립니다."

결계에 의해 외부와 격리된 촌락.

그 중앙에 있는 거대한 미로 같은 일본 가옥의 중심에서, 장년의 남성이 예를 표하며 그렇게 말했다.

그 남자가 있는 곳은 사방이 장지문으로 둘러싸여 있는 어둑어둑한 방이었다. 장지문 너머에는 어렴풋한 불길이 타오르고 있으며, 그 빛이 사람들을 비추면서 흔들리는 그림자를 자아내고 있었다.

"〈나마쿠라[#]〉가 도착하였습니다."

남자가 그렇게 말하자, 장지문 너머의 사람들은 반기는 듯한 반응을 보였다.

"오오, 왔느냐."

"기다렸다. 오래 기다렸어."

"드디어 우리의 숙원이 이뤄질 때가 온 건가."

쉰 목소리가, 세 방향에서 메아리쳤다.

다들 노년에 들어섰다는 건 의심할 여지가 없지만, 그 목소리는 정체불명의 박력과 위압감으로 가득 차 있었다.

그럴 만도 했다. 지금 이 자리에 있는 이들은 고대부터 이 땅에 뿌리를 내려 온 마술사 일족의 장로들이니까 말이다.

그렇다. 여기는 『이계』.

떠돌이 마술사 일족 아자무라가의 총본산이다.

#1 나마쿠라 일본어로 「무딘 칼」을 의미한다.

"〈나마쿠라〉라면 분명, 우리의 원통함을 풀어 줄 게야."

"비원의 때이니라. 숙원의 때이니라."

"그 증오스러운 마녀에게 피의 보복을 내려 주는 거다."

장로들은 입을 모아 그렇게 말하더니, 그대로 원한과 환희의 말을 계속 이어갔다.

〈나마쿠라〉란, 뒷세계에 널리 알려진 당대 최강의 자객을 말한다.

어마어마한 보수를 요구하는 데다, 자기 마음에 드는 일만 맡는다고 하는 변덕쟁이 사신.

하지만 〈나마쿠라〉가 마음만 먹는다면, 그 송곳니에서 벗어날 수 있는 자는 이 세상에 존재하지 않는다고까지 일컬어지고 있다.

장로들은 오랜 시간과 수고를 들인 끝에, 겨우 그 인물과 접촉하는 데 성공한 것이다.

"빨리—."

"〈나마쿠라〉를 여기로 데려와라."

"—네."

장로들이 명하자, 남자는 공손히 고개를 숙인 후에 방에서 나갔다.

그리고 잠시 후, 방 밖에서 엄청난 소리와 진동이 전해져 왔다.

"뭐, 뭐냐. 이게 대체 무슨 소리지?"

"설마, 습격인가?"

"말도 안 돼. 이 촌락은 결계에 감싸여 있건만……."

장로들 사이에서 당혹감이 감돌았다.

잠시 후, 아까 남자가 나갔던 장지문이 격렬하게 열어젖혀졌다. 그리고 자욱한 연기를 피우면서 한 여자가 안으로 들어왔다.

겉보기에는 꽤 젊어 보였다. 아직 소녀라고 불러도 과언이 아닐 외모다. 하지만 몸에서 감도는 범상치 않은 기백이 그녀를 어마어마한 괴물로 보이게 했다.

"……복도의 바닥 판자가 썩었더라. 신경 좀 써."

그 여자는 헝클어진 앞머리를 쓸어 올리면서 그렇게 말했다.

장로들은 장지문 너머에서 땀을 삐질삐질 흘리며 대답했다.

"으, 음."

"미안하게 됐구나."

"튼튼한 걸로 교체하도록 하지."

장로들은 그렇게 말한 후, 다시 마음을 다잡으려는 듯이 헛기침했다.

"아, 아무튼 와 줘서 고맙다, 〈나마쿠라〉여."

"오늘 밤에 그대를 이곳으로 부른 건, 부탁할 일이 있어서이니라."

"부디, 부디, 그 악랄하고 악독하며 악취미한 마녀를 해치워 다오."

"……마녀?"

여자— 〈나마쿠라〉는 미간을 찌푸리며 되물었다.

그러자 장로들은 고개를 끄덕이더니, 원한을 늘어놓듯 말했다.

"그래. 약 100년 전, 우리가 이런 산간벽지로 내몰리게 된 원흉."

"자신을 정통이라 칭하며, 자신을 따르지 않는 마술사를 전부 배제한 압제자—."

"극채의 마녀를 죽여 다오."

"……."

장로들이 그렇게 말하자, 〈나마쿠라〉는 잠시 생각에 잠긴 후에 입을 뗐다.

"……조건은?"

"방법은 따지지 않겠다. 보수 또한 그대가 원하는 대로 주지."

"하지만 결행일 만은, 이달의 15일로 잡아 줬으면 하느니라."

"그날이야말로, 과거에 우리가 마녀와 싸운 인연의 날이기에—."

하지만 장로들이 그렇게 말한 순간, 〈나마쿠라〉는 손바닥을 펼치며 말을 끊었다.

"……거절하겠어. 미안하지만, 그 의뢰를 못 맡아."

"뭐—."

그 대답을 들은 순간, 장로들은 당혹스러워했다.

"어, 어째서지?"

"설마 그대 같은 자객이 겁을 먹은 건 아닐 테고 말이야."

"어떤 연유로 마녀를 죽이지 못한다는 게냐."

장로들의 질문에, 최강의 자객은 조용한 목소리로 답했다.

"그날은…… 동생이 다니는 학원을 견학하기로 되어 있거든."

"""……뭐?"""

세 방향의 장지문 너머에서, 어처구니가 없다는 듯한 목소리가 동시에 들려왔다.

하지만 〈나마쿠라〉는 개의치 않으면서 그대로 뒤돌아서더니, 그대로 왔던 길을 따라 돌아가려 했다.

"자, 잠깐만. 기다려 다오."

"학원…… 견학?"

"겨우 그런 일 때문에, 의뢰를 거절한다는 게냐?"

"……겨우 그런 일? 나한테 있어서는 그 무엇보다도 중요한 일정이거든?"

〈나마쿠라〉가 언짢은 투로 그렇게 말하자, 장로들은 다급히 말을 이었다.

"아, 아니, 말이 과했구나. 하지만, 하다못해 우리 이야기라도 들어 다오."

"그 마녀는 앞날이 창창한 젊은이들을 모아서 악질적인 세뇌를 한 후, 전장에 투입하고 있느니라."

"그 마녀 탓에 목숨을 잃은 자는 수백 명이 넘지."

"그 여자를 내버려둬선, 이 세상에 해가 될 게야."

"부디, 부디 그 마녀를—."

"쿠오자키 사이카를 죽여 다오."

"……."

그 말을 들은 순간, 눈썹이 희미하게 흔들린 〈나마쿠라〉는 고개를 들었다.

"……방금, 뭐라고 했어? 그 마녀의 이름이 뭐랬지?"

〈나마쿠라〉의 질문에, 장로들은 뜻밖이라는 반응을 보였다.

"쿠오자키 사이카다만—."

"그게, 어쨌다는 게지?"

"설마, 그 이름을 아느냐?"

최강의 자객은, 조용히 주먹을 말아 쥐며 대답했다.

"……그건, 내 동생이 좋아하는 사람의 이름이야."

제2장 허위 및 사칭은 자제해 주십시오

10월 15일, 밤.

"오오—."

그 광경을 본 무시키는 무심코 눈을 동그랗게 떴다.

도쿄 도 오쿄 시 한편에 있는 마술사 양성 기관 〈공극의 정원〉.

남들 몰래 세계를 지키는 현대 마술사들의 정원은 현재 활기에 차 있었다.

정문에서 중앙 학사까지의 길이 아름답게 장식되어 있으며, 곳곳에 다양한 노점이 줄지어 있었다. 주위에는 평소 등교 때를 아득히 넘어서는 숫자의 학생들로 넘쳐나고 있었으며, 사방에서 환성이 들려왔다.

학생들의 옷차림 또한 다양했다. 〈정원〉 교복 위에 앞치마를 걸치고 요리에 힘쓰는 자도 있는가 하면, 자기 반의 기획을 선전하기 위해서인지 화려한 의상을 걸치고 간판을 손에 든 채 길을 걷고 있는 이도 있었다. 중심가를 따라서는 고양이 혹은 해골 같은 디자인의 기묘한 인형탈이 길을 가는 이들에게 과도한 어필을 하고 있었다.

그리고 그것만이 아니었다. 붉은색을 베이스로 한 블레

이저 교복과 흰색 세일러 교복처럼 〈정원〉 이외의 양성 기관의 교복을 입은 이들 또한 상당수 존재했다.

—정원 야회. 1년에 한 번 열리는 문화제다.

평소에는 인지를 초월한 기적의 힘을 배우고 세계에 닥친 위기에 대처하는 마술사들의 정원이지만, 이때만은 『밖』의 학교와 마찬가지로 즐거운 분위기가 감돌고 있었다.

그래도 유심히 보면 장식 중 일부가 입체영상으로 형성되어 있고, 노점 일부는 마술사 손님을 대상으로 한 것이기에 『밖』의 문화제와는 꽤 분위기가 달랐다. ……『마력 과녁 맞추기』나 『슬라임 건지기』는 그렇다 쳐도, 『공중 폭파 뽑기』나 『사왕쟁패 그랜드 고리 던지기』 같은 건 어떻게 즐기는 건지 무시키는 짐작조차 안 됐다.

"정말 활기가 넘치네요. 밤에 문화제를 하는 건 좀 특이하지만요."

"그 이름대로, 원류가 되는 것은 마녀의 야회니까요."

무시키가 한 말에, 옆에 있던 쿠로에가 대답했다.

"마녀의 야회라는 건—."

"흔히 말하는 사바트입니다."

"어."

쿠로에가 그렇게 말하자, 무시코는 무심코 눈을 동그랗게 떴다. 쿠로에는 그런 반응을 보이리라 예상했던 것처럼 말을 이었다.

"어떤 상상을 하시는 건지 얼추 짐작됩니다만, 무시무시한 악마 숭배적인 이미지는 나중에 더해진 것입니다. 원래는 안식일을 가리키는 말이죠."

"그렇군요……."

무시키는 이해했다는 듯이 그렇게 말하더니, 다시 주위를 둘러보며 말을 이었다.

"손님은 전부 마술사인가요?"

"초대객은 다른 양성 기관 관계자와 마술 관계자 및 재학생의 친인척으로 한정되는 만큼, 그렇게 생각해도 문제는 없을 겁니다."

무시키의 질문에, 옆에 있던 쿠로에가 답해줬다.

"그래도 무시키 씨의 누님분처럼, 마술사가 아닌 보호자도 아예 없는 건 아니죠."

이어서 그런 말이 들려오자, 무시키는 고개를 끄덕였다. 오늘의 최대 목적을 잊지 않았다는 것을 밝히듯이 말이다.

그렇다. 오늘은 정원 야회의 개최일임과 동시에, 무시키의 누나이자 보호자인 쿠가 마도카가 〈정원〉을 견학하러 오기로 한 날이었다.

"일단 확인 삼아 묻는 건데, 누나에게는 대외용 스페이스만이 아니라 야회 개최 중인 에어리어를 보여 줘도 괜찮은 거죠?"

"네. 만약 설명 요청을 받는다면, 마술 같은 기밀 사항에 관한 정보를 공개해도 괜찮습니다. 마술사 가정 출신이 아닌 재학생 중에는 보호자에게 기밀 사항을 숨긴 채 활동하는 학생도 있습니다만, 이번처럼 자세한 설명을 요청받는다면 어느 정도의 정보를 공개하는 편이 이해를 구하기 쉬우니까요."

"……만약, 이해해 주지 않는다면 어쩌죠?"

"온갖 케이스를 고려해서 다양한 준비가 되어 있습니다만— 끝까지 이해해 주지 않으실 경우, 기억 처리라는 방법도 있습니다."

"그건—."

"〈정원〉에 관한 기억을 전부 잊게 하는 겁니다. 자신이 무시키 씨의 전학에 의문을 품었다는 기억조차도 말이죠."

"그, 그렇군요……."

쿠로에가 표정을 전혀 바꾸지 않으며 그렇게 말하자, 무시키는 식은땀을 흘리며 대꾸했다. ……기밀 정보의 공개를 간단히 승낙한 것은, 그런 최종 수단이 있기 때문일지도 모른다.

그런 무시키의 우려를 눈치챈 건지, 쿠로에는 말을 이었다.

"걱정하지 마시길. 어디까지나 그것은 최후의 수단입니다. 이쪽 또한, 보호자 분께 이해를 얻는 것이 최선이니까요."

"그, 그렇죠?"

"이제까지 그런 시술을 한 건 102건밖에 안 됩니다."

"밖에……?"

무시키가 당혹스럽다는 듯이 미간을 찌푸리자, 이번에는 왼편에서 목소리가 들려왔다. ―루리였다.

"시작하기 전부터 걱정해 봤자 의미 없잖아. 언니를 설득해야 하는 사람은 무시키니까, 가슴 펴고 당당히 굴어. 자기가 어째서 이 학원에 다니고 싶은지를 어필해야 하는데, 그렇게 불안한 표정을 짓고 있으면 상대방에게 불안이 전파될 거야."

무시키를 위험에 처하게 하고 싶지 않다는 이유로 그를 이 학원에서 쫓아내려 했던 루리가, 가슴을 펴며 그렇게 말했다. 내 여동생이지만 참 마음이 강한 아이라고 무시키는 생각했다. 농담이 아니라 진짜로 본받고 싶은 자세였다.

거꾸로 말하자면, 한때 무시키가 이 학원에 다니는 것을 반대했던 루리가 지금은 이렇게 응원해 주고 있다. 그러니 마도카를 설득하는 것도 불가능한 일은 아니리라. 무시키는 결의를 다시 다지듯 주먹을 말아 쥐었다.

"응. 고마워. 최선을 다해 볼게."

"바로 그거야. 그럼 슬슬―."

바로 그때, 루리가 갑자기 말을 멈췄다.

무시키는 의아하게 생각했지만, 곧 이유를 눈치챘다.

"―루리~? 쿠가~? 카라스마 양~?"

갑자기 등 뒤에서, 그런 목소리가 들려온 것이다.

희미하게 어깨를 떨면서 뒤를 돌아보니, 어느새 한 여학생이 그 자리에 서 있었다. 〈정원〉 소속 마술사라는 것을 가리키는 짙은 보라색 교복과 어깨 근처까지 기른 부드러워 보이는 머리카락. 온화한 얼굴로 부드러운 미소를 머금고 있지만, 왠지 말로 형용할 수 없는 박력이 느껴졌다.

그녀는 세 사람의 친구이자 루리의 룸메이트인, 나게카와 히즈미였다.

"이런 데서 뭐 하는 거려나~. 우리 반의 기획은 카페니까, 밖에 나갈 필요 없거든? 혹시 잊은 거야?"

"히, 히즈미……."

루리가 떨리는 목소리로 이름을 부르자, 히즈미는 상냥한 미소를 머금으며 말을 이었다.

"알아. 바깥의 축제 분위기를 느껴 보고 싶었을 뿐이지? 물론 이해해. 역시 1년에 한 번뿐인 축제잖아. 하지만 우등생인 루리가 당일에 농땡이를 부리려는 건 아니지? 홀도 주방도 정신없으니까, 빨리 돌아와 줬으면 좋겠네~."

"무, 물론이야. 하지만, 저기, 해야만 하는 일이 있어서……."

"해야만 하는 일?"

히즈미가 웃으면서 고개를 갸웃거렸다. 그 모습을 본 루리는 도움을 청하듯이 무시키와 쿠로에를 돌아봤고, 쿠로에는 어쩔 수 없다는 듯이 한숨을 내쉬면서 설명을 시작했다.

"실은 곧 있으면 무시키 씨의 누님분께서 학원 견학을 하러 오실 예정입니다. 그분을 안내하기 위해 여기서 기다리고 있는 거죠."

"아, 그렇구나. 혹시 쿠가의 누나분은—."

"마술사가 아니십니다."

쿠로에가 그렇게 말하자, 얼굴의 미소를 지운 히즈미는 표정을 굳히면서 팔짱을 꼈다.

"앗…… 아……, 그렇구나. 그거…… 큰일이겠네."

그리고 이해한다는 듯이 그렇게 말했다. 왠지 실감이 어려 있는 듯한 느낌이 들었다. 〈정원〉에서는 흔하게 있는 일일지도 모르며, 어쩌면 히즈미 본인도 마술사 가정 출신이 아닌 걸지도 모른다.

"……그러면 어쩔 수 없네. 힘내. —누나분의 안내를 마친 후에 도와주면 고맙겠어."

히즈미가 체념한 듯이 한숨을 내쉬며 그렇게 말하자, 무시키는 고개를 끄덕였다.

"응. 물론이야. 바쁠 때 빠져서 미안해."

"네. 참고로 응대는 저와 무시키 씨가 맡을 테니, 루리 양은 데려가셔도 됩니다."

"잠깐만……, 쿠로에?!"

쿠로에가 느닷없이 배신하자, 루리는 새된 목소리로 그렇게 외쳤다.

하지만, 이미 늦었다. 루리가 그 말을 부정하기도 전에, 다시 온화한 미소를 머금은 히즈미가 그녀의 어깨를 꽉 잡은 것이다.

"뭐야~. 그런 건 빨리 말해 주지 그랬어. 자. 그럼 가자, 루리. 손님이 기다리고 있어."

"이, 이익, 쿠로에에에에에에엣—!! 배신한 거냐아아아아 앗! 이 원한은 무슨 일이 있어도 갚고 말 테다아아아아아 아아—."

원령 같은 말을 남기며, 루리는 히즈미에게 질질 끌려갔다.

그런 두 사람을 배웅한 후, 쿠로에는 한숨을 내쉬었다.

"자. 성가신 짐 덩어리를 치웠으니, 마중 준비를 시작하 도록 할까요."

"짐 덩어리라고 하니 좀 안 됐다 싶은데요……."

무시키가 쓴웃음을 머금으며 그렇게 말하자, 쿠로에는 도끼눈을 뜨며 대꾸했다.

"무시키 씨와 함께 누님분을 맞이해 준다면 몰라도, 일 전처럼 후방에 대기할 뿐이라면 딱히 필요 없습니다. 오히 려 『처치』에 방해가 될 가능성마저 있죠. 카페 일을 도우러 보내는 편이 이득이 될 겁니다."

쿠로에는 딱 잘라 그렇게 말한 후, 무시키를 돌아봤다.

"곧 있으면 약속 시간이군요. 저는 소정의 장소에서 대 기하고 있을 테니, 작전대로 진행해 주십시오. 무슨 일 있으시면 염화로 연락 부탁합니다."

그리고 그렇게 말한 쿠로에는 일전과 마찬가지로 무시키의 머리카락이 묶여 있는 손가락을 가리켰다.

"—네. 잘 부탁해요."

진지한 표정으로 고개를 끄덕인 무시키는 쿠로에와 헤어진 후에 초대 손님으로 북적이는 〈정원〉의 중심가를 따라 남쪽으로 걸어갔다.

그리고, 다른 곳보다 화려하게 꾸며져 있는 〈정원〉 정문에 도달했다.

고딕한 느낌의 성을 연상케 하는 입체 영상으로 뒤덮인 정문에는 큼지막하게 『정원 야회』라는 글자가 적혀 있었으며, 그 양옆에서 〈정원〉 관리 AI 시르벨을 데포르메한 디자인의 마스코트가 춤추고 있었다.

문화제가 끝나면 표시를 없애기만 하면 되기에, 이런 대규모 장식은 입체 영상으로 표시하는 편이 낫다고 한다. 약간 아쉽게 느껴지기는 하지만, 효율을 중시하는 그런 면에 원장인 사이카의 기질이 반영되고 있는 느낌이 들기도 했다.

하지만, 그런 화려한 장식이 존재하는 건 〈정원〉의 부지 안뿐이다.

정문을 통과해서 『밖』으로 나간 순간, 정원의 정문은 평소 모습으로 되돌아갔다. 물론 부지 안에서 개최되고 있는 야회의 풍경 또한 보이지 않았다. —〈정원〉에 쳐진 인식 저해 결계의 효과다.

이미 익숙해졌지만, 역시 불가사의한 광경이다. 무시키는 문을 힐끔 쳐다본 후, 〈정원〉에 들어가는 초대 손님에게 방해가 되지 않도록 정문에서 약간 떨어진 곳으로 이동했다.

마술사가 아닌 마도카는 재학생인 무시키의 동반 및 소개 없이는 안으로 들어갈 수 없다. 그래서 〈정원〉 밖에서 만나기로 한 것이다.

그렇게— 얼마나 기다렸을까.

멀리서 땅울림 같은 소리가 들려오자, 무시키는 고개를 들었다.

"어—?"

그쪽을 쳐다보니, 대형 바이크 한 대가 밤의 어둠을 찢으며 맹렬히 달려오는 모습이 눈에 들어왔다.

"저건 혹시…….'

무시키는 말을 이으려다 미간을 좁혔다. 〈정원〉에 꽤 가까워졌는데도, 그 바이크는 속도를 전혀 줄이지 않았다.

"우왓……?!"

검은색과 은색으로 구성된 그 강철 말은 무시키의 바로 옆을 스치며 지나가더니, 그대로 〈정원〉의 외벽에 충돌하며 불길에 휩싸였다.

"우와아아아앗?! 뭐, 뭐야?!"

"사고야! 바이크가 벽에 충돌했어!"

"불을 꺼! 소화기를 가져와! 물의 술식을 쓸 수 있는 애라도 괜찮아!"

"어, 어……."

비명과 고함이 퍼지며 무시키가 망연자실하게 서 있을 때, 불꽃과 검은 연기 안에서 얼굴 전체를 가리는 헬멧을 쓰고 기타 케이스를 짊어진 사람이 빠져나왔다.

그 사람은 무시키의 앞에 서더니, 천천히 헬멧을 벗었다. 그러자 낯익은 얼굴이 드러났다.

"마도 누나?!"

"……그래."

여성— 마도카는 짤막하게 대답하더니, 헬멧을 옆구리에 끼면서 흐트러진 머리카락을 정리하듯 머리를 가볍게 흔들었다. 그 화려한 등장과 차분한 태도를 본 주위 사람들이 술렁거렸다.

"으음…… 괜찮아?"

"……갑자기 브레이크가 먹통이 됐어."

"그, 그랬구나……. 큰일날 뻔했네."

"세 대째야."

"세 대째."

"올해 들어서."

"올해 들어서?!"

누군가가 그녀의 목숨을 노리고 손을 쓴 게 아닐지 의심할 레벨이었다. 누나의 불운이 비교적 익숙한 편인 무시키도 그 말에는 놀라고 말았다.

"무사해서 다행인데…… 그렇게 자주 이런 일이 일어난다면 돈도 많이 들지 않아? 그냥 버스나 택시를 이용하는게……."

"……바이크면, 나 혼자만 피해를 보면 되거든."

"……."

많은 의미가 함축된 말이었기에, 무시키는 말문이 막혔다.

바로 그 타이밍에, 쿠로에의 목소리가 머릿속에서 들려왔다.

(……불운은 여전하시군요. 그래도, 무사하셔서 다행입니다. 뒤처리는 이쪽에서 할 테니, 무시키 씨는 누님분과 함께 안으로 들어가시죠.)

(아, 알았어요.)

"일단 가자, 뒤처리는 학원 측에서 해 줄 거야."

"……아니, 그럴 수는 없어. 경찰도 불러야만 하잖아."

"괘, 괜찮아. 여기는 좀 특수한 곳이거든."

무시키는 의외로 상식인인 마도카의 등을 밀며, 〈정원〉의 정문으로 걸어갔다.

그러자 마도카는 느릿느릿 무시키를 쳐다봤다.

"……여기가 정원 학원이구나. 문화제를 하고 있는 것처럼 보이지는 않네."

"응. 이제부터 좀 믿기지 않는 일이 벌어질 건데, 놀라지 말아 주겠어?"

"……응? 그래, 알았어."

무시키가 그렇게 말하자, 마도카는 고개를 갸웃거리면서도 알겠다고 답했다.

고개를 끄덕인 무시키는 입구에서 수속을 마친 후, 마도카를 안으로 안내했다.

인식 저해 결계를 통과해, 학원 안으로 들어섰다.

그러자 밖에서 볼 때와는 전혀 다른 시끌벅적한 경치가, 눈앞에 펼쳐졌다.

"……이건……."

마도카는 지극히 차분한 어조로 주위를 둘러보더니, 작게 한숨을 내쉬었다.

"……그래. 정말 불가사의해."

그 반응을 본 무시키는 식은땀을 삐질삐질 흘렸다.

"그다지 놀라지 않네……?"

"……놀라지 말라고 말한 건 무시키잖아."

"아…… 응."

확실히 마도카의 말이 옳았기에, 더는 아무 말도 할 수 없었다.

하지만 마도카 또한 아무 의문 없이 상황을 받아들인 건 아닌 건지, 무시키 쪽을 쳐다보면서 물었다.

"……그런데, 대체 무슨 일이 벌어진 거야? 설명해 줄 거지?"

"—물론이야."

무시키는 똑바로 바라보며 고개를 끄덕이더니, 각오를 다지며 말을 이었다.

"경치가 달라진 것은 인식 저해 결계라고 불리는 마술의 영향이야. 『밖』에서 내부가 보이지 않게 한 거지."

"마술……."

"응. 실은 나— 이 학원에서 마술을 배우고 있어."

"……."

무시키의 고백에, 마도카는 희미하게 미간을 좁혔다.

그리고 생각에 잠기듯이 한동안 입을 다물었다.

무리도 아니다. 신화나 전설 혹은 만화나 게임에서나 들을 단어를, 무시키가 진지한 목소리로 입에 담은 것이다. 혼란스러워하는 게 당연했다.

마도카는 몇 초 동안 침묵에 잠긴 후, 무시키의 눈을 쳐다보며 천천히 입을 열었다.

"그 마술이란 건—."

"응."

"배우면, 장래 취업에 유리한 거야?"

"뭐?"

마도카의 입에서 나온 뜻밖의 질문에, 무시키는 당황하고 말았다.

"취, 취직……?"

"……그래. 따지고 보면 전문학교 같은 거잖아. 물론 진학해도 상관없지만, 나중에 고민하지 않도록 졸업 후의 진로는 일찌감치 정해 둬."

"그런 게 아니라……."

무시키는 혼란스러운 머릿속을 진정시키려는 듯이 이마에 손을 대면서 말을 이었다.

"뭐랄까……『마술이 뭔데?!』라든가『그딴 게 실제로 존재하는 거야?!』같은 반응은 안 보이는 거야?"

"……눈앞에서 펼쳐진 일을 의심해 봤자 의미가 없잖아. 그것보다, 그 마술이라는 게 네 장래에 어떤 식으로 도움이 될지가 중요해."

"으, 으음……."

바닥을 알 수 없는 중압감이 느껴지는 말이었기에, 무시키는 무심코 위축되고 말았다.

마술이라고 하는 기밀 사항을 알게 됐을 때『밖』의 인간들이 보일 것으로 예상되는 반응과 받게 될 질문의 패턴에 관해, 쿠로에와 면밀한 시뮬레이션을 해왔다. 하지만 이런 상황은 예상하지 못했다.

무시키는 기억을 살피더니, 예전에 쿠로에게 들었던 이야기를 그대로 입에 담았다.

"졸업하고 나서 학원에 남는 사람도 있고, 외부에 취직하는 사람도 있나 봐. 마술사가 경영하는 회사나 운영하는 단체가 꽤 있어서, 그런 곳에 속하는 게 가장 보편적인 패턴이라고…… 들었어."

"……그렇구나. 수평적 관계가 *끈끈한* 업계 같네."

마도카는 팔짱을 끼더니, 이해했다는 투로 그렇게 말했다. ……어째서일까. 무시키는 자기가 마술 이야기를 하는 건지, 공업 고등학교 이야기를 하는 건지 헷갈리기 시작했다.

그렇게 무시키가 당혹스러워하고 있을 때, 마도카는 화제를 바꾸려는 듯이 팔짱을 풀었다.

"그러고 보니, 무시키. 학원 안내는 이제부터 받을 거지만— 다른 한 건을 잊은 건 아니겠지?"

"물론이야."

마도카가 그렇게 말하자, 눈썹이 희미하게 떨린 무시키는 고개를 끄덕였다.

다른 한 건— 그것은 단적으로 말해, 무시키가 이 학원으로 전학하게 된 이유다.

즉, 무시키가 마음에 두고 있는 상대를 소개해 주는 것이다.

그것은 오늘의 메인 이벤트라고 해도 과언이 아닌 어려

운 문제다. 그도 그럴 것이, 소개를 해 줘야 하는 사이카가 현재 무시키와 융합한 상태인 것이다.

하지만 그 요구는 사전에 들었다. 그리고 그 요구에 대응할 방법 또한 강구해 뒀다. 그 건에 관해서는 이미 쿠로에와 논의를 마쳤다.

"이야기를 해 뒀어. 지금 불러올게. 마도 누나는 여기서 잠시 기다려 줄래?"

"……괜히 여기까지 발걸음하게 할 필요 없잖아. 내가 찾아가겠어."

"괘, 괜찮아! 잠시만 기다려 줘!"

무시키는 허둥지둥 그렇게 말해서 마도카를 이 자리에서 기다리게 한 후, 서둘러 이 자리를 벗어났다. 그리고 그대로 샛길로 들어가더니, 인적 없는 건물의 뒤편으로 향했다.

"―쿠로에."

"네. 기다리고 있었습니다, 무시키 씨."

그곳에서는 아까 헤어졌던 쿠로에가 대기하고 있었다.

무시키의 모습을 보자마자 살며시 예를 표한 후, 말을 이었다.

"일전에도 생각했습니다만, 꽤 유쾌한 누님분이시군요."

"네. 뭐…… 제 누나지만 동감이에요. 마술을 보고도 취직에 유리하냐고 물을 줄은 몰랐지만 말이죠."

"이런 우연도 다 있군요. 저도 옛날에 『밖』의 분에게 마술에 관한 정보를 공개했는데, 상대방이 전혀 관심을 보이지 않았던 적이 있습니다."

"어, 정말요? 세상에는 그렇게 별의별 사람이 다 있군요."

"……네, 동감입니다."

어째선지 쿠로에는 무시키를 째려보듯 쳐다봤다. 그러자 무시키는 영문을 모르겠다는 듯이 고개를 갸웃거렸다.

"뭐, 됐습니다. 지금은 이런 이야기를 나눌 때가 아니니까요. 빨리 『처치』를 하도록 하죠."

"……아! 네. 맞아요."

"그럼—."

무시키가 그렇게 답하자, 쿠로에는 천천히 손을 뻗어서 무시키의 목뒤에 둘렀다.

딱히 처음 하는 것도 아니고, 마음의 준비도 해뒀다. 그런데도 역시 긴장이 된 무시키는 무심코 볼을 붉혔다.

"으음—."

하지만 쿠로에는 주저 없이 그대로 얼굴을 내밀더니, 서로의 입술을 포갰다. 희미한 숨결이 코에 닿으면서, 부드러운 감촉이 입술을 통해 느껴졌다.

뇌를 태우는 듯한 황홀함과 술에 취한 듯한 몽롱함 속에서, 무시키의 몸이 옅은 빛에 휩싸이더니—.

그를 방금과는 전혀 다른 모습으로 변모시켰다.

밤의 어둠 속에서도 아름다운 햇살 빛깔의 머리카락과

인형을 연상케 할 만큼 아름다운 얼굴.

그리고, 그 한복판에서 빛나고 있는 두 눈의 색깔은—
극채색.

소름이 돋을 정도로 아름다운 소녀가, 그 자리에 서 있
었다.

그녀가 바로 세계 최강의 마술사이자, 〈공극의 정원〉 학
원장. 쿠오자키 사이카다.

—존재변환. 마술에 의해 사이카와 융합하고 만 무시키
는 외부에서의 마력 공급을 통해 자기 몸을 사이카로 변환
시킬 수 있다.

그렇다. 이것이 바로 무시키와 쿠로에가 내놓은, 단순하
면서도 명쾌한 마도카 대처법이다.

무시키와 사이카가 표리일체라면, 몰래 사이카로 존재변
환을 한 후에 마도카의 앞에 다시 모습을 보이면 되는 것
이다.

물론 무시키와 동시에 존재할 수 없다는 게 문제지만,
그것은 어쩔 수 없다. 중요한 점은 사이카의 모습으로 마
도카에게 인사를 해서, 무시키의 전학을 받아들이게 만드
는 것이다. 그러니 필요에 따라 변환을 반복하면서, 설득
을 시도해 볼 수밖에 없다.

"휴—. 그럼 다녀올게, 쿠로에."

무시키는 작게 한숨을 내쉰 후, 우아한 손길로 쿠로에의

머리를 쓰다듬었다.

그 목소리는, 말투는, 그리고 동작은 아까까지의 무시키와 딴판이었다.

목소리는 몸에서 유래한 것이지만, 다른 두 가지는 무시키의 초인적인 관찰력과 집념의 결과물이다. 그 완성도는 국제 사이카 연합 사무총장, 후야죠 루리조차 속일 정도다.

"네. 무운을 빕니다, 사이카 님."

쿠로에는 그렇게 말하며 공손히 예를 표했다. 무시키는 가볍게 손을 흔든 후, 비단 같은 머리카락을 휘날리면서 아까 왔던 길을 걸어갔다.

"아······!"

"마녀님— 마녀님이야!"

"우와, 본인이야? 대박······."

"실존하는구나······."

주위 학생들이 무시키의 존재를 눈치채더니, 환성을 터 뜨렸다. 〈정원〉 학생이라면 몰라도, 다른 양성 기관의 학생 중에는 사이카의 실물을 보는 게 처음인 사람도 적지 않을 것이다. 그러니 저런 반응을 보이는 것도 무리는 아니다.

무시키는 미소를 머금더니, 그런 학생들을 향해 작게 손을 흔들어 주면서 목적지를 향해 걸어갔다.

아까 마도카와 헤어진 장소에 가 보니, 그녀는 마지막으로 봤을 때와 눈곱만큼도 다르지 않은 모습으로 서 있었다.

무시키는 각오를 다지듯 숨을 들이마신 후, 마도카를 향해 천천히 걸어갔다.

그리고, 단아한 미소를 머금으며 마도카에게 말을 건넸다.

"—안녕."

"……응?"

"네가 무시키의 누님분이지? 무시키한테 이야기는 들었어. 만나서 반가워. 내가 쿠오자키 사이카야. 이 학원의—."

하지만, 무시키는 말을 끝까지 잇지 못했다.

그 이유는 지극히 단순했다.

"뭐 하는 거야……? **무시키.**"

사이카의 얼굴, 사이카의 몸, 사이카의 목소리, 사이카의 동작으로 말을 건넨 무시키에게…….

마도카가, 미간을 찌푸리며 그렇게 말한 것이다.

"—."

예상조차 못한 말이기에, 무시키는 무심코 움직임을 멈추고 말았다. 몸속이 차갑게 식어가면서, 등을 타고 식은 땀이 흘러내렸다.

하지만, 그것도 잠시에 불과했다. 쿠오자키 사이카는 당황하지 않는다. 무시키는 사이카를 연기할 때, 평상시와는 비교도 되지 않을 만큼 멘탈이 강해진다.

"하, 하—. 재미있는 소리를 하는걸. 참 유쾌한 분이시잖아."

"……그 모습도 마술이야? 그것보다, 말투는 또 왜 그래?"

하지만 정신을 추스르며 사이카의 연기를 이어가려 하는 무시키에게, 마도카는 아까와 다름없는 태도로 말을 이어갔다.

이 자리에 나타난 소녀에게 위화감을 느꼈다거나, 무시키의가 관여를 의심하고 있는 레벨이 아니다. 명백하게, 눈앞에 있는 인물을 무시키로 인식하고 있다. 키도, 얼굴도, 머리카락 길이도…… 성별마저도 다른데 말이다.

정말, 영문을 모르겠다. 무시키는 어찌어찌 온화한 미소만을 유지하며 마도카에게 물었다.

"……후학을 위해 물어도 되려나. 내 어디를 보고 무시키로 착각한 거지?"

"착각을 해……? 무슨 소리를 하는 거야. 너는 무시키잖아. 신체 각도, 눈을 깜빡이는 타이밍, 호흡— 전부 무시키야."

"뭐……."

"다른 건 외모와 목소리뿐이잖아."

"……."

……외모와 목소리가 다르면, 엄연히 다른 사람이라고 생각하는데 말이다.

마도카가 당연한 듯이 그렇게 말하자, 무시키는 완전히 입을 다물고 말았다.

최후의 보루인 미소만은 어찌어찌 유지하고 있지만, 새 하얀 볼을 타고 땀방울이 흘러내렸다.

전부터 감이 날카로운 사람이라고 생각했다. 하지만, 이 정도면 명백하게 비정상적인 레벨이다. ─각도? 눈 깜빡임? 호흡……? 그런 것으로 무시키를 판별한 것인가.

확실히 걸음걸이를 가지고 개개인을 특정 짓는 기술이 있다는 이야기를 들은 적 있다. 하지만, 평범한 인간에게 그런 미묘한 차이를 분간하는 게 정말 가능할까─.

무시키가 혼란에 빠진 채 생각에 잠겨 있을 때, 마도카가 몸을 쑥 내밀었다.

"……입체 영상은 아닌 것 같네. 몸의 감촉…… 인형탈이라고 보는 것도 무리야……. 몸을 변화시킨 건가……?"

그리고 거침없이 무시키의 몸을 만지고 꼼꼼히 뜯어보면서 냄새를 맡자, 무시키는 무심코 몸을 배배 꼬았다.

"잠깐……."

"……아니, 그렇다기에는 원형이 너무 남아 있지 않아……. 아니, **신체에 스토리가 과하게 담겨 있어.** 하루아침에 쌓을 수 있는 이력이 아냐. ……모델로 삼은 인물이 존재해……. 아니, 이미 존재하는 신체를 빌린 건가……? 인격을 바꾸는 마술…… 그런 것이 존재하는 거야? 아니면─."

"······."

마도카가 무시키의 목덜미에 코를 대고 냄새를 맡더니, 고개를 들어 올렸다.

그 동작이, 시선이, 무시키가 숨을 삼키게 만들었다.

최신예 관측기기가 대상물의 구조를 구석구석까지 스캔하는 것처럼······.

갯과의 동물이 냄새만 맡고 사냥감의 다양한 정보를 파악하는 것처럼······.

이대로 마도카의 시선을 받다간, 무시키와 사이카의 비밀이 전부 들통나고 말 듯한 공포를 느낀 것이다.

"가슴 떨림······ 땀······ 희미한 위산 냄새······. 왜 그래? 긴장한 거야?"

무시키가 동요했다는 것을 눈치챈 것처럼, 마도카는 눈구멍 안의 눈을 움직이며 그렇게 말했다.

"—미, 안하지만, 볼일이 생각났어. 실례하지."

무시키는 말라 버린 목을 적시려는 듯이 침과 함께 숨을 삼킨 후, 어찌어찌 사이카의 가면을 유지한 채로 그렇게 말하면서 빠른 걸음으로 그 자리를 벗어났다.

참고로 마도카는 이상하다는 듯이 고개를 갸웃거릴 뿐, 무시키를 쫓지는 않았다. 어쩌면 진짜로 무시키가 다른 사람의 모습을 한 것을 신기하게 여겼을 뿐일지도 모른다.

"하아······."

무시키는 초대 손님과 〈정원〉 학생으로 북적이는 중심가를 빠져나가더니, 인적 없는 뒷골목에 도망치듯 몸을 숨겼다.

그러자 다음 순간, 몸이 옅은 빛을 뿜으면서 사이카의 몸이 무시키의 몸으로 변모했다.

무시키에서 사이카로 존재변환하기 위해서는 외부에서의 마력 공급이 필요하지만, 반대 경우에는 마력 공급이 필요 없다.

정신 상태가 크게 흔들리면서 마력 방출량이 현저하게 늘어난다면, 몸이 자동으로 마력 소비가 적은 무시키 모드로 변화하는 것이다.

간발의 차이였다. 아까 거기서 존재변환이 발생했다면, 마도카는 물론이고 다른 학생과 초대 손님에게도 정체가 들켰을 것이다. ……마도카는 그다지 놀라지 않았을지도 모르지만 말이다.

"큰일 날 뻔했군요."

"히익!"

갑자기 목소리가 들려오자, 무시키는 화들짝 놀라며 어깨를 부르르 떨었다.

고개를 돌려보니, 쿠로에가 눈에 들어왔다. 아까 쿠로에와 헤어진 곳과는 다른 장소에 숨었는데, 아무래도 무시키가 마도카와 헤어지는 모습을 보고 쫓아온 것 같았다.

"쿠, 쿠로에……."

"네."

쿠로에는 짤막하게 답하더니, 표정을 굳히면서 턱에 손을 댔다.

"다시 묻겠습니다만— 무시키 씨의 누님분은 대체 뭐 하는 사람입니까?"

그리고, 무시키가 온 방향을 노려보며 그렇게 말했다.

그런 반응을 보이는 것도 무리는 아니다. 오히려, 동생인 무시키가 묻고 싶은 지경이다.

"설마 진짜로 눈 깜빡임과 호흡만으로 간파한 겁니까? **바로 그** 루리 양마저도 꿰뚫어 보지 못한 무시키 씨의 연기를 말입니다."

"……그런 것 같아요. **바로 그** 루리마저도 꿰뚫어 보지 못했는데 말이에요."

쿠로에가 그렇게 말하자, 무시키는 진지한 표정으로 고개를 끄덕였다.

참고로 『바로 그 루리마저도』라는 말은 무시키에게 있어서 최대한의 경외와 찬사가 담긴 표현이지만, 루리가 실제로 이 말을 듣는다면 너무 분하고 부끄러운 나머지 「으갸아아아아아아아아아앗!」하며 몸을 배배 꼴 것 같다.

―아니, 루리만이 아니다. 무시키도 마찬가지다.

그도 그럴 것이, 그렇게 완벽하다고 자부하던 사이카의

연기를 한눈에 간파당하고 만 것이다. 아까는 경악과 긴장에 사로잡혔지만, 이제는 엄청난 무력감과 수치심이 엄습했다. 무시키는 벽에 등을 맡기며 머리를 감싸 쥐었다.

"서, 설마…… 내 사이카 씨가…… 그렇게 간단히……."

"오해를 살 수 있는 표현이군요."

눈을 부라리며 그렇게 말한 쿠로에는 그 자리에서 주저앉을 듯한 무시키의 등을 꼿꼿하게 펴 줬다.

"충격에 휩싸여 있을 때가 아닙니다. 정신 차리시길. 너무 기다리게 하는 것도 좋지 않죠. 빨리 누님분께 돌아가 보십시오."

"하지만 제 연기가 통하지 않았으니, 사이카 씨를 소개할 수 없어요. 이대로는 누나를 납득시킬 수가……."

무시키가 그렇게 말하자, 쿠로에는 난감한 표정을 지으면서 말을 이었다.

"……이미 간파당했으니 어쩔 수 없습니다. 서둘러 플랜 B로 이행하죠."

"플랜B……?"

쿠로에가 그렇게 말하자, 무시키는 눈을 동그랗게 떴다.

"뭔가 방법이 있나요?"

"아까도 말씀드렸다시피, 온갖 케이스를 고려해 다양한 준비가 되어 있습니다. —하지만, 자세한 이야기는 나중에 드리죠. 누님분이 이쪽으로 걸어오고 계십니다. 무시키 씨를 걱정하는 걸지도 모르겠군요. 응대를 부탁드립니다. 원래 예정을 앞당겨서, 학원 안내를 시작해 주시길."

"아, 알았어요!"

쿠로에의 제안이 매우 신경 쓰이지만 마도카를 내버려둘 수도 없었기에, 무시키는 허둥지둥 고개를 끄덕이며 아까 지나온 길을 따라 되돌아갔다.

그리고 손을 가볍게 흔들면서, 느긋한 걸음걸이로 이쪽을 향해 걸어오는 마도카에게 다가갔다.

"—미, 미안해. 기다리게 했어?"

"……아냐. 그것보다 괜찮아? 아까 꽤 허둥대는 것 같던데……."

"응~? 그게 무슨 소리야~?"

마도카는 아까 전의 사이카가 무시키라는 것을 간파한 것 같았지만, 무시키는 자기 입으로 그것을 긍정할 수 없었다. 그래서 땀을 삐질삐질 흘리면서도, 시치미를 떼려고 했다.

"……무슨 소리냐니, 그야 아까—."

"저, 저기! 그것보다, 이 학원을 안내할게!"

무시키는 마도카의 말을 막으려는 듯이 큰 소리로 그렇게 외친 후, 앞장을 서듯 중심가를 향해 걸음을 옮겼다. 마도카는 영문을 모르겠다는 표정을 지으면서도, 무시키의 뒤를 따랐다.

"으음, 이 학원은 크게 다섯 개의 에어리어로 나뉘어. 지금 있는 곳이 기숙사와 상업 시설 등이 밀집된 남부 에어리어야. 그리고 이 길을 따라 쭉 가면, 중앙 학사가 있는 중앙 에어리어가 있어."

"……흐음."

"우리 반의 기획은 중앙 학사에서 해. 일단 거기에 가볼까 하는데, 혹시 따로 보고 싶은 게 있어?"

무시키가 묻자, 마도카는 주위를 둘러보면서 대꾸했다.

"……문화제 안내는 맡기겠어. 내가 따로 보고 싶은 건 이 학원의 시설과 교사, 학생이야. 그리고—."

"그리고?"

"내가 가장 보고 싶은 건, 무시키가 좋아하는 사람이야. 소개해 주기로 약속했지?"

"……."

어찌어찌 이야기를 돌렸다고 생각했지만, 전혀 그렇지 않았다. 무시키의 표정이 굳었고, 볼을 타고 땀방울이 흘러 내렸다.

그런 무시키의 변화를 눈치챈 건지, 마도카는 미심쩍은 눈길로 그를 쳐다봤다.

"……왜 그런 반응을 보이는 거야? 설마 아까 전의 변장으로 우길 생각이었던 거야? 여자 모습으로 나타나서, 내가 무시키가 좋아하는 사람이다, 라는 식으로?"

"그런 건……."

아니라고 단언할 수는 없었다. 사이카와 몸이 융합해 버렸기에 어쩔 수 없다고는 해도, 마도카의 지적이 옳으니 말이다.

그리고 마도카는 그런 무시키의 마음을 틀림없이 간파한다. 이것은 예감이 아니라 확신이었다. 마도카의 관찰안 앞에서, 괜한 거짓말은 목숨을 내놓는 짓이나 다름없다.

하지만 그런 모호한 대답이 마도카에게 더욱 불신감을 심어 준 것 같았다. 무시키의 마음속 깊은 곳을 들여다보려는 듯이, 마도카의 시선은 더욱 날카로워졌다.

"······그렇다면 아까 그건 뭐야? 그냥 놀래 주려는 것뿐이라는 태도는 아니었잖아. 만약 그렇다면 변장을 간파당했다고 해서 자리를 피하진 않았겠지. ······설마 일방적으로 짝사랑을 하는 거라서, 상대방에서 오늘 일을 전하지 못한 거야? 아니면 좋아하는 사람이 있다는 게 핑계이고, 이 학원으로 전학을 한 진짜 이유를 숨기고 있다거나······?"

"아니, 좋아하는 사람은 진짜로 있고, 자초지종도 전했어!"

이것은 사실이었다. 마도카가 턱을 짚으며 깊은 생각에 잠기자, 무시키는 고개를 세차게 저으며 그렇게 말했다.

마도카 또한 방금 그 말이 거짓말은 아니라고 판단한 것 같았다. 하지만 그래서 더 이해가 안 된다는 투로 말을 이었다.

"······그렇다면, 왜 소개해 주지 않는 거야? 아까 불러온다고 했었잖아. 모습을 보이지 않는 이유라도 있어?"

"그, 그게……."

무시키는 대답을 못 하며 말끝을 흐렸다.

바로— 그때였다.

"이, 이야…… 무시키, 오래 기다렸지? 저분이 네 누님이
신 거야……?"

그런 목소리가, 등 뒤에서 들려왔다.

"어……?!"

뜻밖의 상황이 펼쳐지자, 무시키는 무심코 숨을 삼키며
그쪽을 돌아봤다.

무시키와 사이카의 몸은 표리일체다. 두 사람의 몸에 걸
린 술식을 풀지 않는 한, 동시에 존재할 수 없다. 그렇기에
무시키는 어떤 때는 무시키, 어떤 때는 사이카로서 이중생
활을 하고 있다.

하지만, 지금 뒤편에서 들려온 그 말은—.

"어어……."

깜짝 놀라며 돌아본 무시키는 표정을 당혹감으로 물들이
더니, 가느다란 신음을 입 밖으로 흘렸다.

하지만 그런 반응을 보이는 것도 무리는 아니었다. 방금
나타난 인물은 사이카와 하나도 닮지 않은 인물이었다.

그 목소리의 주인은, 테가 얇은 안경을 쓴 여성이었다.

나이는 20대 초반일까. 지면에 닿을 것만 같을 만큼 긴 은발과, 오랫동안 햇볕을 쬐지 않았다는 걸 알 수 있는 새하얀 피부를 지녔다. 그리고 마도카보다도 키가 더 컸고, 끝내주는 몸매를 자랑하지만, 그런 몸을 감싸고 있는 건 〈정원〉의 여학생 교복이었다. 사이즈가 맞지 않는 탓에, 특정 부위가 터져 나올 것만 같았다.

그리고 얼굴에는 매우 무리하고 있는 듯한 표정이 어려 있었다. 볼은 홍조를 띠고 있었고, 이마에는 땀이 맺혀 있으며, 억지로 지은 미소 탓에 볼에 경련이 일어났다.

틀림없다. 잘못 볼 리가 없다. 그녀는 바로 〈정원〉 기술부장이자 〈기사단〉의 일원인 힐데가르드 시르벨이다.

하지만, 알 수 있는 건 거기까지다. 무시키는 인상을 찡그리며 물어보려 했다.

"저기, 뭐 하는 거예요? 힐―."

(기다려 주십시오, 무시키 씨.)

하지만 바로 그때, 쿠로에의 염화가 들려왔기에 입을 다물었다.

(쿠로에? 잠깐만요. 설마 아까 말한 플랜 B가…….)

(네. 다행히 누님분은 사이카 님의 얼굴을 모릅니다. 그러니 대역 작전도 유효할 겁니다.)

(……그, 그런가요?)

무시키는 납득이 되지 않았지만, 생각 자체는 이해할 수 있었다. 그래서 애매하게 대꾸했다.

(하지만, 그렇다고 왜 힐데 씨를……? 사이카 씨와는 닮은 구석이 없는 데다, 이런 일에는 적합하지 않다고 생각하는데요…….)

명백하게 무리하고 있는 힐데가르드를 본 무시키는 식은 땀을 흘리면서 말했다.

그녀는 내성적이고 낯가림이 심해서, 이런 일에 자처해서 나설 인물이 아니다.

게다가 힐데가르드는 무시키, 루리와 같은 취미를 가지고 있기는 해도 두 사람과 다르게 사이카의 행동거지나 말투를 흉내 내지는 않는다. 물론 자기 방에서 혼자 몰래 하고 있을 가능성은 있지만, 적어도 남들 앞에서 보여 준 적은 없다. 철도 애호가 중에도 『탑승 애호가』와 『촬영 애호가』라는 종류가 있는 것처럼, 사이카 팬이라는 점은 같더라도 즐기는 방식은 사람마다 다른 것이다.

(그건 그렇습니다만, 교내에서 무시키 씨와 사이카 님의 관계를 알고 있는 분 자체가 많지 않으니까요.)

(그건…… 그러네요.)

반박할 말이 없었다. 이런 일에 협력을 요청하기 위해서는 자초지종을 설명하는 게 필수다. 그렇다면, 그 시점에서 선택지는 몇 명밖에 남지 않는 것이다.

게다가, 하고 쿠로에는 덧붙여 말했다.

(일전의 사건 이후로 무시키 씨에게 곤란한 일이 생긴다면 이번에는 자기가 도와주고 싶다고 말씀하셨기에, 도움을 청했습니다.)

(힐데 씨…….)

평소 남들 앞에 나서는 것을 꺼리는 그녀가 이런 옷차림까지 하며 협력해 주고 있다. 그 사실에, 무시키는 가슴이 울컥했다.

그렇다면 무시키도, 그 마음을 헛되이 할 수 없다. 그는 작게 헛기침을 한 후에 마도카를 향해 돌아섰다.

"마도 누나, 소개할게. 이 사람이—."

"쿠…… 쿠오자키 사이카야. 잘 부탁해……. 후힛……."

무시키의 소개에 맞춰, 힐데가르드가 인사를 했다.

말투는 사이카를 흉내 내는 것 같지만, 아무래도 낯가리는 느낌을 떨쳐 낼 수가 없었다. 긴장한 탓에 표정이 굳었고, 목소리 또한 쩍쩍 갈라졌다. 게다가 어둠의 힘에 눈뜬 듯한 멋진 포즈를 취하고 있었다. ……힐데가르드 나름대로 사이카 느낌을 표현하고 있는 것일까?

솔직히 무시키는 지적하고 싶었지만, 참았다.

지금은 그럴 때가 아니며, 무엇보다 학생과도 제대로 이야기를 못 나누는 힐데가르드가 초면인 마도카 상대로 무리하면서까지 사이카의 대역을 맡아 준 것이다. 이 상황에서는 괜한 소리를 하지 않는 편이 옳으리라.

"……."

마도카는 힐데가르드를 관찰하듯 그녀의 온몸을 살펴보았다.

……기분 탓일까. 평소 우울한 느낌으로 일그러져 있던 두 눈에, 왠지 불신감 같은 것이 어려 있는 듯이 보였다.

무시키의 아까 설명을 듣고 경계심을 품는 것은 어쩔 수 없을지도 모르지만, 왠지 그 시선에는 더 흉흉한— 적의 같은 것이 깃들어 있는 느낌마저 들었다.

그런 기척을 느낀 건지, 힐데가르드는 어깨를 희미하게 떨었다.

"……왜, 왜 그래……?"

"……아뇨."

하지만 마도카는 자세를 바르게 고치더니, 고개를 꾸벅 숙였다.

"……무시키의 누나인 쿠가 마도카예요. 동생이 신세를 많이 지고 있다고 들었어요."

그리고 정중한 어조로 그렇게 말했다. 평범한 일일지도 모르지만, 누나 또한 어른이라는 걸 느낀 무시키는 불가사의한 감회에 사로잡혔다.

"아, 응……. 잘 부탁해……."

힐데가르드도 덩달아 고개를 숙였다. 하지만 그런 행동

이 사이카답지 않다고 여긴 건지, 잠시 고민한 후에 손으로 한쪽 눈을 감추는 듯한 포즈를 취했다. 옛날 비주얼계 밴드의 포스터를 연상케 했다.

—참고로 이럴 때는 치맛자락을 살짝 들어 올리며 예를 표하는 게 정답이다. 장난기가 약간 섞인 듯한 그런 행동이 우아하면서도 장난꾸러기인 사이카의 매력을 돋보이게 한다. ……물론, 입 밖으로 말을 내뱉지는 않았다.

무시키가 마음속의 심사위원을 말리고 있을 때, 마도카는 힐데가르드를 살펴보며 말을 이었다.

"……저기, 물어볼 게 있어요."

"으, 응. 뭐…… 뭔데……?"

"쿠오자키 씨는 이 학원의 학생……인가요?"

"뭐? 으음…… 아, 아아…… 우힛…… 으, 응. 맞아……. 그럴 만한 사정이 있거든. 나, 나는 학생이자 교사이기도 해."

한순간 우물쭈물했지만, 사이카의 설정에 맞추자고 판단한 듯한 힐데가르드는 그렇게 대답했다. 하지만 마도카는 의아하는 듯이 미간을 좁혔다.

"……학생이자, 교사?"

"그, 그래. ……으음, 원래는 교사인데, 다시 배울 게 있어서…… 학생으로서 수업을 받고 있어. 다른 교사의 사찰도 겸해서…… 후히히……."

힐데가르드는 그렇게 말하며 가슴을 폈다.

바로 그때, 이미 한계에 도달해 있던 가슴 단추가 펑! 하면서 터져 나갔다.

눈앞까지 닥쳐온 그 단추를, 마도카는 한 손으로 잡았다.

"우햐얏?! ……어, 미, 미안……이 아니라, 실례……."

"……아뇨. 자주 있는 일이에요."

태연한 어조로 그렇게 말한 마도카는 단추를 힐데가르드에게 돌려줬다. 힐데가르드는 부끄러운지 몸을 움츠리면서 그것을 건네받았다.

"자, 자주 있어……?"

"……네. 갑자기 뭔가 자기를 향해 날아오는 일이 일상다반사죠."

"아, 그쪽……."

한순간 납득할 뻔했던 힐데가르드가 「……어?」 하며 고개를 갸웃거렸다.

하지만 힐데가르드는 의문을 입에 담지 못했다.

마도카가 눈을 가늘게 뜨면서 먼저 입을 열었기 때문이다.

"……그것보다, 쿠오자키 씨는 선생님이시군요."

"어? 아…… 응. 그, 그게 왜……?"

힐데가르드가 고개를 갸웃거리면서 묻자, 마도카는 차분하면서도 섬뜩한 목소리로 이렇게 말했다.

"─즉, 교사면서 미성년자인 학생을 건드린 건가요?"

"히……익?!"

말로 형용할 수 없는 박력이 어린 마도카의 그 질문에, 힐데가르드는 어깨를 부르르 떨며 몸을 웅크렸다.

하지만 그러는 것도 무리는 아니었다. 마도카가 정중한 어조로 한 말은, 금방이라도 힐데가르드의 목을 그어 버릴 듯한 흉흉함으로 가득 차 있었다.

무시키는 허둥지둥 두 사람 사이에 끼어들었다.

"자, 잠깐만, 마도 누나! 오해, 오해야!"

"……오해? 무시키는 쿠오자키 씨와 결혼할 생각인 것 아니었어?"

"그렇기는…… 한데! 그건 어디까지나 내 생각일 뿐, 사이카 씨도 나와 같은 생각인 건 아니라고!"

"……즉, 법이나 조례에 저촉될 만한 행위는 안 했다는 거네?"

"안 했어!"

"……키스도 안 했단 거구나."

"그건……."

"……왜 대답을 못 하는 건데?"

마도카가 날카롭게 노려보자, 그 박력에 압도당한 것처럼 몸을 젖힌 무시키는 말문이 막히고 말았다.

이 상황에서 『했다』고는 대답할 수 없어서 대답을 피했지만, 생각이 짧았다. 후회가 가슴속을 가득 채웠다. ……그렇다고 해서 『안 했다』고 대답해 봤자 십중팔구 들통날 테니, 그 질문을 받은 시점에서 체크메이트지만 말이다.

하지만 그것도 어쩔 수 없다. 애초에 빈사 상태인 무시키와 사이카의 몸을 융합시키기 위해 키스를 했고, 〈정원〉에 온 후로 몇 달 동안 무시키는 셀 수도 없을 만큼(무시키는 전부 세고 있지만) 키스를 했다.

마술에서 신체 접촉과 체액 교환은 매우 강한 의미를 지니며, 무시키가 사이카로 존재변환을 할 때는 접촉을 통한 마력 공급이 가장 효율적이라고 한다. 무시키 자신도 첫사랑인 여성과 제대로 교제하기도 전에 중간 과정을 전부 생략하며 냉큼 키스부터 하게 될 줄은 생각도 못 했다.

"뭐랄까…… 으음…… 제대로 한 적은 아직 없어!"

"……그게 무슨 소리야?"

무시키가 볼을 긁적이며 변명하자, 마도카는 미심쩍다는 듯이 미간을 좁혔다.

"서로의 진심이 담긴 키스는 아직이랄까…… 상대방한테 있어서는 필요한 일이라서 하고 있을 뿐이야. 임무랄까, 일이랄까……."

무시키가 말을 골라가며 더듬더듬 설명하자, 마도카는 더욱 표정을 굳혔다.

"……금전 관계라는 거야?"

"최악의 착각이네!"

뭐라고 설명하든 저속한 느낌이 되고 말았다. 무시키는

머리를 긁적이며 몸을 배배 꼬았다.

바로 그때 눈치챘다. 무시키와 마도카가 이야기를 나누는 사이, 힐데가르드가 지면을 기듯 몸을 낮춘 채 이 자리를 벗어나려 하고 있다는 사실을 말이다.

"……어디 가는 거죠?"

"히, 히이이익……!!"

마도카가 가로막고 서자, 힐데가르드는 한심한 비명을 지르며 외쳤다.

"아, 아냐! 그런 게 아니야……! 나는 아무것도…… 그저 부탁을 받았을 뿐……!!"

"……호오? 이 상황에서 무시키에게 책임을 전가하는 건가요? 그래도 돈을 받기는 한 거죠?"

"그게 아니라아아아아아아아앗!"

힐데가르드가 울먹거리며 비명을 지르자, 무시키는 허둥지둥 마도카를 말렸다.

"마, 마도 누나! 진정해……!"

"……안심해. 그녀를 죽이는 건 내가 아니라, 이 사회야."

"그것도 그것대로 무섭거드으으으은……?!"

마도카가 담담한 어조로 분노를 드러내자, 힐데가르드는 뒷걸음질을 쳤다.

바로— 그때였다.

"―그만하거라. 그녀는 쿠오자키 사이카가 아니라, 대역이니라."

무시키 일행의 뒤편에서, 또 누군가의 목소리가 들려왔다.

"어―?"

"……뭐야?"

마도카와 함께 목소리가 들려온 방향을 돌아본 무시키는 눈을 동그랗게 떴다.

그곳에는 팔짱을 끼고 당당히 서 있는 여성이 있었다.

폭신해 보이는 머리카락을 선명한 문양이 새겨진 장식품으로 모아 묶은 소녀였다. 체격은 작고, 매우 젊었다. 중학생 같아 보일 정도였다.

하지만 무시키는 알고 있다. 그녀가 저 외모에 걸맞은 앳되기만 한 소녀가 아니라는 사실을 말이다.

―기사 엘루카 프레에라. 〈정원〉 의료부의 책임자이자, 사이카가 가장 신뢰하는 마술사다.

그녀를 본 무시키는 다음 순간, 어깨를 부르르 떨었다.

아마 엘루카는 외부인에게 힐문을 당하고 있는 힐데가르드를 보다 못해 한마디 거들었을 것이다.

하지만 그 한마디가 문제였다. 엘루카는 힐데가르드가 진짜 사이카가 아니라는 사실을 마도카에게 밝힌 것이다.

"……대역? 이 여성이 가짜라는 거야?"

"어, 아니, 그게……."

무시키의 우려대로, 마도카는 미심쩍어하는 투로 그렇게 말했다. 무시키는 이 상황을 어떻게 수습할지 생각했다.

하지만 엘루카는 딱히 개의치 않으면서 깔깔 웃었다.

"그래. —조금 놀릴 생각이었을 뿐인데, 좀 과했나 보구나."

"어……?"

무시키는 낮은 신음을 흘렸다. 어째서일까. 그냥 지나가던 와중이었던 것치고는, 묘하게 의미심장한 표현처럼 들렸다.

마도카도 같은 느낌을 받은 건지, 그 말의 진의를 살피려는 것처럼 눈을 가늘게 뜨며 물었다.

"……너는 누구야?"

엘루카는 입술 가장자리를 말아 올리더니, 얄팍한 가슴을 펴며 말을 이었다.

"뻔하지 않느냐. —내가 바로, 진짜 쿠오자키 사이카이니라."

"——?!"

"……뭐?"

엘루카가 그렇게 말한 순간…….

무시키는 눈을 치켜떴고, 마도카는 미심쩍다는 듯이 날카로운 시선을 머금었다.

무시키는 엘루카의 의도를 바로 파악하지 못해 혼란에

빠졌다.

하지만 바로 그때, 엘루카가 무시키를 향해 윙크했다.

―마치, 신호를 보내는 것처럼 말이다.

"……!"

무시키는 이해했다.

그와 동시에, 머릿속으로 말을 읊조렸다.

(쿠로에, 설마 이건……!)

(―네. 기사 엘루카에게도 지원을 요청했습니다. 기사 힐데가르드는 한계인 듯하니까요.)

(취, 취향이 너무 극과 극으로 갈리는 것 같은데요.)

(배부른 소리 하지 말아 주십시오. 부탁할 사람이 없으니 어쩔 수 없지 않습니까. ―그것보다, 빨리 말을 맞춰 주십시오.)

쿠로에가 그렇게 말하자, 무시키는 또 헛기침했다.

"사, 사실이야, 마도 누나. 정말 미안해. 이쪽이 진짜 사이카 씨야."

"……이런 짓에 대체 무슨 의미가 있는데?"

마도카는 미심쩍다는 듯이 눈썹을 찌푸렸다.

맞는 말이라서 대꾸하지 못하는 무시키를 대신해, 엘루카가 미소를 머금으며 어깨를 으쓱했다.

"소소한 여흥이니라. 모처럼 야회가 열리지 않았느냐. 그렇게 칙칙한 표정 짓지 말고 즐기거라."

엘루카는 그렇게 말하며 밝게 웃었다.

힐데가르드와 달리, 사이카의 말투를 흉내 낼 생각은 처음부터 없는 것 같았다.

확실히 마도카는 진짜 쿠오자키 사이카를 모른다. 그러니 괜히 흉내를 내려다 실수를 범해서 발목을 잡히는 것보단, 이편이 나을지도 모른다.

"……."

하지만 마도카는 엘루카의 온몸을 핥듯이 살펴보더니, 무시키에게 귓속말했다.

"……무시키. 진짜로 이 애가 네가 좋아하는 사람이야?"

"무, 무슨 문제라도 있어……?"

뭔가 미심쩍은 구석이라도 있는 것일까. 무시키는 진땀을 흘리면서 되물었다.

그러자 마도카는 당연하다는 듯이 말을 이었다.

"……거의 속옷 바람이잖아."

"아."

무시키는 그 말을 듣고 얼빠진 목소리를 냈다.

엘루카 또한, 힐데가르드와 마찬가지로 〈정원〉 교복을 입고 있지만— 상의를 걸치기만 하고 치마는 입지 않았다. 그래서 천 면적이 얼마 안 되는 스패츠가 훤히 드러나 있었다.

……〈정원〉에서 생활하다 보니 눈에 익고 말았지만, 들

고 보니 참 기발한 복장이다. 마도카가 의문을 품는 것도 당연했다.

그리고, 그것만이 아니다.

마도카가 의혹에 찬 눈길로 쳐다보는 가운데, 엘루카는 상의 아래에서 천천히 커다란 표주박을 꺼내서 그것을 입가로 가져가서 그대로 벌컥…… 벌컥…… 하고 안에 든 액체를 마시기 시작했다.

"푸핫. 좋구나~. 이것도 야회의 즐거움이지."

그렇게 말한 엘루카는 기분 좋은 듯이 숨을 토했다. 왠지 볼도 약간 발그레해진 느낌이 들었다.

"……술?"

"잠깐—."

마도카의 의문이 정점에 도달한, 바로 그때였다.

"—속으면 안 돼, 누님분! 내가 진짜 쿠오자키 사이카야!"

두 번 있었던 일은 세 번 있을 수 있다는 듯이, 그런 목소리가 주위에 울려 퍼졌다.

그 목소리에 이끌리듯 고개를 돌려보니, 이번에는 엘루카보다 더 어려 보이는 소녀가 눈에 들어왔다.

단정하게 땋은 금발과, 꽤 헐렁해 보이는 〈정원〉 교복.

그녀 또한, 무시키와 사이카의 관계를 아는 사람이다.

전생자이자, 과거에 멸망인자 〈운명의 수레바퀴〉를 지녔
던 소녀, 사라 스바르나다.

"달링, 내 말 맞지?"

"어?!"

사라는 얼이 나간 무시키의 손을 잡더니, 교태를 부리듯
몸을 밀착시켰다. 겉모습에 어울리지 않는 그 행동에, 무
시키는 화들짝 놀랐다.

(……저, 저기, 쿠로에? 아무리 그래도 사라 씨는 좀 그
렇지 않을까요?)

(저도 그렇게 생각합니다.)

(쿠로에?!)

뜻밖의 대답이었기에, 무시키는 무심코 땀을 삐질삐질
흘렸다.

(기사 엘루카에게 협력을 요청할 때, 우연히 사라 씨가
그 자리에 계셨습니다. 그리고 자기도 협력하고 싶다고 호
소하시는데, 차마 거절할 수가 없었던지라…….)

(어어…….)

쿠로에가 염화로 그렇게 말하자, 무시키는 인상을 찡그
렸다.

평소의 사라는 좀 더 차분한 성격이며, 결코 이런 행동
을 취할 소녀가 아니다.

그녀는 평소에도 자신을 구해 준 무시키와 사이카에게

보답하고 싶다고 말했다. 그리고 대뜸 보답할 기회가 찾아왔기에, 의욕을 불태우고 있는 것 같았다. 좀 과한 것 같은 느낌도 들지만 말이다.

그런 사라를 본 마도카 또한 인상을 찌그렸다.

"……무시키, 정말이야?"

"어…… 아, 으, 응."

무시키가 애매하게 답하자, 마도카는 약간 걱정하는 투로 말을 이었다.

"……꽤 어려 보이는데 말이야."

"사랑에 나이는 상관없어! 그리고 십 년 후면 이 정도는 오차 범위거든?!"

사라가 마도카의 말에 대답했다. 마치 오페라 배우 같은 열정적인 태도로, 무시키의 팔을 꼭 끌어안았다.

"자. 누님분에게 딱 잘라서 말해, 달링. 장래에 나와 결혼하기로 했다고 말이야!"

"나, 나는—."

바로 그때였다.

"—시끄러워, 이 녀석아!"

무시키의 말을 막듯, 흉흉한 목소리가 주위에 울려 퍼졌다.

인파를 헤치면서 20대 중반 정도로 보이는 장신의 남성이 씩씩거리며 걸어왔다.

단정하게 땋은 머리카락과 갈색 피부를 지닌 그의 칼날

같은 두 눈은 분노와 격정에 의해 더욱 날카롭게 벼려지고 있었다.

그의 이름은 안비에트 스바르나.

믿기지 않겠지만— 사라의 남편이다.

"뭐가 어떻게 된 거냐, 쿠가! 정신줄 놓치기라고 한 거냐고, 이 자식아!"

"아, 안비에트 씨……! 실은 피치 못 할 사정이—."

안비에트에게 멱살을 잡힌 무시키가 허둥지둥 변명을 늘어놓으려 한 순간, 자기 역할에 몰입한 듯한 사라가 눈가에 이슬이 맺힌 채 이렇게 말했다.

"용서해 줘, 안! 나…… 무시키 군에게 청혼받았어!"

"뭐라고……?!"

사라가 그렇게 말하자, 안비에트의 표정에 더욱 분노가 어렸다. 실제로 그의 주위에 전기가 발생해서 파직파직하고 불똥이 튀었고, 온몸의 솜털이 곤두섰다. 그 모습은 그야말로 분노한 뇌신이다. 무시키의 뇌리에 『죽음』이라는 글자가 떠올랐다.

하지만 안비에트는 생각을 바꾼 것처럼 마음을 진정시키더니, 사라 쪽을 돌아봤다.

"……그래. 너는 죽었다가 다시 태어났어. 지금의 나와 너는 엄밀히 말하면 부부 사이도 뭐도 아니지. ……쿠가가 너에게 청혼하더라도, 나는 아무 말도 할 권리가 없을지도 몰라─."

"안······."

사라는 슬픈 표정을 지었다.

안비에트는 「하지만」 하고 말을 이었다.

"─내 마음은 백 년 전이나 지금이나 변함없어. 내가 사랑하는 여자는, 평생 너 한 명뿐이야."

그렇게 말한 안비에트는 사라를 향해 손을 내밀었다.

사라는 「아, 아아······」 하며 감동의 눈물을 흘리더니, 무시키의 손을 놓으며 안비에트의 품속으로 뛰어들었다.

"아아. 안. 안. 내 귀여운 사랑. 거짓말이라고는 해도, 당신을 배신하는 말을 한 나를 용서해 줘. 나도 같은 심정이야. 내가 사랑하는 사람은 옛날이나 지금이나 당신뿐─."

눈물을 흘리며 그렇게 말한 사라는 환한 표정으로 무시키를 돌아봤다.

"미안해, 무시키 군. 역시 나한테는 안뿐이야!"

"아······ 네······."

지금 대체 뭘 보고 있는 것일까. 무시키는 뭐라고 답하면 좋을지 몰라서, 그렇게 애매모호한 대답을 할 수밖에 없었다.

그런 무시키를 무시한 채, 안비에트와 사라는 몸을 밀착시킨 채 이 자리를 벗어났다.

"어, 너무 들러붙는 거 아냐······?"

"응? 괜찮잖아. 왠지 다른 사람에게 이 행복을 나눠 주고 싶은 기분이거든."

스바르나 부부는 그렇게 꽁냥거리면서 인파 너머로 사라졌다.

"……가 버렸는데, 괜찮은 거야?"

"아, 응. 괜찮아……."

……이 몇 분 동안, 멋대로 청혼을 한 사람이 됐다가 멋대로 차이고 말았다.

왠지 피곤해진 무시키는 메마른 웃음을 흘리며 그렇게 답했다.

하지만 몸과 마음이 이렇게 지쳤는데도, 사태는 전혀 해결되지 않았다. 일련의 소동이 벌어진 현장을 살피듯 주위를 둘러본 마도카는 다시 무시키를 쳐다봤다.

"……그런데, 결국 누가 진짜야? 문화제의 여흥이라기에는 좀 과한 거 아냐?"

"그, 그게……."

무시키는 그 질문을 듣고 말문이 막혔다.

대역을 맡아 준 이들에게는 진심으로 감사하지만, 결국 누구도 마도카를 납득시키지 못했다.

하지만 더는 협력을 요청할 사람이 없다. 〈정원〉에서 무시키와 사이카가 융합했다는 사실을 알고 있는 알고 있는 건, 아까 히즈미에게 끌려간 루리뿐이다.

그녀라면 다른 이들과는 비교도 안 될 만큼 정밀하게 사이카를 재현해 주리라고 확신하지만…… 마도카를 속이지는 못할 것이다. 사이카의 연기를 멋지게 선보여봤자 「……루리 아냐?」 하고 마도카가 말하는 미래만 눈앞에 펼쳐졌다.

바로 그때―.

(―어쩔 수 없군요. 최후의 수단을 쓰겠습니다.)

무시키가 고민에 빠져 있을 때, 머릿속에서 쿠로에의 목소리가 들려왔다.

(……어! 뭔가 방법이 있나요?!)

(네. 이 수단만은 쓰고 싶지 않았습니다만, 상황이 이렇게 됐으니 어쩔 수 없군요. ―마지막 대역을 투입하겠습니다.)

(마지막…… 대역? 하지만, 나와 사이카 씨의 관계를 파악하고 있는 사람은…….)

"―왜 그런 표정을 짓고 있는 겁니까, 무시키 씨. 모처럼 누님분께서 찾아와 주셨는데 말입니다."

(어…….)

그 순간, 무시키는 눈을 동그랗게 떴다.

하지만, 곧 위화감의 정체를 눈치챘다. 방금 들려온 목소리는 염화가 아니라 진짜 목소리였다.

화들짝 놀라면서 고개를 돌려보니, 어느새 쿠로에가 이 자리에 와 있었다.

"……너는 누구야?"

마도카는 쿠로에를 쳐다보며 물었다.

그, 질문에…….

"—기다리게 해서 죄송합니다. 제가, 쿠오자키 사이카입니다."

카라스마 쿠로에는, 자신의 진짜 이름을 입에 담았다.

제3장 다채로운 볼거리를 즐겨 주십시오

(—쿠로에, 정말 괜찮겠어요?)

무시키는 새끼손가락에 감긴 머리카락에 의식을 집중하면서 염화를 보냈다.

그러자, 쿠로에의 태연한 목소리가 머릿속에서 들려왔다.

(뭐가 말입니까?)

(그러니까, 쿠로에가 사이카 씨를 연기하는 것 말이에요.)

(이게 가장 무난한 대처법이라고 생각합니다.)

(그건 그럴지도 모르지만…….)

무난한 정도가 아니다. 쿠로에보다 나은 적임자가 존재할 리가 없다.

—왜냐하면, 쿠로에가 바로 다름 아닌 사이카 본인이니 말이다.

그렇다. 카라스마 쿠로에란 인물은 원래 이 세상에 존재하지 않는다. 지금 무시키의 눈앞에 있는 그녀는 사이카의 혼이 실험용 인조인간에 깃들면서 탄생한 존재다.

하지만 『쿠로에가 사이카다』란 사실은 무시키와 사이카의 몸이 융합했다는 비밀에 버금갈 정도로 중요한 비밀이다. 아무리 대역을 연기한다는 구실로 나선 거라지만, 진실을 유추할 실마리를 제공하는 것이나 다름없는 이런 상황을 피하고 싶을 것이다.

물론 〈정원〉에 속한 이들이 이 광경을 보더라도, 덜컥 믿지는 않을 것이다. 무시키와 유쾌한 동료들이 또 묘한 짓을 벌였다고 생각할 뿐이리라.

하지만 100명 중 한 명, 1,000명 중 한 명은 쿠로에가 사이카를 자처했다는 사실을 잊지 않을지도 모른다.

그리고 그 누군가가, 묘한 위화감을 느낄지도 모른다.

물론 기우에 지나지 않을지도 모르지만, 효율성과 합리성을 중시하는 쿠로에가 그런 위험한 다리를 건너는 건 매우 드문 일이라는 생각이 들었다.

—하지만 이 모든 것은, 마도카를 설득해서 무시키가 〈정원〉에 남게 하기 위해서다.

"……."

그것을 자각한 순간, 무시키의 볼을 타고 뜨거운 눈물이 흘러내렸다.

"……왜 우는 거야?"

"어…… 아, 아무것도 아냐."

갑자기 눈물을 흘리는 무시키를 이상하게 생각한 건지, 마도카는 미간을 좁혔다. 무시키는 허둥지둥 손등으로 눈물을 훔쳤다. 참고로 쿠로에는 도끼눈으로 그 광경을 쳐다보고 있었다.

마도카는 작게 한숨을 내쉰 후, 머리를 긁적이며 말을 이었다.

"……뭐, 좋아. 그런데, 저 아가씨가 무시키가 좋아한다는 사람이 틀림없는 거지?"

"—응. 틀림없어."

무시키는 마도카를 똑바로 응시하며 그렇게 답했다.

아까와는 다른, 떳떳한 시선이었다. 그 시선을 본 마도카는 「……그래」하고 말하며 고개를 끄덕이더니, 무시키의 옆에 앉아 있는 쿠로에를 쳐다봤다.

"……그럼 다시 자기소개를 하겠어. 무시키의 누나인 쿠가 마도카야. 잘 부탁해."

"정중한 인사에 감사드립니다. 저야말로, 잘 부탁드립니다."

마도카의 말로 형용할 수 없는 박력에 압도당하지 않으며, 쿠로에는 공손히 예를 표했다.

마도카는 그런 쿠로에를 지그시 쳐다본 후, 말을 이었다.

"……이것저것 물어볼 게 있는데, 괜찮을까?"

"네. 제가 답할 수 있는 것이라면 성실히 답해 드리죠."

쿠로에는 차분한 어조로 그렇게 말하며 고개를 끄덕였다.

그 어떤 질문을 받더라도, 문제없을 것이다. 지금 마도카의 눈앞에 있는 사람은, 틀림없는 진짜배기 쿠오자키 사이카니까 말이다.

"그러면 우선—."

하지만 마도카가 처음 던진 질문은 약간 뜻밖의 내용이었다.

"……여기는 대체 뭐야?"

그렇게 말한 마도카는 목을 풀듯 돌리면서 주위를 둘러봤다.

무시키 일행이 지금 있는 곳은 아까 있던 대로가 아니라, 중앙학사 안이었다. 일단 차분하게 이야기를 나눌 수 있는 곳으로 이동하기로 해서, 카페에 온 것이다.

평소에는 다목적 홀로 쓰이는 이 장소는 현재 아름답게 꾸며져 있다. 샹들리에와 촛대로 서양식 저택의 방을 연상케 하게 꾸며진 이 공간에는 벨벳 융단이 깔려 있었다.

다른 여러 문화제의 카페와는 차원이 다를 만큼 고급스러웠다. 내부를 꾸민 소재도 차이가 날 뿐만 아니라, 설계 사상과 토털 디자인의 뿌리가 되는 부분에 견고한 뼈대가 존재하는 느낌이었다.

하지만 그것도 당연했다. 이 카페의 내부 장식은 무시키와 루리가 솔선해서, 그리고 쿠로에가 내키지 않아 하면서도 완전 감수를 했으니 말이다.

"2학년 1반의 기획인 카페『마녀의 저택』이야."

"……『마녀의 저택』."

무시키가 자못 당연하다는 투로 그렇게 말하자, 마도카

는 영문을 모르겠다는 표정을 지으며 고개를 갸웃거렸다.

"응. 우연히 발을 들이고 만 숲속의 서양식 집, 그곳은 마녀가 사는 저택이었다는 콘셉트의 카페야."

무시키는 그렇게 말하면서 주위를 가리키듯 손을 펼쳤다.

주위에는 접객 중인 홀 스태프가 있는데, 그들은 이런 카페에서 흔히 볼 수 있는 메이드나 집사 복장이 아니라 세련된 드레스와 정장을 입고 있었다.

게다가 그들 전원은 햇살 빛깔의 가발을 쓰고 있었다. 헤어스타일과 복장 및 액세서리 등으로 바리에이션을 자아내고 있기는 하지만, 명백하게 특정 인물로 분장하고 있었다.

게다가―.

"―홋, 잘 왔는걸. 편안히 있다 가."

"그래. 거기 앉도록 해."

"괜찮다면, 뭐라도 마시지 않겠어?"

점원치고는 꽤 허물없는― 그리고 꽤나 우아한 태도로 손님을 상대하고 있었다.

호화로운 가게 안의 장식도 더해지면서, 카페 점원이라기보다 손님을 대접하는 저택 주인이라는 느낌에 가까워 보였다.

"……꽤 틈새시장을 노리는 콘셉트 카페인걸."

"그래? 이 학원에서는 꽤 메이저한데 말이야."

무시키가 태연한 어조로 그렇게 말하자, 마도카는 뭔가가 생각난 것처럼 턱에 손을 댔다.

"……그러고 보니 무시키도 아까 저런 복장으로 비슷한 언동을 했었잖아. 원래 이 가게의 스태프를 할 예정이었던 거야?"

"뭐, 뭐어, 그렇다고 할 수 있어……."

무시키는 쓴웃음을 머금으며 그렇게 대답했다.

무시키가 사이카의 모습을 하고 있었던 것은 이 카페와 상관이 없지만, 그가 이 카페의 홀 스태프를 할 예정이었던 것은 사실이다.

그렇다. 내부 장식과 스태프의 복장을 보면 바로 알 수 있다시피, 일전에 열린 반 기획 회의에서 선정된 것은 바로 무시키의 아이디어였다.

무시키는 이미 나온 『카페』라는 아이디어를 채용하면서, 그 콘셉트를 세밀하게 기재한 제안을 한다고 하는 기발한 짓을 한 것이다.

이 상식에서 벗어난 행위에 반 전체가 술렁거렸지만, 규정 위반은 아니기에 결국 〈정원〉 식의 룰에 따라 채용됐다.

……뭐, 자기가 제안을 해놓고, 누나를 응대하느라 당일에 참가 못 하게 되어서 송구하지만 말이다.

무시키가 그런 생각을 하고 있을 때, 마녀로 분장한 히즈미가 조용히 걸어왔다.

"이야, 『마녀의 저택』에 어서 와. 숲을 헤매느라 고생했지? 뭐라도 좀 대접하고 싶은걸."

그렇게 말하면서 메뉴 책자를 펼쳐 보였다.

"……무시키."

"어, 왜?"

"……여기 적혀 있는 『마녀의 황혼은 한 편의 시와 함께』는 뭐야?"

"아, 그건 말이야. 황혼녘에 저택 발코니에서 의자에 앉아 시집을 읽는 마녀님을 이미지한 거야."

"……즉?"

"홍차."

"……그렇구나."

딱히 마실 것을 가리지 않는지, 다른 메뉴를 확인하는 게 귀찮아진 건지, 마도카는 「……그럼, 이것으로 하겠어」라고 말했다. 무시키와 쿠로에 또한 같은 것을 주문했다.

"응. 그래. 곧 내오지."

그렇게 말한 히즈미는 돌아갔다. 마도카는 그 뒷모습을 쳐다보면서 납득한 듯이 고개를 끄덕였다.

"……그래. 아까 전의 무시키와 똑같네."

"뭐, 맞아. 엄밀하게는 좀 다르지만 말이야. 방금 대답할 때 있지? 무릎을 살짝 굽혀 주는 편이 더 『그럴 듯』해. 미세한 차이지만, 신께서는 그런 세세한 부분에 깃든다고나 할까?"

"······."

무시키가 반사적으로 그렇게 말하자, 돌아가던 히즈미가 어깨를 부르르 떨었다.

그리고 커튼 너머의 주방에서도 쑥덕거리는 소리가 들려왔다.

"큭······. 역시 쿠가. 마녀님의 행동거지에 되게 민감해!"

"자기는 홀 스태프도 안 하면서······!"

"그러면서 손님으로 오다니, 우리를 괴롭히려고 작정한 거 아냐······?!"

"······."

—아차. 무시키는 식은땀을 흘렸다.

자중할 생각이었지만, 무심코 본심을 흘렸다. 무시키가 원하는 수준에는 도달하지 못했지만, 다들 노력하고 있는 것이다. 무시키는 미안해하듯 어깨를 으쓱했다.

하지만, 히즈미는 그냥 넘어갈 생각이 없는 것 같았다. 그대로 주방으로 걸어가더니, 거기 있는 여학생에게 말을 건넸다.

"—어쩔 수 없네. 그랜드 위치를 불러."

그 말을 들은 여학생이 경악에 찬 표정을 지었다.

"그, 그랜드 위치를 말이야?! 진심이야?! 그 사람은—."

"쿠가도 지금은 미아. 그러니 만족시켜 줘야 하지 않겠어? 그러려면 그랜드 위치의 힘이 필요해."

"아, 알았어. —그랜드 위치! 부탁드립니다!"

여학생이 말을 건네자, 가게 안쪽— 홀과 주방 사이의 커튼이 천천히 펼쳐지면서, 한 소녀가 모습을 드러냈다.

둘로 나눠 묶은 햇살 빛깔의 가발과, 우아한 드레스.

구성 요소는 다른 점원과 별반 다르지 않다. 하지만 어째서일까. 그녀에게는 다른 점원에게 없는 『분위기』가 있었다.

그 소녀는 차분한 발걸음으로 무시키 일행이 있는 테이블로 걸어오더니, 미소를 머금었다.

"—기다리게 했는걸. 별다른 건 없지만, 괜찮다면 한숨 돌리고 가도록 해."

그렇게 말한 소녀는 손가락을 튕겼다.

그 순간, 무시키 일행이 둘러앉은 테이블 가운데에 푸른색 불꽃이 생겨나더니, 세련된 찻주전자와 찻잔이 모습을 드러냈다.

"……아니."

마도카가 놀란 건지 아닌 건지 종잡을 수 없는 분위기로 그렇게 말하자, 소녀는 오른손을 슬며시 들어 올렸다.

그러자 찻주전자가 공중으로 떠오르면서, 찻잔 세 개에 루비 빛깔의 액체를 따랐다.

"홋—."

소녀가 손을 내리자, 찻주전자가 다시 테이블 위에 착지했다.

"자, 들도록 해. 입에 맞을지는 보장 못 하지만 말이지."

소녀는 우아한 몸가짐을 선보이면서, 장난스러운 말투로 그렇게 말했다.

"오오……."

그 완성도를 본 무시키는 무심코 신음을 흘렸다.

하지만 그 감탄은 방금 눈앞에서 펼쳐진 신기한 현상 때문이 아니다. 불꽃에서 차 세트가 나오거나, 찻주전자가 저절로 떠오르는 연출은 마술사 양성 기관의 문화제에서만 볼 수 있는 정취이기는 하지만, 그것은 테이블 아래와 찻주전자 아래에 그런 움직임을 선보이는 마술 문자가 새겨져 있을 뿐이다. 확실히 봐줄 만한 연출이기는 하지만, 그 정체를 아는 무시키에게 있어서는 매지션의 트릭과 별반 다를 게 없다.

그것보다 무시키를 놀라게 한 것은, 이 소녀가 선보인 『마녀 느낌』이다.

옷의 맵시, 세밀한 손가락 움직임, 시선 처리— 그런 세세한 요소가 그녀를 『진짜』로 보이게 했다.

명백하게, 다른 점원과 레벨이 달랐다. 다른 점원이 코스프레를 하고 들뜬 학생이라면, 그녀에게는 극단의 넘버 원 스타 느낌의 품격이 있었다. 자기가 맡은 역할에 관한 지식이, 해상도가, 그리고 무엇보다도 사랑이, 다른 이들과는 비교도 안 될 만큼 뛰어났다.

아니, 정확하게는―.

"……루리잖아."

"……?!"

마도카가 불쑥 그렇게 중얼거린 순간, 이제까지 완벽하게 『마녀』를 연기하고 있던 소녀의 가면에 금이 갔다.

그렇다. 학생들이 그랜드 위치라는 칭호로 부르는 넘버원 캐스트는 바로, 아까 히즈미에게 끌려갔던 무시키의 여동생, 후야죠 루리였다.

그리고 당연히, 무시키의 여동생이란 것은 무시키의 누나인 마도카의 동생이기도 하다는 사실을 의미했다.

역할에 몰입해 있던 루리는 이름을 불린 후에야 비로소 마도카의 존재를 눈치챈 건지, 얼굴 전체에 땀방울이 송골송골 맺혔다.

"어, 어, 언니…… 언니가 왜 여기에…….

"……그건 내가 할 말이야. 루리가 왜 이런 곳에 있는 건데? 설마 루리도 이 학원 학생이야?"

"아…… 뭐…… 응…….

"……그랜드 위치라는 건 어떤 의미야? 뭔가 대단해 보이는 호칭이잖아."

"으……!!!"

마도카가 악의 없이 그런 질문을 던지자, 볼에 경련이 일어난 루리는 몸을 배배 꼬았다.

　그런 루리를 본 히즈미가 뛰어왔다.

　"저기, 루리. 뭐 하는 거야? 손님 앞이잖아."

　"……아, 미안해. 하지만 저기…… 언니 앞에서는 무리 같아……."

　"어, 어째서? 쿠가 앞에서는 아무렇지 않았잖아."

　"그야, 무시키는 남매이기 이전에 같은 취향을 공유하는 동지니까……. 비유하면…… 한동안 못 만난 일반인 부모가, 자기 성적 취향을 한껏 집어넣은 동인지를 본 것 같은 느낌이랄까……."

　"이해 못 할 감각을 이해 못 할 감각에 비유해 봤자……."

　히즈미는 난처한 표정을 지으면서도, 루리가 한계 상태라는 건 눈치챘다. 그런 그녀를 부축해 주며, 주방으로 걸어갔다.

　그리고 문득 생각난 듯이 무시키 일행 쪽을 쳐다보더니…….

　"—그러면 나는 잠시 자리를 비울 테니, 편안한 시간을 보내도록 해."

　진땀을 흘리면서도, 멋지게 윙크를 날렸다.

　그 모습을 본 무시키는 정체불명의 감동이 가슴속에 퍼져 나가는 느낌을 받았다. —기술은 미숙할지라도, 그녀 또한 프로 위치인 것이다.

하지만, 계속 감격하고 있을 수는 없었다.

"……자."

마도카는 화제를 바꾸려는 듯이 그렇게 중얼거렸다.

무시키는 마른침을 삼킨 후, 자세를 바르게 고쳤다.

그렇다. 이제부터 본론에 들어가는 것이다.

"……루리와는 돌아가는 길에 다시 이야기를 나누도록 하고, 지금은 이쪽을 우선하도록 할까."

마도카는 그렇게 말하더니, 찻잔에 담긴 홍차를 한 모금 마신 후에 쿠로에를 향해 고개를 돌렸다.

"……쿠오자키 씨. 너는 무시키의 사정에 대해 얼마나 파악하고 있지?"

"얼추 알고 있습니다. 무시키 씨를 이 학원에 스카우트한 사람이 바로 저니까요."

"……흐음."

쿠로에의 말을 들은 마도카가 눈을 가늘게 떴다.

그러자 무시키는 주위의 온도가 살짝 내려간 듯한 착각에 사로잡혔다.

"……폐가 안 된다면, 너와 무시키가 어떻게 만났는지 가르쳐 줬으면 해."

"네."

쿠로에는 표정 하나 바꾸지 않으며, 당당한 어조로 이야기를 이어갔다.

"반년쯤 전에 있었던 일입니다. 학원 밖에서 다친 저를, 무시키 씨가 구해 줬죠."

"……호오."

마도카는 무시키를 힐끔 쳐다봤다. 그러자 무시키는 멋쩍은 듯이 머리를 긁적였다.

세세한 부분은 다르지만, 그 시기와 상황은 진실이라 해도 과언이 아니다. 이제까지의 대화를 통해, 마도카와 접점이 없는 쿠로에조차도 새빨간 거짓말을 했다간 그녀에게 간파당하리라고 판단한 것이리라.

"그리고 그때, 무시키 씨에게서 마술사로서의 재능을 발견한 저는 이 학원— 마술사 양성 기관 〈공극의 정원〉으로 전학할 것을 권했습니다."

"……마술사로서의 재능, 이란 건 뭐지?"

"한 마디로 설명하는 건 어렵습니다만, 일단은 마술이라고 하는 미지의 감각을 익히는 힘이라고 여겨 주셨으면 합니다. 실제로 무시키 씨의 마술 습득 속도는 〈정원〉에서도 기록적으로 빠르죠."

이 말 또한 사실이다. ……정확하게는 사이카의 몸으로 마술을 써 본 경험이 있기 때문에, 반칙을 한 것처럼 빠르게 익힐 수 있었던 것이지만 말이다.

마도카는 전부 이해한 것은 아니지만, 대략적인 자초지

종을 파악했다는 듯이 고개를 끄덕이며 말을 이었다.

"······그랬구나. 하지만 괜찮은 거야?"

"뭐가 말이죠?"

"······무시키는 그 마술이라는 것을 배우기 위해서가 아니라, 너와 결혼하고 싶어서 이 학원으로 전학했다고 말했어. 너는 그것을 알고 있는 거야?"

"쿨럭쿨럭."

마도카의 그 말을 들은 순간, 무시키는 그대로 사레가 들렸다.

······그 말을 마도카에게 한 사람은 무시키 본인이며, 쿠로에 또한 그 점을 알고 있다. 하지만 마도카가 이렇게 대놓고 본인에게 그 말을 할 줄은 생각도 못 했다.

"······시끄러워, 무시키."

"조용히 해 주십시오, 무시키 씨."

"······죄, 죄송해요······."

두 사람이 그렇게 말하자, 무시키는 어깨를 움츠렸다.

마도카와 쿠로에는 다시 시선을 돌리더니, 서로를 응시했다.

"······아무튼, 어때? 쿠오자키 씨."

마도카는 재차 물었다. 그러자 정체불명의 긴장감이 주위를 가득 채웠다.

하지만 쿠로에는 전혀 개의치 않으며 대답했다.

"네. 알고 있습니다."

"……."

쿠로에가 그렇게 대답하자, 마도카는 눈을 가늘게 떴다.

"……그렇다면 너는 무시키의 연심을 이용해서, 명확한 대답을 해 주지 않은 채, 무시키를 이 학원에 옭아매고 있다는 거야?"

"마도 누나, 그건—."

그 가시 돋친 말을 들은 무시키가 대화에 끼어들려 하자, 쿠로에는 손바닥을 펼쳐서 제지했다.

"—딱 잘라 부정할 수는 없습니다. 적어도, 무시키 씨가 〈정원〉에 필요한 인물인 것은 틀림없으니까요. 그 사실이 제 판단에 전혀 영향을 끼치지 않았냐는 질문은 부정하기 어려울 겁니다."

하지만, 하고 쿠로에는 말을 이었다.

"저 또한 아직 학생입니다. 무시키 씨의 마음에 가벼운 마음으로 답할 수 없다는 점도 이해해 주셨으면 합니다."

"……그건 그래. 그 점에 있어서는 무시키가 너무 앞서 나갔지. 반성하도록 해."

마도카는 무시키를 노려보며 그렇게 말했다. 그러자 무시키는「네……」라고 대답하며 고개를 숙였다.

하지만 쿠로에는 그 말에 대꾸하지 않으며 말을 이었다.

"하지만, 보호자 분께 불성실한 대응처럼 보이는 건 어쩔 수 없습니다. ―그러니, 오늘은 이 말씀을 드릴까 합니다."

"……흐음. 뭔데?"

마도카가 묻자, 쿠로에는 마도카를 지그시 응시하며―
말했다.

"형님. ―무시키 씨를, 저에게 주세요."

―바로, 그 말^{프러포즈}을 말이다.

"……."

"……?!"

그 갑작스러운 선언을 들은 마도카는 입을 다물었고, 무
시키는 무심코 숨을 삼켰다.

아니, 그것만이 아니었다.

"―잠깐마아아아아아아아아아아안!!"

홀과 주방을 나누는 커튼이 거칠게 펄럭거리는가 싶더
니, 아까 히즈미에게 부축을 받으며 사라졌던 루리가 모습
을 보였다.

"쿠로에에에에에에에…… 드디어 본성을 드러냈구나, 이
음흉 도둑 까마귀이이이이이이이잇……!! 전부터 수상하다
했어! 항상 은근슬쩍 오라버니 옆에 찰싹 달라붙어가지고
오오…… 호시탐탐 기회를 엿보고 있었― 웁, 우윽?!"

하지만 적개심을 드러낸 루리의 말은 중간에 끊겼다.

이유는 단순했다. 루리의 뒤를 이어서 주방에서 나온 마녀들이 허둥지둥 루리를 제압한 것이다.

"홋……. 또 한 명이 어둠에 빠지고 만 건가."

"으읍~! 우으으으으읍—!!"

"너, 너희도 잊지 말도록. 마술을 다루는 자의 책임과 긍지를—."

그리고 딱히 의미는 없지만 그럴듯하게 들리는 대사를 남긴 후, 히즈미를 비롯한 마녀들은 날뛰는 루리를 주방으로 끌고 갔다. 문제 발생 시의 대처 또한 완벽하다. 정말 끝내주는 프로 정신이다.

몇 초 후. 조용해진 홀에서, 마도카가 쿠로에를 향해 고개를 살짝 숙였다.

"……미안해. 내 동생이 실례를 범했어."

"아뇨. 저희 그랜드 위치의 실례를 대신 사과드립니다."

쿠로에 또한 고개를 꾸벅 숙였다. 참으로 기묘한 광경이었다.

하지만 무시키는 현재, 감회에 젖을 여유가 없었다.

그럴 만도 했다. 무시키가 프러포즈를 하기도 전에, 쿠로에— 사이카에게서 간접적으로 프러포즈를 받은 것이다.

(쿠, 쿠로에……! 정말 괜찮은 거예요……?!)

(뭘 그렇게 당황한 겁니까, 무시키 씨.)

무시키가 손가락에 감긴 머리카락에 의심을 집중해서 염

화로 그렇게 말하자, 쿠로에는 평소와 다름없이 차분한 어조로 그렇게 답했다.

(아, 아니, 그게…… 방금 그 말 말이에요! 그건―.)

(네. 누님분을 이해시키기 위해서는 이러는 편이 가장 최선일 겁니다. ―물론 진심은 아니니, 안심하시길.)

(앗―.)

쿠로에가 그렇게 말하자, 무시키는 고개를 푹 숙였다.

(그렇군요……. 네…… 알고 있고 말고요…….)

(뭘 그렇게 가라앉은 겁니까.)

무시키가 낙담한 모습을 보다 못한 쿠로에는 타이르듯 말을 이었다.

(진정하십시오, 무시키 씨. 지금은 누님분을 설득하는 게 우선입니다. 게다가―.)

그리고 쿠로에는 표정을 전혀 바꾸지 않으면서, 염화로 말을 이었다.

(―프러포즈는 몸이 분리된 후, 네가 나한테 하기로 했을 텐데?)

(……아!)

쿠로에가 이제까지와 다른 말투로 그렇게 말하자, 무시키는 눈을 치켜떴다.

그렇다. 그것은 쿠로에의 몸 안에 깃들어 있는 사이카 본인의, 우아하면서도 아름다운 말투였다.

손가락에 감긴 머리카락을 기점으로 해서, 온몸에 열기가 퍼져나가는 느낌이 들었다.

무시키는 주먹을 꼭 말아 쥐며 대답했다.

(네……!)

그렇다. 무시키의 목표는, 사이카와 처음 만난 반년 전부터 무엇 하나 달라지지 않았다.

무시키가 해야 할 일은 사소한 일 하나하나에 기뻐하고 슬퍼하는 게 아니라, 목표를 향해 한 걸음씩이라도 발자국을 남기는 것이다. 그리고 언젠가 찾아올 그날을 위해, 사이카에게 자신의 가치를 알려야 한다.

그렇다면, 이런 데서 주저앉아 있을 때가 아니다. 무시키는 결의를 다지며 고개를 다시 들었다.

"—마도 누나. 방금 들은 대로야. 말도 안 되는 소리라는 건 알아. 그래도 나는 진심이야. 〈정원〉으로의 전학—."

무시키는 거기서 말을 멈추더니, 숨을 크게 들이쉰 후에 다시 입을 열었다.

"그리고 사, 사이카 씨와의 결혼을, 허락해 줘."

"……."

무시키가 그렇게 말하자, 마도카는 잠시 침묵한 후에 쿠로에를 쳐다봤다.

"……여러모로 신경 쓰이는 점이 있기는 하지만—."

그리고, 약간 언짢은 목소리로 말했다.

"나는 네 형님이 아냐."

"물론 알고 있습니다. 어디까지나 형식상 그렇게 부른 거죠."

마도카가 토라진 듯한 표정으로 그렇게 말하자, 쿠로에 는 그렇게 대꾸했다.

가늘게 한숨을 내쉰 마도카는 머리카락을 쓸어 올리며 말을 이었다.

"……네 말은 이해했어. 동생이 좋은 평가를 받고 있으니 기쁘긴 해.

하지만, 무시키의 보호자로서는 함부로 허락해 줄 순 없 어. 특히 후자는 말이지.

―무시키의 반려자는, 내가 인정한 사람이어야만 한다고 옛날부터 생각해 왔거든."

"뭐……?!"

무시키는 무심코 눈을 치켜떴다. 그런 이야기는 처음 들 었기 때문이다.

"자, 잠깐만 있어 봐. 아무리 마도 누나라도, 그건―."

하지만 무시키가 말을 이으려던 순간, 쿠로에가 그를 말 리듯 손을 내밀었다.

그리고 차분한 어조로 마도카에게 말했다.

"어떻게 하면 인정받을 수 있습니까?"

"……간단해."

마도카는 오른손을 들어 올리더니, 엄지로 자기 가슴을 가리켰다.

"나한테 이겨 봐."

"—네?"

그리고 이어진, 간결한 그 말을 들은 순간⋯⋯.

쿠로에는, 그녀답지 않게 눈을 동그랗게 떴다.

◇

"⋯⋯."

　밤의 어둠을 비추고 있는 마력의 빛 아래.

　〈공허의 방수〉 소속 마술사인 시라누이 아사기는 고통을 호소하는 위장을 감싸 쥐고 있었다.

　흰색 세일러 교복 위에 일본식 외투를 걸치고 여우를 본뜬 가면까지 쓴, 독특한 복장을 한 소녀였다. 아까부터 그녀를 발견한 방문객들이 힐끔힐끔 쳐다보고 있었다.

　하지만 아사기는 그런 시선을 전혀 개의치 않았다. 이 외투와 가면은 영광스러운 〈방주〉 선도위원의 일원임을 알려 주는 복장이며, 무엇보다도 지금 아사기를 괴롭히고 있는 복통의 원인에 비한다면 사소한 일에 지나지 않는 것이다.

　그렇다. 아사기를 비롯한 아주르스의 멤버들은 현재, 정원 야회에 와 있으며—.

"—후후. 〈정원〉은 참 오랜만이야. 이렇게 직접 와 본 건 대체 얼마 만인지 모르겠네."

그 안에는 외투와 가면을 걸치지 않은 소녀가 한 명 섞여 있었다.

나이는 열여섯 일곱 정도일까. 드세어 보이는 두 눈동자와 자신만만한 표정을 지녔으며, 긴 머리카락을 곱게 땋아 올린 후에 비녀를 꽂았다.

아사기와 마찬가지로 〈방주〉 학생임을 알리는 흰색 세일러 교복을 입고 있지만, 왠지 그 옷에 익숙하지 않은 듯한 분위기가 감돌고 있었다.

하지만 그것도 당연했다. 그녀는 이 집단에서 유일하게 〈방주〉의 학생이 아닌 것이다.

그녀의 이름은 후야죠 아오. 마술의 명문, 후야죠 가문의 당주이자 마술사 양성 기관 〈공허의 방주〉 학원장을 맡고 있는 여성이다.

겉보기에는 젊어 보이지만, 실제 나이는 수백 살이나 되는 대마술사인 것이다.

"꽤 활기가 넘치네. 흐음. 저기 좀 봐, 아사기. 스타더스트 솜사탕이라네. 사 먹어 보지 않을래?"

그렇게 말한 아오는 아사기 일행의 곁을 벗어나더니, 중심가 가장자리에 줄지어 있는 노점으로 빨려 들어가듯 걸어갔다. 그 모습을 본 아사기 일행은 허둥지둥 그녀를 뒤쫓아 갔다.

"……당주님. 위험하니 저희에게서 너무 떨어지지 말아 주십시오."

"뭐? 모처럼 축제에 왔는데, 그러면 재미없잖아."

"아니, 하지만……."

"그리고 오늘은 몰래 온 거니까, 『당주님』이라고 부르지 마. 모처럼 교복을 입고 〈방주〉 학생으로 위장했는데, 너희가 그런 태도를 보이면 바로 들통날 거잖아."

"……."

—애초에 아사기는 이 방문 자체를 막고 싶었는데 말이다.

아사기는 가면을 쓰고 있다는 사실에 감사했다. 가면이 없었다면, 분명 한껏 인상을 쓴 얼굴을 아오에게 보여 줬을 테니 말이다.

아오는 그런 아사기의 심정을 아는지 모르는지, 하아 하고 한숨을 내쉬었다.

"—뭐, 됐어. 그것보다 빨리 2학년 1반의 가게로 가자. 오늘 여기 온 목적을 잊은 건 아니지?"

그리고 아오는 팔짱을 끼면서 그렇게 말했다.

"루리와 사이카 씨 혹은 무시키의 관계가 얼마나 진전됐는지, 이 두 눈으로 확인해야 해."

그렇다. 아오가 직접 〈정원〉에 온 것은 바로 정원 야회를 즐기기 위해서가 아니다. ……아사기에게는 그편이 차라리 나았겠지만 말이다.

아사기는 가면에 가려진 얼굴로 질린 듯한 표정을 짓더니, 그것을 겉으로 드러내지 않으며 말했다.

"의견을 하나 올려도 괜찮겠습니까, 당주—."

"……."

아오가 도끼눈을 뜨며 쳐다보자, 아사기는 작게 헛기침을 한 후에 고쳐 말했다.

"……아오 님."

"아직 좀 딱딱한 느낌이지만…… 뭐, 좋아. 뭔데?"

아오가 묻자, 아사기는 자세를 바르게 고치며 말을 이었다.

"네. 그 목적 관련으로, 제안이 있습니다."

"제안?"

"네. 갑자기 아오 님이 나타난다면, 루리 님도 분명 놀라실 겁니다. 게다가 일전의 일로 루리 님은 아오 님께 복잡한 감정을 품고 계신 듯합니다. 그러니 질문한들 솔직한 대답을 못 들을 가능성이 있습니다."

"흐음. 그래서?"

"저희를 두 조로 나누겠습니다. 아오 님을 중심으로 한 1조가 한동안 여기서 대기하는 사이, 저를 중심으로 한 2조가 루리 님 일행을 살피고 오겠습니다. 그리고 확보한 정보를 공유한 후 〈방주〉로 귀환하는 작전을 건의 올리는 바입니다."

"그래……. 잠깐만—."

아사기의 제안을 들은 아오의 눈썹이 부르르 떨렸다.

"그러면 나는 끝까지 기다리기만 하는 거잖아! 왜 내가 걔들과 만나는 걸 한사코 막는 건데?!"

"그, 그렇지 않습니다. 이 작전은 어디까지나 아오 님과 루리 님의 심정을 헤아려서 드린 제안이며, 결단코 아오 님의 여고생 코스프레가 차마 봐줄 수 없는 지경이라 남들 눈에 띄는 것을 막으려 하는 건……."

"뭐어?!"

발끈한 아오는 아사기의 멱살을 잡고 마구 흔들어 댔다. 아사기는 그대로 당하면서, 흔들거리는 여우 가면을 쳐다보고 있을 수밖에 없었다.

바로 그때였다.

"—어라? 아사기잖아."

아사기의 뒤편에서, 그런 목소리가 들려왔다.

그 목소리에 반응한 건지, 아오는 멱살을 놔줬다. 그러자 아사기는 작게 기침하면서 자세를 고치더니, 뒤편을 돌아봤다.

그 자리에 있는 건, 절세의 미소녀—.

……같아 보이는 소년이었다.

눈이 확 뜨일 듯한 금발과 인형처럼 가련한 얼굴을 지녔으며, 호리호리한 체구는 손만 대어도 부러질 것만 같을 정도로 가냘파 보였다. 에이전트 느낌이 감도는 검은색 정장─〈황혼의 가구〉의 교복이 놀라울 정도로 어울리지 않았다.

"당신은…… 히메미야 선배!"

"여어, 간만이야. 니라이 섬에서의 보충 수업 이후로 처음이지? 복장은 여전히 괴상하기 짝이 없는걸."

그렇게 말한 소년─ 히메미야 라이무는 치아를 드러내며 웃었다. 상류층 아가씨 같아 보이는 그 얼굴에, 갑자기 철부지 장난꾸러기 같은 표정이 어렸다.

그는 마술사 양성 기관 〈황혼의 가구〉 소속 마술사이자, 마도구사다. 그와는 각 양성 기관의 합동 보충 수업을 같이 받았었다. 그 경험이 없었다면 아사기도 라이무의 성별을 판별하지 못했을지도 모른다. 지금은 목덜미가 더워서 그런지 머리카락을 대충 둘로 나눠서 묶었기에, 더 여자아이 같아 보였다.

"그런데 이런 곳에서 뭐 하는 거야? 그리고 오늘은 일행이 꽤 많은걸."

"그게…… 뭐, 그럴만한 사정이 있어서요."

아사기는 얼버무리듯 헛기침했다. 외부인에게 자초지종을 설명하기 힘들었던 것이다.

"히메미야 선배야말로 여기서 뭐 하는 겁니까?"

"응? 그야—."

아사기가 묻자, 라이무는 양손을 들어 보였다. 거기에는 타코야키와 솜사탕과 요요 등…… 전력으로 노점을 만끽했다는 증거가 남아 있었다.

"1년에 한 번뿐인 야회잖아. 즐기지 않으면 손해 아냐? 뭐, 겸사겸사 무시키의 얼굴도 봐 둘까 했거든. 이런 기회가 아니면, 일부러 다른 기관에 올 일도 없고 말이지. 게다가—."

"게다가?"

"사람들이 몰리는 곳에는 돈도 모이는 게 정석 아냐?"

"……."

라이무가 검지와 엄지로 동그라미를 만들며 그렇게 말하자, 가면에 가려진 아사기의 얼굴에 땀방울이 맺혔다.

한편, 라이무는 히히히 하고 웃음을 흘리며 말을 이었다.

"뭐, 그건 여담으로 치더라도 말이야. —쟤들도, 아마 비슷한 이유 아니겠어?"

"쟤들……?"

라이무의 시선을 쫓듯 눈길을 돌린 아사기는 가면에 가려진 자신의 두 눈을 치켜떴다.

그의 뒤편에 두 사람이 서 있었던 것이다.

한 사람은 〈그림자의 누각〉 중등부 교복을 입은 조그마한 체구의 소녀였다.

그리고 다른 한 사람은 〈회신의 영봉〉의 교복을 입은, 근육질에 덩치가 큰 소녀였다.

시온지 린도와, 무샤노코지 네네. 두 사람도 라이무와 마찬가지로 니라이 섬에서의 보충 수업에 참여했던 마술사다.

"린도 양과 네네 씨. 오랜만입니다. 두 분도 오셨군요."

"아, 안녕하세요."

"오랜만이군. 잘 지냈나."

아사기가 인사를 건네자, 린도는 송구한 듯이, 그리고 네네는 차분한 태도로 대답했다.

그러자 라이무는 씨익 웃으면서 그 두 사람을 엄지로 가리켰다.

"린도는 〈정원〉 안을 몰래 염탐하고 다니다 나와 마주쳤고, 무샤노코지 쪽은 노점의 펀칭 머신을 박살 내는 걸 발견했지. 어차피 목적은 마찬가지일 것 같아서 함께 다니는 거야."

"따, 딱히 염탐하고 다니지 않았거든요?! 말이 너무 심하네요!"

"미안한 짓을 한 것 같군. 부술 생각은 없었는데 말이지."

두 사람이 라이무의 말에 답했다. 린도는 얼굴을 붉히면서 허둥댔으며, 네네는 터질 듯한 이두박근이 슬퍼하고 있는 것처럼 보였다.

왠지, 다들 변함없는 것 같았다. 짧은 시간이지만 함께 먹고 잔 이들이 등장하자, 아사기는 왠지 반가운 기분에 사로잡혔다.

"그런데—."

바로 그때, 라이무가 뭔가를 발견한 것처럼 아사기의 어깨 너머를 쳐다봤다.

"저 사람은 대체 누구야? 왠지 아사기와 좀 닮은 것 같은데……."

"……!"

아사기는 그 말을 듣고 어깨를 부르르 떨었다.

반가운 이들의 등장에 정신이 팔린 사이, 라이무의 시선이 향한 이는 바로 아오였다.

가면으로 가려진 얼굴에 땀방울이 맺혔다. 그러고 보니 니라이 섬의 소동 때, 그들에게는 가면으로 가리고 있는 아사기의 얼굴을 보여준 적이 있다.

아사기와 아오의 얼굴이 닮은 게 당연했다. 아사기만이 아니라, 후야죠 가문에 속한 여자 전원은 아오의 복제이자 대체품인 것이다.

하지만 그것은 후야죠 가문의 최고 기밀이다. 외부인에게 알려져선 안 된다. 물론 후야죠 가문 당주가 지극히 하찮은…… 아니, 사적인 이유로 여고생 코스프레를 하고 정원 야회에 왔다는 사실도 포함해서 말이다.

아사기가 어떻게 둘러댈지 생각하고 있을 때, 아오가 미소를 머금으며 한 걸음 내디뎠다.

"만나서 반가워. 나는 아사기의— 사촌이야."

"어."

뜻밖의 말이었기에, 아사기는 당황했다.

하지만 아오는 그런 아사기의 반응에 개의치 않더니, 귀여운 포즈를 취하며 말을 이었다.

"시라누이 아오이, 열일곱 살이에요♡"

""""……?!""""

—연료 기화 폭탄이 근거리에서 폭발한 줄 알았다.

아사기를 비롯한 아주르스의 멤버는 다들 아연실색하며 그 자리에서 딱딱하게 굳었다.

온몸이 소름에 뒤덮였다. 뭐라고 말하면 좋을까. 굳이 비유를 하자면, 어머니의 러브 신을 목격한 것처럼 거북하고 괴로웠다. 그리고 미묘한 가명을 쓰고 있는 점도 싫었다. ……후야죠 아오란 이름은 마술사 사이에서 너무 유명하니 어쩔 수 없겠지만 말이다.

그런 아사기 일행의 반응을 의아하다는 듯이 쳐다보면서, 린도가 아오에게 말을 건넸다.

"시라누이 선배의 사촌 분……이신가요."

"응. 편하게 아오라고 불러 줘."

"아, 네……."

아오가 고개를 끄덕이며 그렇게 말하자, 린도는 땀을 삐질삐질 흘렸다.

린도는 어렴 너머라고는 해도, 아오와 한 번 만난 적이 있다. 어쩌면 뭔가 위화감을 느낀 걸지도 모른다.

—아니면 단순히 아오의 포즈가 옛날 아이돌 느낌이라 그런 걸지도 모르며, 그 언동에 따라 아사기 일행이 몸을 부들부들 떨거나 머리를 감싸 쥐기 때문일지도 모르지만 말이다.

바로 그때였다—.

"어?"

아사기 일행이 아오의 백댄서가 된 것처럼 몸을 젖힌 가운데, 라이무가 뭔가를 눈치챈 것처럼 중심가 쪽을 쳐다봤다.

"뭐야? 사람들이 모여 있는걸. 뭐라도 하는 거야?"

라이무가 그렇게 말하자, 다른 이들도 그쪽을 바라봤다.

그 타이밍에 맞춘 것처럼, 저곳에 모여 있는 군중 쪽에서 목소리가 어렴풋이 들려왔다.

"저기, 무슨 일이야?"

"아, 잘은 모르겠는데 말이야. 마녀님의 종자? 가 결혼을 건 배틀 중이라네."

"아하하. 그게 무슨 소리야~."

"——."

그 말을 들은 순간, 아사기는 무의식적으로 땅을 박찼

다. 진위를 확인하기 위해, 모여든 인파 사이로 그 너머를 살폈다.

그런 행동을 취한 이는 아사기만이 아니었다. 아오와 린도도 아사기와 마찬가지로 상황 파악을 위해 움직였다. 린도는 키가 작아서 그런지, 군중 뒤편에서 깡총깡총 점프하고 있었다. 그 모습을 보다 못한 네네가 린도를 쑥 들어 올려줬다.

"아—."

인파 너머에 펼쳐진 광경을 본 아사키는 무심코 신음을 흘렸다.

하지만 그것도 무리는 아니었다. 그 자리에는 사이카의 종자인 카라스마 쿠로에, 그리고 그녀와 대결을 펼치고 있는 여자가 있었으며—.

그런 두 사람 사이에 끼이듯이, 쿠가 무시키가 있었던 것이다.

"으음……."

현재 무시키 일행은 중앙 학사에 있는 카페 『마녀의 저택』에서 나온 후(그때 뒤편에서 원념에 찬 그랜드 위치의 목소리가 들려온 듯한 느낌이 들었다), 다양한 노점이 줄지어 있는 중심가로 돌아왔다.

그리고 한동안 주위를 물색하던 마도카가 어느 노점 앞에서 걸음을 멈췄다.

그곳은 소위 과녁 맞추기 가게였다. 안쪽의 선반에는 여러 과자 상자가 놓여 있으며, 앞쪽의 테이블 위에는 총 몇 자루가 놓여 있었다.

그 노점을 쳐다본 마도카는 뒤편에 있는 무시키와 쿠로에에게 시선을 보냈다.

"……좋아. 여기로 하자. 둘이 동시에 시작해서, 1분 동안 더 많은 과녁을 쓰러뜨린 사람의 승리……인 것으로 어때?"

"이것— 말입니까."

마도카가 그렇게 말하자, 쿠로에는 뜻밖이라는 투로 대꾸했다.

"……응. 승패가 확연하게 갈리는 거잖아. 뭐, 다른 거라도 괜찮아. 무엇으로든 간에 나한테 이길 수 있는 사람이 아니라면, 무시키와의 결혼은 허락하지 않기로 결심했거든."

"……."

"이의 있어?"

"있습니다."

쿠로에는 마도카의 질문에 딱 잘라 그렇게 대답했다. 마도카는 약간 뜻밖이라는 듯이 고개를 갸웃거렸다.

"……과녁 맞히기로는 이길 자신이 없는 거야?"

"그런 게 아닙니다. —잊으셨습니까. 이곳은 마술사 양성 기관 〈공극의 정원〉. 노점 또한 『밖』과는 다릅니다."

그렇게 말한 쿠로네는 노점에 걸린 현수막을 가리켰다. 거기에는 『마력 과녁 맞추기』라고 적혀 있었다.

"……평범한 과녁 맞추기와 다른 거야?"

"백문이 불여일견입니다. 무시키 씨, 시험 삼아 한 발 쏴 주십시오."

"어? 아, 네. 알았어요."

쿠로에가 그렇게 말하자, 무시키는 가게 주인인 학생에게 돈을 건네준 후에 줄지어 놓인 총을 쥐었다. 그러자 가게 주인인 학생이 코르크로 된 총알 열 발을 무시키에게 건네줬다.

무시키는 총구에 총알을 넣은 후, 조준을 하고 방아쇠를 당겼다. 펑, 하는 경쾌한 소리가 나면서 가장 커다란 과녁에 총알이 명중했다.

하지만 과녁은 선반에서 떨어지기는커녕, 꼼짝도 하지 않았다. 마치 바닥 부분이 나사로 고정된 것만 같았다.

"어라……?"

"─보신 대로입니다. 이것은 『마력 과녁 맞추기』. 총알에 실린 마력의 양이 과녁의 내구력을 능가해야만 쓰러뜨릴 수 있게 되어 있습니다. 이른바 간이적인 마력 측정이죠. 마력이 담기지 않은 채 발사된 총알로는 아무리 명중시켜 봤자 과녁을 쓰러뜨릴 수 없습니다. 마술사가 아닌 누님분께서는 과녁을 하나도 쓰러뜨릴 수 없을 테죠. 그래서는 공정하지 못합니다."

쿠로에는 그렇게 말하면서 미간을 살짝 모았다.

아무래도 자신이 없는 게 아니라, 마도카에게 승산이 없는 점 때문에 승부를 받아들이지 않는 것 같았다.

"……흠."

마도카는 테이블 위에 놓인 총알을 집어 들더니, 손가락 끝으로 그 감촉을 확인하듯 만지작거린 후에 가게 주인을 쳐다봤다.

"……확인 삼아 묻겠는데, 이 총알로 맞춰서 과녁을 쓰러 뜨리면 되는 거지?"

"네, 그래요."

"……꼭 이 총을 써야만 하는 거야?"

"네? 아, 그런 규칙은 없지만…… 안 쓰면 총알을 쏠 수가 없는데요?"

가게 주인이 그렇게 말하자, 마도카는 「……그래」라고 답하면서 쿠로에를 돌아봤다.

"……상관없어. 방금 말한 규칙으로 대결하자."

"이야기를 듣기는 한 겁니까?"

"……물론이야. 반대로 묻겠는데, 설마 이 정도 핸디캡으로 나한테 이길 수 있으리라고 생각하는 거야?"

"……."

마도카가 그렇게 묻자, 쿠로에의 눈썹이 희미하게 떨렸다.

쿠로에는 평소 냉정하고 침착하지만, 실은 지는 것을 꽤나 싫어한다. 마도카가 도발할 생각이 있었는지는 모르겠지만, 방금 그 말이 쿠로에의 가슴에 불을 지핀 것 같았다.

"좋습니다. 충고는 해 드렸는데도 불구하고 상관없으시다면, 이 승부를 받아들이겠습니다."

"······마음에 드는 대답이네."

그렇게 말한 마도카는 가게 주인인 학생에게 돈을 준 후, 테이블 앞에 섰다. 쿠로에 또한 마도카의 옆에 섰다.

"무시키 씨. 신호와 시간 측정을 부탁드립니다."

"아, 네."

무시키는 호주머니에서 스마트폰을 꺼내더니, 타이머를 켰다.

"그러면 준비— 시작!"

스마트폰의 화면을 터치하는 것과 동시에, 들어 올린 손을 내렸다.

거기에 맞춰, 쿠로에가 즉시 움직였다. 오른손으로 총을 들더니, 왼손으로 총알을 쥐었다. 그리고 다음 순간, 코르크 총알에 검은 마력광이 어렸다.

쿠로에는 그 총알을 총구에 넣더니, 물 흐르듯 자연스러운 동작으로 방아쇠를 당겼다.

제대로 조준하지도 않았는데, 과녁의 중심에 총알이 빨

려 들어갔다. 검은 마력광이 궤적을 남겼다. 기분 좋은 소리를 내면서, 가장 커다란 과녁이 뒤편으로 쓰러졌다.

낭비가 전혀 없는 저격을 본 주위 사람들이 와아, 하고 환성을 질렀다.

"—어떻습니까, 형님. 쳐다보고 있기만 해선 과녁을 쓰러뜨릴 수 없어요."

쿠로에는 또 한 발의 총알에 마력을 담으면서, 아까 답례라는 듯이 그렇게 말했다.

"……똑같은 말 몇 번이나 하게 하지 마. 나는 네 형님이 아냐."

하지만 마도카는 딱히 초조해하지 않으며 그렇게 대답하더니, 총에는 눈길조차 주지 않으면서 테이블 위에 놓인 총알만 손에 쥐었다.

"……?"

그 기묘한 행동을 본 쿠로에는 저격을 이어가면서 눈썹을 살짝 찌푸렸다.

바로 그때, 마도카가 불쑥 이렇게 말했다.

"……가게 주인. 좀 떨어져 있어. 다른 학생과 손님도 물러나."

"어? 아, 네……."

마도카가 그렇게 말하자, 가게 주인과 손님은 의아한 표정을 지으면서 몇 걸음 뒤로 이동했다.

그 모습을 확인한 마도카는 굽힌 검지 위에 총알을 올린 후, 그 총알에 엄지를 대는 듯한 자세를 취했다.

그리고—.

마도카는 오른손에 힘을 주면서, 지탄을 날리듯 총알을 튕겼다.

그 순간, 파열음 같은 소리가 울려 퍼지면서 엄청난 충격파가 주위를 덮쳤다. 마치 투명한 손으로 얼굴을 두들겨 맞은 듯한 느낌이다. 갑자기 눈앞이 깜빡거리면서, 몸이 뒤편으로 젖혀졌다.

"⋯⋯?!"

하지만 그게 전부가 아니었다. 앞쪽에서 엄청난 소리가 들려왔다.

고개를 돌려보니, 아까까지 존재하던 과녁이 전부 사라졌다.

쓰러진 게 아니다. 쿠로에가 설명한 것처럼, 이것은 마력 과녁 맞추기다. 마력이 담긴 총알로만 과녁을 쓰러뜨릴 수 있다. 아마 그런 식으로 구성식을 그려서, 과녁이 선반에 고정되어 있었으리라.

하지만 지금은 과녁이 존재하던 선반 자체가 없었다.

정확하게는 과녁이 놓여 있던 선반의 일부가 억지로 뜯겨나간 것처럼 소멸했다.

그리고 노점에서 한참 떨어진 뒤편에 있는 건물의 벽에

는 과녁과 선반의 일부가 들러붙은 채로 연기를 피우고 있었다.

"아니—."

얼이 나간 듯한 쿠로에의 목소리가, 정적이 감도는 한밤의 〈정원〉에 울려 퍼졌다.

아마 그녀도 눈치챘을 것이다. —마도카가 날린 총알이 과녁을 선반째 파괴했다는 것을 말이다.

하지만 무슨 일이 일어난 건지는 파악했을지라도, 어째서 **그것**이 **그렇게** 됐는지는 이해 못 했다.

마도카는 마술사가 아니다. 그것은 틀림없다. 총알에는 마력이 담기지 않았으며, 과녁은 선반에서 떨어지지 않았다.

하지만, 결과는 **이러했다**. 마술사들의 정적이 주위를 가득 채웠다.

"······손이 움직이지 않는데, 괜찮겠어?"

마도카가 불쑥 그렇게 중얼거렸다.

"——."

쿠로에는 작게 숨을 들이마시더니, 다시 손을 움직이기 시작했다.

지금은 상황을 이해하는 것보다, 승부를 이어가는 걸 우선해야 한다고 판단한 것이리라. 그녀는 물 흐르듯 자연스러운 동작으로 총알을 장전한 후, 과녁을 쐈다.

"······."

하지만 마도카는 태연하게 총알을 한 발 더 손에 쥐더니, 아까보다 손가락에 더 힘을 줬다. 손가락이 새하얗게 변색되면서 손등에 힘줄이 돋자, 총알이 비명에 가까운 소리를 내며 찌그러졌다.

그녀가 손가락을 튕긴 순간, 어마어마한 충격파와 함께 총알이 박살 났다.

마도카의 힘을 총알이 견뎌내지 못했다고 생각했지만— 그렇지 않았다. 무수한 파편으로 변한 총알은 산탄처럼 넓게 퍼져 나가더니, 선반에 놓인 과녁을 전부 파괴한 것이다.

"어······."

이제는 시간을 잴 의미조차 없었다.

무시키는 무기질적으로 시간을 새기고 있는 스마트폰을 손에 쥔 채, 멍하니 서 있을 수밖에 없었다.

(······저분은 대체 정체가 뭡니까?)

노점이 줄지어 있는 중심가.

그곳에 있던 무시키는 새끼손가락에 감긴 머리카락을 통해 들려온 쿠로에의 염화에 난처한 표정을 지으며 답했다.

(아니, 그게······ 솔직히 말해, 나도 놀랐어요······.)

무시키가 땀을 삐질삐질 흘리며 그렇게 말하자, 쿠로에

는 분하다는 듯이 손가락을 말아 쥐었다.

하지만 그런 반응을 보이는 것도 무리는 아니었다. 쿠로에와 마도카는 마력 과녁 맞추기 말고도 여러 노점에서 승부를 펼쳤지만, 전부 마도카가 완승한 것이다.

종이가 씌워지지 않은 뜰채에 마력으로 막을 만들어서 슬라임을 건지는 『슬라임 건지기』에서는, 구멍 난 뜰채를 교묘하게 다뤄 물의 흐름을 만들어내 대량의 슬라임을 건져냈고―.

『공중 폭파 뽑기』에서는 마력이 없으면 공중에 떠 있지 못하는 과자 판을 바늘 하나로 교묘히 유지하면서 엄청난 속도로 안의 문양을 도려냈으며―.

『사왕쟁패 그랜드 고리 던지기』에서는 무슨 일이 일어난 건지도 알 수 없는 가운데, 어느새 쿠로에가 패배하고 말았다. 결국은 이게 무슨 게임인지도 알 수 없을 지경이었다.

하나 같이 마술사가 아닌 이들은 제대로 즐길 수도 없는 종목인데, 마도카는 비상식적인 신체 능력만으로 승리를 쟁취한 것이다.

게다가 상대는 쿠로에― 즉, 세계 최강의 마술사 쿠오자키 사이카다. 물론 지금은 본래 몸이 아니기 때문에 실력을 제대로 발휘할 수 없지만, 그래도 그 마력 조작 기술은 탁월할 것이다.

그런 마술의 전문가를 상대로, 마술사 전용 노점에서 대결을 펼쳐서, 전승을 거둔 것이다.

그것이 얼마나 비정상적인 사태인지는, 마술 초보자인 무시키도 쉬이 짐작됐다.

그렇다. 마도카는 너무나도 **강했다.**

(……그 어떤 승부에서도, 마력을 사용한 흔적은 없었습니다. 누님분은 사이보그이신가요?)

(아, 아니, 그렇지는 않다고 생각하는데요.)

바로 그때, 무시키는 화들짝 놀라며 숨을 삼켰다.

(설마…….)

(뭔가 짚이는 데가 있으십니까?)

(아…… 죄송해요. 아마 상관없을 거예요.)

(괜찮으니 말씀해 주십시오.)

(사실 우리 누나는 옛날부터 우유를 자주 마셔서 그런지, 몸이 정말 튼튼해요.)

(아무 상관없는 이야기 좀 하지 말아 주십시오.)

쿠로에가 딱 잘라 그렇게 말하자, 무시키는 고개를 푹 숙였다.

거기에 맞춘 것처럼, 앞장서서 걷고 있던 마도카가 두 사람을 돌아보았다.

"……그런데, 다음에 뭘 할 거지? 마음대로 골라 봐."

"그래도 되겠습니까? 누님분이 불리한 게임을 고를지도 모르는데 말이죠."

"……상관없어. 어차피 내가 이길 게 뻔하거든."

"……."

마도카가 그렇게 말하자, 쿠로에의 눈썹이 희미하게 떨렸다.

표정에는 변함이 없지만, 그녀는 원래 지는 것을 싫어한다. 그러니 마음속이 편안할 리가 없다.

(후, 후후. 큰소리 좀 치는걸…….)

(지, 진정하세요. 아무리 염화라고 해도, 말투가 원래대로 되돌아갔어요.)

무시키가 지적하자, 쿠로에는 「……실례했습니다」 하고 말하며 말투를 고쳤다.

(아무튼, 궁지에 몰린 건 사실입니다. 〈정원〉 측으로선 무시키 씨를 잃을 수 없는 만큼, 무슨 수를 써서라도 1승을 거둬야만 하죠. 이렇게 됐으니, 다소 불공평할지라도 반드시 이길 수 있는 종목으로 대결하도록 하겠습니다.)

(하지만, 마력 과녁 맞추기나 슬라임 건지기도 원래라면 반드시 이길 수 있는 종목이잖아요.)

(그건…….)

무시키의 말을 듣고 낮은 신음을 흘린 쿠로에는 표정을 굳히며 팔짱을 꼈다.

바로 그때였다.

"어, 어엇?!"

앞쪽에서 걸어온 학생이 갑자기 발을 헛디디는가 싶더니, 손에 들고 있던 타코야키 팩이 허공을 갈랐다.

안에 들어 있던 여덟 개의 구체가 아름다운 포물선을 그리며 유성우처럼 마도카에게 쏟아졌다.

"마도 누나!"

"……."

무시키는 고함을 질렀지만, 마도카는 딱히 당황하지 않으며 쏟아지는 타코야키를 올려다봤다. 그리고 눈에 보이지 않는 속도로 손을 뻗어서 팩을 쥐더니, 허공을 가르는 타코야키를 전부 팩 안에 집어넣었다.

"……괜찮아?"

"어……? 앗?!"

마도카가 원상 복구된 타코야키를 내밀자, 믿기지 않는 광경을 본 듯한 표정으로 그 학생은 땀을 삐질삐질 흘리며 고개를 숙였다.

"죄, 죄송해요. 그리고 감사합니다……."

"……신경 쓰지 마. 자주 있는 일이거든."

"아, 네……."

여전히 얼이 나간 표정인 그 학생은 또 고개를 숙인 후에 가던 길을 계속 갔다.

……범상치 않은 신체 능력 덕분에 무사히 넘어가기는 했지만, 여전히 불운한 사람이다. 일반인이라면 지금쯤 타

코야키의 비를 맞고 소스 범벅이 됐으리라고 생각한 무시키는 쓴웃음을 머금었다.

바로 그때, 눈치챘다. 방금 광경을 목격한 쿠로에가 뭔가를 발견한 듯이 눈을 치켜뜨고 있다는 사실을 말이다.

(쿠로에?)

(─그래요. 어째서 이렇게 간단한 걸 놓쳤을까요. 이 대결이라면, 누님분에게 이길 수 있을지도 모릅니다.)

(어, 그게 뭔가요?)

무시키가 물어봤지만, 쿠로에는 대답하지 않으며 주위를 살폈다.

그리고 얼마 후, 앞쪽에 있는 노점을 손가락으로 가리키며 말했다.

"─누님분. 다음 승부는 저게 어떻겠습니까?"

"……응?"

마도카는 작은 목소리로 그렇게 말하면서 고개를 돌렸다. 무시키 또한 두 사람의 시선을 쫓듯 같은 곳을 향해 고개를 돌렸다.

그곳은 화려한 글자로『크라켄야키』라 적힌 노점이었다. 이름은 특이하지만, 보아하니 타코야키 가게 같았다.

잠시 후, 무시키는 대체 무엇으로 승부하려는 건지 눈치챘다. 노점 앞에는『필살! 크라켄 룰렛에 도전!(매운 것을 즐기지 않는 분은 주의해 주십시오)』라고 적힌 종이가 붙어 있었던 것이다.

"······크라켄 룰렛?"

"네. 그것을 주문하면, 여덟 개 중 한 개에 어마어마하게 매운 『당첨』이 섞여 있는 크라켄야키를 만들어 준다고 합니다. 그것을 번갈아 하나씩 먹으면서, 매운 크라켄야키를 먹은 사람의 패배인 것으로 하는 게 어떨까요?"

"······흐음."

쿠로에가 설명을 해 주자, 마도카는 턱에 손을 댔다. 한편, 무시키는 염화로 쿠로에에게 말을 건넸다.

(쿠로에, 설마······.)

(네. 이유는 모르겠습니다만, 누님분은 매우 운이 나쁘신 것 같군요. 그렇다면 잔재주를 부리지 않고, 운을 하늘에 맡기는 승부를 해 볼까 합니다.)

(그, 그렇군요.)

수단과 방법을 가리지 않고 이기려 드는 쿠로에를 본 무시키는 진땀을 흘리면서도 고개를 끄덕였다. 확실히, 마도카는 어마어마하게 운이 나쁘다. 게다가 타코야키를 골라서 먹을 뿐이라면 신체 능력이 차이 나더라도 전혀 문제될 것이 없다. 이 승부라면 누구라도 마도카에게 이길 수 있을 것이란 생각이 들었다.

"······좋아. 받아 주겠어."

하지만 당사자인 마도카는 절대 이길 수 없을 듯한 그

승부를 순순히 받아들였다. 불운에 너무 익숙해져서 자각 자체를 못하는 걸까. 아니면 자기가 승부를 제시한 만큼, 쿠로에의 제안을 거부할 수가 없는 걸지도 모른다.

아무튼, 이것으로 다음 종목이 결정됐다. 쿠로에는 고개를 크게 끄덕이더니, 예의 노점을 향해 걸어갔다.

"크라켄 룰렛 한 팩, 부탁드립니다."

"알겠습니다! 매운맛 레벨은 어느 정도로 할까요?"

"단계가 있군요. 그렇다면 가장 매운 것으로 부탁드립니다."

"……!"

쿠로에가 주문한 순간, 점원들 사이에서 날카로운 긴장감이 흘렀다.

"……아가씨, 괜찮겠어?"

"아, 네."

가게 주인으로 보이는 험악한 인상의 학생이 그렇게 말하자, 쿠로에는 대충 고개를 끄덕이며 답했다.

그러자 가게 주인은 안쪽 선반에서 흉흉한 기운을 뿜고 있는 조그마한 병을 꺼냈다.

"훗. 설마 오늘 밤에 이걸 쓰게 될 줄이야……."

"그게 뭡니까?"

"실험 도중에 우연히 만들어진 특급 고추에 〈샐러맨더〉의 기름과 〈드라이어드〉의 뿌리를 배합한 지옥 졸도 데스 소스, 『명왕의 기절』. 후후후…… 우리 가게가 의료동에서 가장 가까운 장소에 있는 건 왜일까?"

"그딴 걸 만들어 낸 겁니까."

쿠로에가 눈을 부라리며 그렇게 말했지만, 이제는 물릴 수 없는 것 같았다. 가게 주인은 굵직한 목소리로 외쳤다.

"—크라켄 룰렛, 『지옥』 1인분!"

"오오!"

그러자 쇠사슬로 걸려 있는 거대 연체동물의 다리가 노점 뒤편에서 이곳으로 옮겨졌다.

"저건…….."

무시키가 눈을 동그랗게 뜨자, 쿠로에가 해설하듯 말했다.

"〈크라켄〉의 다리군요. 멸망인자로 인정된 개체는 사체가 남지 않습니다만, 니라이 섬처럼 특수 영역에서 토벌된 것 혹은 연금과에서 배양한 것이겠죠."

"이름만 크라켄인 게 아니군요……. 그런데, 저걸 먹어도 괜찮은 거예요?"

"일단 독성은 없을 겁니다. 다소 밋밋한 맛이라고 합니다만, 반죽에 넣고 구워서 소스를 뿌린다면 문어와 큰 차이가 없겠죠."

무시키와 쿠로에가 그런 이야기를 나누고 있을 때, 조리 담당으로 보이는 스태프가 눈을 치켜떴다.

"오오오오! 제1현현 【겸의단(鎌衣斷)】!"

그리고 허리춤에서 1획의 계문이 반짝이는가 싶더니, 눈에 보이지 않는 칼날로 〈크라켄〉의 다리를 썰었다.

그에 맞춰 주먹을 말아 쥔 가게 주인이 열띤 목소리로 외쳤다.

"손질을 마친 〈크라켄〉의 다리를, 진공 칼날로 깍둑썰기!"

"오오……!!"

"거기에 〈시 서펜트〉 육수를 넣은 반죽을, 수류 마술로 효율적으로 섞기!"

"대단해!"

"그리고 그것을 철판에 흘려 넣고, 현혹 마술로 손 언저리를 숨기면서 딱 하나에만 데스 소스를 투입한 후—."

"오오—."

"숙련된 기술로 하나씩 뒤집기."

"아, 그건 수작업이군요."

"뭐든지 마술에 해결하려 하는 건 좋지 않다고, 소년."

그렇게 말한 가게 주인은 구체 형태로 익은 반죽을 능숙한 솜씨로 뒤집었다. 확실히 이런 세세한 작업은 인간의 손으로 하는 편이 나을 것 같기는 했다.

"자, 크라켄 룰렛 『지옥』 나왔습니다! 의료동에 연락해 둘 테니까, 마음 놓고 먹으라고!"

불온한 미소를 머금으며 그렇게 말한 가게 주인은 크라켄야키가 들어 있는 팩을 내밀었다.

쿠로에는 돈을 치르고 그것을 넘겨받더니, 가지런하게 놓인 여덟 개의 구체를 지그시 응시했다.

"흠. 겉만 봐서는 전혀 분간이 안 되는군요."

"당연하지. 먹기 전에 알면 흥이 가시잖아. 무색, 투명, 완전 무취. 하지만 그 안에 숨겨져 있는 송곳니는 악마와 다름없지. 한 입 먹으면, 아무리 매운 맛을 좋아하는 마니 아라도 온몸으로 땀을 뻘뻘 흘리고, 온몸에 경련이 일어나서, 제대로 서 있을 수도 없어. 괜히 『법으로 제정되지 않았을 뿐인 독약』이라 불리는 게 아니라고."

"이 승부를 마치고 나면 관리부에 보고하도록 하겠습니다."

쿠로에는 눈을 부라리며 한숨을 내쉰 후, 마도카를 돌아봤다.

"—들으신 대로입니다만, 어떻게 하시겠습니까? 예상보다 훨씬 강력한 것 같군요. 내키지 않으신다면 기권하셔도 괜찮습니다."

"……이기면 아무 문제 없어. 너야말로 자신이 없으면 관두는 게 어때?"

"……."

마도카가 그렇게 말하자, 쿠로에의 눈썹이 흔들렸다.

쿠로에의 성격으로 볼 때, 그런 말을 들으면 더 물러나지 않을 것이다. ……뭐, 마도카도 도발하려고 한 말은 아니겠지만 말이다.

"좋습니다. 그렇다면 서로가 번갈아 먹으면서, 이 자리에서 있지 못하게 된 쪽의 패배인 것으로 해도 되겠습니까?"

"……응, 좋아."

쿠로에가 그렇게 말하자, 마도카는 작게 고개를 끄덕였다.

쿠로에는 「그럼……」 하고 말하면서 팩을 열더니, 여덟 개의 크라켄야키 중에서 가장 가까운 곳에 있는 것을 이쑤시개로 찔러서 입에 넣었다.

"후우…… 후우……, 꽤 맛있군요."

갓 구운 뜨거운 크라켄야키를 입에 넣은 쿠로에가 그렇게 말했다. 아무래도 세이프인 것 같았다.

"자, 드시죠."

"……응."

쿠로에가 권하자, 마도카는 이쑤시개를 손에 쥐었다. 그리고 망설임 없이 크라켄야키를 고르더니, 입에 집어넣었다.

"……응. 맛있어."

딱히 반응이 별다르지 않은 것을 보면, 마도카도 세이프인 것 같았다. 그녀는 재촉하듯 쿠로에를 향해 손을 내밀었다.

"어라……."

그 광경을 본 무시키는 눈을 동그랗게 떴다. ─마도카의 불운이라면, 처음에 『당첨』을 뽑더라도 이상하지 않다고 생각한 것이다.

그렇다고 결과가 처음부터 정해져 있는 건 아니며, 승부는 이제 막 시작됐다. 무시키는 기도하듯 두 손을 모아 쥔 채 승부를 지켜봤다.

"냐암…… 후우후우……."

"……."

쿠로에와 마도카가 번갈아 가며 크라켄야키를 먹었다.

하지만 여전히 『당첨』은 나오지 않은 채, 크라케야키만 줄어가고 있었다.

그리고 드디어, 쿠로에가 일곱 번째 크라켄야키를 먹어 치웠다.

"이것도…… 세이프 같군요. 아무래도 이 승부는 제가 이긴 것 같습니다."

남은 크라켄야키는 하나뿐이다. 이제까지 『당첨』이 안 나왔으니, 팩에 남아 있는 마지막 하나가 지옥의 매운맛인 게 틀림없다. 쿠로에는 의기양양한 말투로 그렇게 말했다.

"……정말 그럴까?"

하지만 마도카는 전혀 동요하지 않으면서, 남은 크라켄야키를 입에 집어넣었다.

그리고 우물우물 씹어먹은 후, 꿀꺽 삼켰다.

"……마지막 하나도, 딱히 문제없는 것 같네."

"뭐—."

쿠로에는 눈을 동그랗게 뜨더니, 가게 주인을 쳐다봤다.

"어떻게 된 겁니까. 설마 데스 소스를 넣는 걸 깜빡한 건가요?"

"그, 그럴 리가 없어! 분명 넣었다고!"

"……그러면, 소스가 변질되어서 매운맛이 약해진 걸까요?"

"그럴 리가 없는데……."

가게 주인은 미심쩍은 표정을 짓더니, 만들어 둔 크라켄 야키에 데스 소스를 한 방울 뿌린 후에 다른 점원의 입에 집어넣었다.

다음 순간…….

"으갸아아악—?!!"

어마어마한 절규를 토하면서, 점원의 몸이 용수철 달린 장난감처럼 펄쩍 뛰었다.

얼굴이 보랏빛으로 물들더니, 온몸에서 땀이 뿜어져 나왔다. 목에서 쉬익~ 쉬익~ 하는 숨소리가 나올 때마다, 극심한 통증을 느낀 것처럼 온몸이 부들거렸다.

근처에서 대기하고 있던 의료부 스태프가 그 점원을 의료동으로 옮겼다.

그 모습을 지켜본 후, 가게 주인은 쿠로에를 돌아봤다.

"어때?"

"대체 뭘 만든 겁니까."

쿠로에는 도끼눈을 뜨며 그렇게 말한 후, 마음을 다잡으려는 듯이 작게 한숨을 내쉬었다.

"······그렇다면 역시 데스 소스를 넣는 것을 깜빡했거나, 데스 소스가 들어 있는 크라켄야키를 팩에 넣는 것을 깜빡한 거라 봐야겠군요. 그러면 크라켄 룰렛 『지옥』을 한 팩 더 부탁합니다. ─이번에는 『당첨』을 두 개 부탁드리죠."

"지, 진심이냐······!"

가게 주인은 전율했지만, 왠지 기뻐 보이는 그의 볼을 타고 땀방울이 흘러내렸다.

그리고 몇 분 후, 아까와 같은 조리 과정을 마친 가게 주인은 쿠로에에게 팩을 내밀었다.

"크라켄 룰렛 『지옥』 더블! 죽어도 책임 못 져!"

"감사합니다. 그럼─."

쿠로에는 마도카를 향해 돌아서더니, 팩의 뚜껑을 열었다. 그리고 크라켄 룰렛 2회차가 시작됐다.

─하지만 모든 크라켄야키를 먹어 치웠는데도, 두 사람 다 괴성을 지르기는커녕 안색 하나 변하지 않았다. 주위에 있던 관객들도 점점 술렁거렸다.

"······잠깐만 기다려 주십시오. 이건 명백하게 이상합니다. 이래서는 승부가 나지 않겠어요. 일단 중단하도록 하죠."

"······흠. 즉, 시합을 포기하겠다는 거야?"

"뭐······?!"

마도카가 그렇게 말하자, 쿠로에는 인상을 찡그렸다.

하지만 유효한 타개책을 찾지 못했기에, 어쩔 수 없이 크라켄야키를 또 주문했다.

하지만 그 후에도, 크라켄 룰렛은 계속됐다.

열 팩째에 돌입했을 때는 『당첨』 숫자가 네 개, 전체의 절반에 도달했다. 50퍼센트의 확률로 지옥에 가게 되는 데스 레이스다.

그런데도 쿠로에와 마도카는 『당첨』을 뽑지 않았다. 명백하게 비정상적인 사태다.

"서, 설마……"

승부를 지켜보고 있던 무시키는 화들짝 놀라며 숨을 삼켰다.

가게 주인이 이렇게 몇 번이나 실수를 범했을 리가 없다. 그리고 불운의 화신인 마도카가 단 한 번도 『당첨』을 뽑지 않는 것 또한 말도 안 된다는 생각이 들었다.

─설마, 마도카는 처음부터 이제까지 『당첨』을 계속 뽑았던 것이 아닐까……?

이것은 지옥 졸도 크라켄야키를 먹은 사람이 지는 단순한 승부다.

하지만 『당첨』을 뽑았는지는 당사자만이 알 수 있다. 그래서 사전에 승패 판정을 『서 있지 못하게 된 쪽의 패배』인 것으로 합의했다.

(큰일 났어요, 쿠로에! 이대로 가다간······! 빨리 승부를 포기하세요!)

무시키가 염화로 그렇게 말했지만— 이미 늦었다.

"우읍—."

배가 가득 찰 때까지 크라켄야키를 먹은 쿠로에는 손으로 입가를 감싸 쥐며 무너지듯 주저앉았다.

"괘, 괜찮아요? 쿠로에."

"······네. 아까 전의 몸은 휴면을 취하게 했습니다. 하지만 어째서일까요. 위는 텅텅 비었는데, 불가사의하게도 포만감이 남아 있는 듯한 느낌이 듭니다."

크라켄 룰렛 대결 후. 무시키가 걱정 섞인 목소리로 그렇게 묻자, 얼굴이 찌푸린 쿠로에가 배를 매만지며 그렇게 답했다.

잠시 휴식 시간을 가지기로 한 사이에 예비 의해로 바꾼 듯한 쿠로에는 아무래도 아까 전까지의 감각이 남아 있는 것 같았다. 이런 것도 환지통일까. 무시키는 인체의 신비를 실감하고 있었다.

"······그것보다······."

쿠로에는 마음을 진정시키려는 듯이 작게 헛기침을 한

후, 조금 떨어진 곳에서 닭꼬치를 먹고 있는 마도카를 쳐다보며 말했다. ……아까 그렇게 크라켄야키를 먹었으면서, 또 음식을 먹고 있었다.

그 모습을 본 쿠로에는 분하다는 듯이 눈을 가늘게 떴다.

"단 한 번도 이기지 못하다니, 정말 굴욕적인 결과입니다. 다음 승부에서는 절대 질 수 없습니다."

"……그래요. 하지만, 대체 어떻게 해야ㅡ."

무시키가 말을 이으려던 바로 그때였다.

"ㅡ저기, 무시키!"

등 뒤에서, 귀에 익은 목소리가 들려왔다.

"어?"

튕기듯 고개를 돌린 무시키는ㅡ 눈을 동그랗게 떴다. 상대는 바로 무시키의 여동생, 루리였던 것이다.

ㅡ아니, 그렇지 않다. 외모는 판박이처럼 똑같지만, 루리는 저런 식으로 머리카락을 올려묶지 않는다. 그리고 입고 있는 옷 또한 〈방주〉의 교복인 흰색 세일러 교복이다. 무엇보다 표정과 목소리가, 루리와는 명백하게 달랐다.

그리고 그녀의 뒤편에는 여우 가면과 전통 외투를 걸친 이들이 있었다. 그런 요소들을 통해, 무시키의 머릿속에는 어느 인물의 이름이 떠올랐다.

"당신은, 설마……."

"ㅡ후야죠 학원장님께서 왜 이런 곳에 계신 겁니까."

쿠로에도 동시에 눈치챈 건지, 작은 목소리로 그녀의 이름을 불렀다.

그렇다. 그녀는 마술사 양성 기관 〈공허의 방주〉 학원장인 후야죠 아오였다.

하지만 아오는 무시키 일행의 경악은 개의치 않는 듯이, 짜증 섞인 목소리로 언성을 높였다.

"이게 대체 어떻게 된 거야. 아까부터 듣고 있었는데, 너와 저 종자가 결혼해? 루리는 어쩔 건데, 루리는!"

"아, 아오 님. 진정하십시오."

가면을 쓴 소녀가 입에 거품을 물며 아오를 말렸다. 저 행동과 말투로 그녀가 누구인지 눈치챘다. —〈방주〉 아주르스의 수장인 아사기다.

"이게 진정할 일이야? 사이카 씨는 어디 있어? 우리 애를 맡았으면서, 일이 이렇게 되도록 두고만 보고 있었던 거야? 불평이라도 한 마디 해 줘야—."

"지, 진정하세요."

아오를 달래려는 듯이 그렇게 말한 무시키는 전달해도 될 만한 정보만을 고른 후, 작은 목소리로 상황을 간략하게 설명했다. —누나에게 〈정원〉 전학을 인정받기 위해 쿠로에에게 사이카 역할을 부탁했으며, 지금 그녀가 약혼자 행세를 해 주고 있다고 말이다.

그러자 아오는 「……흐음?」 하며 턱을 매만졌다.

"그 말은 재가 무시키의 『밖』에서의 보호자인 거구나? 루리에게 저런 언니가 있는 줄은 몰랐네."

"뭐, 아버지와 전처 사이의 아이거든요……."

"그건 그렇고, 참 성가신 사람이네. 동생의 진로와 연애에도 참견하는 건 과보호 아냐? 그런 건 개인의 자유잖아."

예전에 누구보다도 루리를 속박했던 아오가 팔짱을 끼며 그렇게 말했다. ……농담이나 자조적인 발언 같지는 않았다. 무시키는 힘없이 쓴웃음을 머금을 수밖에 없었다.

그러자 아오는 목소리를 낮추면서 말을 이었다.

"무시키, 너도 그냥 우리 가문으로 와. 어차피 마술사가 될 거면 그편이 낫잖아? 내가 얼마든지 허락해 줄게. 후야죠 무시키. 괜찮네. 멋진 이름 아냐?"

"……감사한 말씀이지만, 그랬다간 일이 더 꼬일 것 같아요."

무시키가 정중히 사양하자, 아오는 가벼운 어조로 「그래?」라고 말하며 어깨를 으쓱했다.

"뭐, 자초지종은 파악했어. 결국은 저 사람에게 이기면 되는 거네?"

"간단히 말하자면 그런 거지만, 그게 영 쉽지가 않아서요."

"그 정도는 간단하잖아. 승패의 기준이 명확하지 않은 것으로 승부하면 돼."

"네……?"

아오가 자신만만한 투로 그렇게 말하자, 무시키는 눈을 동그랗게 떴다.

아오는 손을 가볍게 내젓더니, 마도카를 향해 성큼성큼 걸어갔다.

"저기, 너."

"……응?"

아오가 말을 건네자, 그녀를 쳐다본 마도카는 약간 놀란 것처럼 눈썹이 흔들렸다.

"루리……? 아냐. 외모는 닮긴 했지만…… 누구야?"

"시라누이 아오이. 루리의 외가 친척이야. 만나서 반가워."

"……그렇구나. 만나서 반가워."

아오가 적당히 인사를 건네자, 마도카는 그렇게 답했다.

평소 마도카라면 느닷없이 그런 말을 들어도 믿지 않았을지도 모르지만, 아오의 외모가 엄청난 설득력을 낳았다. 쌍둥이라 해도 과언이 아닐 정도로 루리를 쏙 빼닮은 소녀가 그렇게 말하니, 마도카가 믿을 수밖에 없을 것이다.

아오는 가슴을 펴며 말을 이었다.

"이야기는 들었어. 다음 종목은, 내가 정해 줄게."

"……흐음. 나는 그래도 상관없기는 한데, 종목이 뭐지?"

마도카가 묻자, 아오는 품속에서 전단지 한 장을 꺼내 들었다.

그 종이에 적힌 글자를 본 마도카는 눈을 가늘게 떴다.

"······미스 〈정원〉 콘테스트?"

"─그래. 이 미인 대회에서 1등을 한 사람의 승리로 하는 건 어때?"

아오는 자신만만한 미소를 머금으며 그렇게 말했다.

제4장 트러블에는 차분히 대처하시길

"······흐음~? 일이 꽤 재미있어졌는걸~."

노점이 줄지어 있는 〈정원〉 중심가에서 인파에 섞여 소동을 지켜보고 있던 라이무는 한동안 귀를 쫑긋 세우고 이야기를 훔쳐 들은 후, 원래 있던 장소로 돌아갔다.

그러자 거기 있던 린도와 네네가 기다렸다는 듯이 말을 건넸다.

"어, 어떤가요?"

"대체 무슨 일이 일어난 거지?"

"으음······ 보아하니, 같이 있던 언짢아 보이는 누님이 쿠가의 누나인가 봐. 그리고 그 누나가 미인 대회에서 1등을 한다면 쿠가는 마술사를 관두기로 한 것 같네."

라이무는 방금 자기가 보고 들은 상황을 간결하게 설명해 줬다. 그러자 린도는 눈을 치켜떴고 네네는 미간을 살짝 모았다.

"네······?! 그, 그게 무슨 소리예요?!"

"꽤 당황스러운 이야기군. 어떤 경위로 그렇게 된 거지?"

"뭐, 나도 단편적인 이야기만 들어서 자세한 건 몰라. 하지만 아무래도 저 누님은 마술사가 아니고, 쿠가가 〈정원〉

에서 마술사가 되는 것에 반대하는 듯한 분위기였어."

라이무가 그렇게 말하자, 린도는 손을 부들부들 떨었다.

"미, 믿기지 않아……. 세계를 구한다는 숭고한 사명을, 하필이면 가족이 방해하다니……."

"그래? 내가 보기엔 당연한 반응 같은데 말이야. 일반인이 보기에 마술사는 수상할 테고, 위험까지 뒤따르잖아~. 뭐, 태어날 때부터 떠받들어지며 자라온 명문가의 아가씨는 영 와닿지 않을지도 모르지만 말이야~."

"……말에 가시가 돋쳐 있는 것 같네요."

"어~? 그래~? 미안해~. 까맣게 몰랐어☆"

라이무가 노골적으로 시치미를 떼자, 린도는 불만을 표시하듯 미간을 좁혔다.

"……뭐, 좋아요. 그것보다, 왜 미인 대회로 그런 걸 결정하는 거죠?"

"글쎄. 모르겠어. 그건 아오 양한테 물어봐."

보아하니 승부 방법을 제안한 사람은 아사기의 사촌이라는 예의 그 사람 같았다. 라이무는 어깨를 으쓱하며 그렇게 말했다.

바로 그때, 또 하나의 사안을 떠올린 라이무는 덧붙이듯 말했다.

"아, 맞다. 그리고 쿠가가 옆에 있는 흑발 여자애와 결혼하느니 마느니 같은 이야기도 들리던걸."

"……네?! 어, ……네엣?!"

린도는 그 말을 듣고 눈을 치켜뜨더니, 숨을 삼키며 경악했다.

"잠깐만요. 그 사람은 마녀님의 종자 맞죠……?!"

"그래~? 몰랐네."

"그런 사람이 왜 쿠가 선배와……?! 종자는 마녀님과 연인 사이일 텐데……."

"어라라, 또 신경 쓰이는 정보를 듣고 말았네."

라이무가 몸을 쑥 내밀며 그렇게 말하자, 린도는 어깨를 부르르 떨면서 시치미를 떼듯 시선을 돌렸다.

솔직히 말해 꽤 흥미가 가는 이야기지만, 아무래도 린도는 더 이상 말실수는 하지 않을 것 같았다. 라이무는 작게 한숨을 내쉬더니, 한 손으로 스마트폰을 조작하면서 두 사람에게 질문하듯 말을 이었다.

"—그런데, 어떻게 할 거야?"

"네……?"

"어떻게, 하냐니?"

린도와 네네가 의아하다는 듯이 고개를 갸웃거렸다. 그러자 린도는 과장스럽게 어깨를 으쓱했다.

"아니~ 한솥밥을 먹은 동지가 궁지에 처해 있다고. 도와주는 게 인간의 도리 아냐~?"

"그, 그건 그렇지만, 저희가 뭘 할 수 있죠? 가족 간의 문제를 중재하려고 끼어들었다간, 괜히 상황을 더 복잡하게 만들 뿐이잖아요.”

린도가 인상을 찡그리며 그렇게 말하자, 라이무는 「아냐, 아냐~」라고 말하며 손가락을 좌우로 까딱거렸다.

“아까 말했지? 미인 대회에서 쿠가의 누나가 1등을 하면 이 학원을 관둔다고 말이야. 어쩌다 그런 이야기가 된 건지는 모르겠지만~, 이야기 자체는 단순 명쾌해. 쿠가의 누나가 1위를 못 하게 하면 되는 거라고.”

“방해 공작을 하자는 건가?”

“아냐~. 그런 번거로운 짓을 할 것도 없어. 아무래도 그 미인 대회에는 현장 참가도 가능한 것 같거든. 그리고 이 자리에는 아리따운 소녀가 두 명이나 있지.”

라이무가 그렇게 말하자, 한순간 무슨 말을 들은 건지 모르겠다는 표정으로 서로를 쳐다보던 린도와 네네가 화들짝 놀라며 숨을 삼켰다.

“저, 저기, 설마…….”

“우리보고 참가하라는 건가.”

두 사람이 아연실색하며 그렇게 말하자, 라이무는 손가락을 튕기며 대답했다.

“딩동댕~. 아직 참가자 접수 중이고, 의상도 빌려주나 봐. 두 사람의 미모로 관객을 녹아웃 시키게나~.”

“그, 그건…… 무리예요! 그런 조신치 못한 짓을 어떻게 해요!"

"나도, 그런 건, 좀, 부끄러워서 말이지."

린도는 고개를 세차게 저으면서, 그리고 네네는 볼을 살짝 붉히며 그렇게 말했다. 그러자 라이무는 어처구니없다는 듯이 한숨을 푹 내쉬었다.

"너희 둘 다 참 매정하네~. 이대로 있다간 쿠가 자식이 이 학원을 관두게 될지도 모르거든? ―아아, 앞날이 창창한 마술사의 길이 이렇게 끊겨 버리고 말 줄이야! 장래에 쿠가가 없는 바람에 패배하는 전투가 있을지도 몰라! 잃지 않아도 될 목숨을 잃게 될지도 몰라! 그날, 두 사람이 미인 대회에 참가하기만 했더라면……!!"

"으, 으윽……!"

라이무가 연극 배우 같은 말투로 그렇게 말하자, 린도는 어깨를 부들부들 떨면서 신음을 흘렸다.

라이무는 입에서 나오는 대로 지껄이고 있을 뿐이며, 만에 하나 그런 사태가 벌어질지라도 린도와 네네에게 책임이 있을 리가 없다. 하지만 성실한 성격인 린도는 그 말을 무시할 수 없는 것 같았다.

바로 그때, 네네가 뭔가를 눈치챈 것처럼 라이무의 손 언저리를 가리켰다.

"그런데, 아까부터 뭘 하고 있는 거지?"

"응?"

라이무가 당황한 목소리로 그렇게 말한 순간, 린도가 그 빈틈을 놓치지 않겠다는 듯이 그가 쥐고 있는 스마트폰을 낚아챘다.

"어, 잠깐—."

라이무는 허둥지둥 손을 내밀었지만 이미 늦었다. 린도와 네네는 라이무의 스마트폰 화면에 표시된 글자를 읽기 시작했다.

"—회원제 유희 사이트『그리모어 메이커』."

"제목 : 미스〈정원〉콘테스트. 인기 순위 3위 · 시온지 린도. 배율 3.5배……."

두 사람의 날카로운 시선이 라이무를 향했다.

"히메미야 선배, 설마……."

"미인 대회 결과를 가지고 도박을 하려는 건가?"

"……아니거든?"

이마가 땀으로 젖은 라이무가 단호한 어조로 그렇게 말했지만, 도끼눈을 뜬 린도와 네네는 좌우에서 슬금슬금 그에게 접근했다.

"그러고 보니 선배가 일전에 보충 수업을 받은 건 도박 사이트를 운영하다 걸려서였죠?"

"이번이 두 번째니까, 퇴학을 당할지도 모르겠군."

"에, 에이~. 무슨 소리야. 남들이 들으면 오해하게……."

라이무가 메마른 목소리로 그렇게 말하자, 린도와 네네

가 양옆에서 말했다.

"저희도 악마는 아니에요. 보충 수업 동료의 정을 봐서, 지금 그 사이트를 폐쇄한다면 못 본 거로 해 줄게요."

"선택해라. 이게 운명의 분수령이다."

"뭐……! 말도 안 되는 소리 말라고. 이 사이트의 고객이 몇 명이나 되는지 알긴 해? 그딴 짓을 할 수는─."

"못 한다면 〈가구〉의 관리부에 신고하겠어요. 참고로 이 단말도 물리적으로 파괴할 거예요."

"─쉿, 쉿."

린도의 그 말에 맞춘 것처럼, 네네가 섀도복싱을 시작했다. 저 통나무 같은 팔과 바위 같은 주먹이라면, 라이무의 스마트폰 정도는 순식간에 박살 낼 수 있을 것이다.

"으, 그극……."

라이무는 분하다는 듯이 신음을 흘렸지만, 이윽고 체념하며 한숨을 내쉬었다.

"……알았다고~. 이러면 될 거 아냐. 이러면~."

그리고 스마트폰을 조작한 후, 화면을 두 사람에게 보여 줬다.

그러자 린도는 턱에 손을 대며 네네에게 시선을 보냈다.

"무샤노코지 선배. 진짜로 폐쇄됐는지 체크 부탁드려요. 만약 복구가 가능한 상태거나 이 상황을 벗어나기 위해 속이고 있는 것 같다면, 히메미야 선배의 스마트폰을 접이식으로 만들어 주세요."

"그렇게 하지."

네네는 그렇게 대답하며 손을 내밀었다. 그러자 당황한 라이무는 다시 스마트폰을 조작하며 당황한 목소리로 이렇게 외쳤다.

"어, 어이쿠~! 큰일 날 뻔했네! 미처 못 지운 게 있어! 일부러 그런 게 아니야. 아니라고!!"

라이무가 땀을 삐질삐질 흘리면서 그렇게 말하자, 린도와 네네는 도끼눈을 뜨면서 스마트폰을 재확인한 후에 질렸다는 듯이 어깨를 으쓱했다.

"뭐, 좋아요. 저도 한 입으로 두말은 하지 않겠어요."

"앞으로는 성실하게 살도록."

"젠장……. 모처럼 한몫 잡을 기회였는데……."

라이무가 머리카락을 쥐어뜯자, 린도와 네네가 좌우에서 그의 어깨에 손을 턱 얹었다.

"—뭐, 그건 그렇고 말이죠. 아까 히메미야 선배가 한 말이 전부 틀렸다고는 생각하지 않아요. 저희도 니라이 섬에서 신세를 진 쿠가 선배를 돕고 싶거든요."

"그리고, 우리만 그런 심정인 건 아닐 테지?"

"뭐……? 무, 무슨 소리를 하는 거야……?"

얼이 나간 목소리로 그렇게 중얼거린 라이무는 그대로 두 사람에게 끌려갔다.

◇

아오가 제안하고 30분 후.

무시키 일행은 〈정원〉 안에 설치된 특설 무대 앞에 서 있었다.

이미 주위에는 다수의 관객이 모여 있었으며, 미스 〈정원〉 콘테스트가 시작되기를 고대하고 있었다. 그런 군중을 쳐다보면서, 무시키는 쓴웃음을 머금었다.

"그건 그렇고, 미인 대회라니…… 아오 씨치고는 좀 뜻밖의 제안이군요."

"하지만 이러면 아무리 누님분의 완력과 체력이 뛰어날지라도 문제가 되지 않습니다. 평범하게 승부하는 것보다 희망적이겠죠."

쿠로에가 생각에 잠기며 그렇게 말하자, 무시키는 동의한다는 듯이 고개를 끄덕였다.

"네. 다행이에요. 이러면 마도 누나에게 전학을 인정받을 수 있겠네요."

"아직 이긴다는 보장은 없습니다만—."

쿠로에는 말을 이으려다 입을 다물었다. 승부를 시작하기 전부터 불안한 말을 하는 건 좋지 않다고 생각했으며, 쿠로에의 승리를 눈곱만큼도 의심하지 않는 무시키의 맑디맑은 눈동자를 봤기 때문일지도 모른다.

"—홋. 네, 그래요. 하기로 한 이상, 반드시 이기겠습니다."

두 사람이 그런 대화를 나누고 있을 때, 행사장 전체에 울리는 안내 음성이 스피커에서 흘러나왔다.

『—자, 그럼 지금부터 미스 〈정원〉 콘테스트를 시작하겠습니다! 참가 예정이었던 시스터즈가 컨디션 난조로 의료동으로 호송됐기에, 현장 참가자도 모집 중이에요! 그리고 여담이지만, 크라켄야키 노점은 영업 정지예요!』

〈정원〉 관리 AI 시르벨의 목소리였다. 아무래도 미인 대회의 사회 및 진행을 맡은 것 같았다. 여전히 이벤트를 참좋아하는 AI였다.

무대 위를 보니, 힐데가르드를 쏙 빼닮은 입체 영상이 허공에 둥실둥실 뜬 채 손을 흔들고 있었다.

하지만 그게 당연했다. 시르벨의 외모는 제작자인 힐데가르드를 모델로 했으며, 얼굴과 몸매 또한 똑같았다. 게다가 힐데가르드보다 얇은 옷차림인 데다, 매우 활동적이다. 이제부터 미인 대회가 시작될 건데, 참가자보다 더 주목을 받는 듯한 느낌마저 들었다.

"자, 누님분은 이미 이동하신 것 같군요. 저도 가 보겠습니다."

"네. 힘내세요."

무시키는 주먹을 말아 쥐며 쿠로에를 배웅한 후, 무대가 잘 보이는 위치에서 미인 대회가 시작되기를 기다렸다.

그러자 잠시 후, 스피커에서 또 시르벨의 목소리가 들려왔다.

『—참가자에게는 각각 3분 간의 어필 타임이 주어져요. 관객석에서의 박수 및 환성으로 점수를 매기니, 관객 여러분의 많은 성원 부탁드려요♡ 그러면 시작하겠어요. 참가 번호 1번—.』

시르벨의 안내에 맞춰, 한 여학생이 무대에 등장했다. 자기 반에서 하는 기획의 선전을 겸하고 있는 건지, 유령을 연상케 하는 분장을 하고 있었다.

인사를 마친 후, 어필 타임이 시작됐다. 여학생이 멋진 무용을 선보이자, 관람 에어리어의 관객들이 와아~ 하고 환성을 토했다.

그러자—.

『네, 감사합니다. 정말 귀여웠어요~! 넘쳐흐르는 여동생 느낌에, 이 언니도 대만족했어요! 그러면 다음은 〈정원〉 밖에서 온 현장 참가자예요. 참가 번호 2번, 시온지 린도!』

"어……?"

첫 참가자의 어필 타임이 끝난 후, 귀에 익은 이름을 들은 무시키는 무심코 눈을 동그랗게 떴다.

그렇다. 그 이름은 일전에 니라이 섬에서 함께 보충 수업을 받았던 학생의 이름이다.

정원 야회에는 외부의 학생이 올 수 있다. 하지만 린도는 좋게 말하면 성실하고 규율에 엄격한, 나쁘게 말하면 약간 융통성이 없는 편이다. 미인 대회 같은 이벤트에 참가할 타입은 아닌 것 같은데—.

"……."

무시키가 그런 생각을 하고 있을 때, 무대 위에 한 소녀가 나타났다.

틀림없다. 무시키가 아는 린도가 틀림없다. 평소의 그녀라면 절대 입지 않을 듯한, 끝자락이 짧은 셔츠와 미니스커트 차림에 양손에 응원 수술을 들고 있었다. 치어걸 의상은 자기가 고른 것일 테지만, 얼굴이 새빨갰다.

"아, 안녕하세요……."

무대 중앙에 선 린도는 작디작은 목소리로 그렇게 말했다. 그 모습을 본 관람 에어리어의 관객들이 「힘내~」하고 성원을 보냈다. ……뭐, 린도는 그 성원을 듣고 더 부끄러워하듯 고개를 푹 숙였지만 말이다.

『자, 그러면 어필 타임 스타트~예요!』

스피커에서 시르벨의 목소리가 흘러나왔다. 린도는 어깨를 흠칫하더니, 머뭇머뭇하며 응원 수술을 든 두 손을 흔들기 시작했다.

"프, 플레이~, 플레이……."

그리고 뭔가를 응원하듯, 가녀린 목소리로 그렇게 말했다. 그 귀여운 모습과 긴장한 표정을 본 관객들이 훈훈한 성원을 보냈다.

이윽고 린도는 고개를 꾸벅 숙이더니, 서둘러 무대에서 내려갔다. 무시키는 반쯤 얼이 나간 채 손뼉을 쳤다.

"왜, 왜 저 애가 이런 곳에⋯⋯."

하지만 예상 밖의 사태는 그것으로 끝이 아니었다.

린도의 퇴장과 동시에, 또 시르벨의 안내 음성이 울려 퍼진 것이다.

『꺄앙~! 멋진 치어걸 아가씨였어요! 어마어마한 시스터니움 함유량이군요! 어? 시스터니움이 뭔지 몰라요? 여동생 도(度)의 근원이 되는 영양소거든요? 섭취하면 피부가 매끄러워지고, 변비에도 좋아요. 적극적으로 섭취하도록 하세요! 자, 다음도 〈정원〉 밖에서 온 참가자예요! 참가번호 3번, 무샤노코지 네네!』

"어."

그 이름을 들은 무시키가 또 신음을 흘린 순간, 무대 위에 거대한 실루엣이 등장했다.

관객들이 숨을 삼키는 소리가 들려왔다. 하지만 그것도 무리는 아니었다. 왜냐하면 이번에 나타난 이는 거대한 바위처럼 철저하게 단련된 육체를 자랑하는 소녀였던 것이다.

아까 전의 린도처럼 끝자락이 짧은 간호사복을 입고 있지만, 그 치맛자락 아래로 뻗어 있는 터질 듯한 다리에 더 눈길이 갔다. 그야말로, 저 근육이야말로 그녀의 의상이었다.

"……."

네네는 무대 중앙에 서더니, 팔짱을 꼈다. 그 당당한 모습에, 관람 에어리어에서 일부 호사가들의 감탄과 환성이 터져 나왔다.

하지만 그 환성은 아까 전과는 다르게 「거대해!」, 「끝내줘!」, 「어깨에 지프차라도 얹어 놓은 거냐!」 같은 것이었다.

시르벨이 어필 타임 개시를 선언했는데도, 네네는 미동조차 하지 않았다.

규정 시간이 종료될 때까지 기다린 후, 네네는 조용히 무대에서 내려갔다.

"저, 전혀 움직이지 않았어……."

"아니, 저건 완성된 육체야말로 지고의 예술이라는 어필이야."

"그, 그렇구나―."

네네의 의미심장한 행동에 대해, 주위에서 다양한 고찰을 내놨다.

하지만 짧은 기간이라고는 해도, 니라이 섬에서 함께 지냈던 무시키의 예상은 달랐다.

아마 네네는― 부끄러웠던 것이다.

이런 자리에 익숙하지 않아서, 긴장하고 만 것이다.

그 당당한 태도 때문에, 눈치챈 사람은 거의 없는 것 같지만 말이다.

『으음, 의외의 어필이군요~. 하지만 이 언니로서는 방금 같은 것도 완전 웰컴이에요! 꾸밈없이 착실하고 심신이 건강한 여동생이 수줍어하며 「······언니」 하고 불러 주는 것 또한 끝내주니까요! 그러면 다음 차례로 넘어가죠! 참가 번호 4번, 히메미야 라이무!』

"······어?"

그 이름을 들은 순간, 무시키는 무심코 미심쩍은 표정을 지었다.

이유는 크게 두 가지다. 하나는 그 이름이 린도, 네네와 마찬가지로 니라이 섬에서 함께 보충 수업을 받았던 멤버의 것이라서다.

그리고 다른 하나는─.

"─안녀어어어어어엉~!"

그런 목소리와 함께, 바니걸 의상을 입은 인물이 무대 위로 뛰어 올라왔다. 그 모습을 본 순간, 관객들이 열광적인 반응을 보였다.

그럴 만도 했다. 비단실 같은 옅은 금발을 지닌, 절세의 미소녀가 나타났으니 말이다.

······하지만 무시키는 마음속으로 방금 한 생각을 정정했다.

무시키가 미심쩍은 표정을 지은 또 하나의 이유는 바로─ 라이무가 남자라서다.

겉모습만 보면 영락없는 미소녀지만, 그는 그 점을 자각하고 있지 않았고, 미인 대회 같은 것에 자기 의지로 참가할 법한 성격도 아니었다.

대체 그에게 무슨 일이 있었던 것일까. 어필 타임에 될 대로 되란 듯이 관객을 향해 손 키스를 날리는 라이무를 보면서, 무시키는 땀을 삐질삐질 흘렸다.

"응원 잘 부탁해애애애앳! 빌어먹으으으으으을!"

왠지 마지막에 진심에서 우러난 절규가 들려온 것 같지만, 성대한 환성에 가려져서 거의 들리지 않았다.

이윽고 어필 타임이 끝낸 라이무는 이제까지 중에서 가장 큰 환성을 받으면서 무대에서 내려왔다. 굽 높은 구두에 익숙하지 않아서 그런지, 걸음걸이가 어색했다.

"대, 대체 뭐가 어떻게 된 거야……."

바로 그때, 무시키의 눈썹이 흔들렸다.

미인 대회가 열린 관람 에어리어 안에서, 여우 가면과 전통 외투를 걸친 소녀들을 발견한 것이다.

게다가 관람 에어리어에 왔으면서 무대 위가 아니라, 당황한 태도로 주위를 둘러보고 있었다. 그 광경을 보며 고개를 갸웃거린 무시키는 인파를 헤치며 그들에게 다가갔다.

"—아사기. 이런 데서 뭐 하는 거예요?"

"아! 무시키 씨—."

무시키가 말을 건네자, 아사기는 화들짝 놀라며 그를 돌아봤다.

"저기, 아오 님을 보지 못하셨습니까? 잠시 눈을 뗀 사이에 사라지셨습니다만……."

"아, 못 봤는데요……. 어린애도 아니니까, 너무 걱정할 필요는 없지 않을까요?"

"그건 그렇습니다만……."

그렇게 대답한 아사기는 어깨를 희미하게 떨었다.

"말로 표현하기 어렵습니다만…… 왠지 매우 좋지 않은 예감이 듭니다."

"좋지 않은 예감……?"

무시키가 고개를 갸웃거리고 있을 때, 아사기의 뒤편에 있던 아주르스 중 한 명이 입을 열었다.

"대장님, 저기 계신 분이 아오 님 같지 않습니까?"

"뭐?!"

아주르스의 목소리가 들린 순간, 아사기는 튕기듯 고개를 돌렸다. 무시키도 덩달아 고개를 돌렸다.

그러자, 드세 보이는 인상을 지닌 루리를 쏙 빼닮은 소녀가 보였다. 그 소녀도 아사기 일행을 발견한 건지, 관객을 해치면서 이쪽으로 다가왔다.

하지만…….

"—드디어 찾았네! 무시키, 아까 일에 관해 설명해 줘야겠어!"

그 소녀가 한 말을 들은 순간, 무시키는 눈을 동그랗게 떴다.

"혹시…… 루리야?"

"뭐? 무슨 소리를 하는 거야. 당연하잖아. 동생 얼굴도 잊은 거야?"

"어, 아니…… 『마녀의 저택』은 어쩐 거야?"

"휴식 시간이야!"

찰싹! 소리가 나게 가슴을 두드린 루리가 그렇게 말했다. 그러고 보니 가발을 벗기는 했지만, 지금 그녀가 입고 있는 것은 최고위 접객 마녀 그랜드 위치에게만 착용이 허락된 미드나이트 블루 색깔의 드레스였다. ……즉시 무시키와 쿠로에를 뒤쫓고 싶었을 텐데도 자기 할 일을 마친 후에 온 점은 정말 루리다웠다.

하지만 그 소녀가 루리라는 건, 아오가 여전히 행방불명이라는 사실을 가리켰다. 아사기는 떨리는 목소리로 질문을 던졌다.

"루, 루리 님……? 그러면, 아오 님은 대체 어디에…….."

"아사기? 네가 왜 여기에—."

루리가 말을 이으려던, 바로 그때였다.

『—자! 그럼 이어서 참가 번호 7번, **후야쵸 루리!**』

"네~!"

그런 안내 음성과 함께, 루리와 똑같이 생긴 소녀가 무대 위로 힘차게 뛰어 올라갔다.

"어—?"

"아…… 아오 님……?!!"

뜻밖의 인물이 등장하자, 루리는 완전히 얼이 나가버렸고, 아사기는 당황한 목소리로 그렇게 외쳤다.

진짜 루리가 여기 있으니, 지금 무대 위에 서 있는 미인 대회 참가자는 아사기가 말한 것처럼 아오일 것이다.

하지만 그렇다면 수수께끼가 남는다. 왜 그녀는 미인 대회에 참가한 것일까. 그것도 루리의 이름으로 말이다. 유심히 보니, 머리카락 또한 루리처럼 둘로 나눠 묶었다. 게다가 옛날에 아이돌들이 입던 하늘하늘거리는 의상을 걸치고 있었다.

무시키가 생각에 잠겨 있을 때, 뭔가를 눈치챈 듯한 아사기가 숨을 삼켰다.

"서, 설마……."

"아사기, 뭐가 어떻게 된 건지 알겠어요?"

"아오 님이 쿠로에 양과 마도카 양에게 승부를 제안했던 것을 기억하고 계십니까? —그때, 아오 님은 이렇게 말씀하셨습니다. **미인 대회에서 1등을 한 사람의 승리**, 라고 말이죠."

"아—."

무시키는 그 말을 듣고 눈을 치켜떴다. 확실히, 그런 말을 들은 듯한 느낌이 들었다.

지금 생각해 보니 확실히 이상한 이야기였다. 이것은 쿠로에와 마도카의 승부다. 그렇다면 누가 더 높은 점수를 얻는지로 승부하면 될 것이다. 아오의 제안에 따른다면, 다른 참가자가 1등을 할 경우에는 무효 시합이 될 테니 말이다.

"지금 생각해 보니, 제삼자가 승부에 개입할 여지를 만드신 거라고 할 수 있습니다. 그리고 아오 님이 지금 루리 님의 이름으로 무대에 오르셨죠……."

"서, 설마—."

"아오 님은 루리 님의 어름으로 미인 대회에서 1등을 해서, 쿠로에 양이 얻을 예정이었던 무시키 씨와의 약혼 자격을 루리 님에게 주려는 겁니다……!"

"뭐, 뭐엇?!"

자초지종은 모르지만, 아오가 당치도 않은 짓을 벌이려 한다는 건 이해한 듯한 루리가 비명에 가까운 목소리로 그렇게 외쳤다.

그런 가운데, 루리를 사칭한 아오는 자기가 생각하는 루리 느낌을 표현하고 있는 건지, 무대 위에서 몸을 배배 꼬고 있었다.

"으음~, 저는 이런 자리는 처음이라서~ 부끄럽지만~ 사랑하는 오라버니를 위해 힘낼래요~♡"

"끄아아아아아아아아아아아아아아아아아아아아악—?!!"

귀여운 척이란 척은 다 하는 그 인사를 들은 순간, 진짜 루리는 절규를 토했다. 이 시끌벅적한 관람 에어리어 안에서도 들릴 정도로 목소리가 컸기에, 주위에 있던 이들이 술렁거리기 시작했다.

하지만 아오는 그것을 눈치채지 못한 건지, 전혀 개의치 않으며 말을 이었다.

"그러면 들어 주세요. —『꿈 빛깔 라피스☆라줄리』."

하지만 아오가 마이크를 쥐면서 그렇게 말한 순간, 루리가 신발을 벗어서 멋진 폼으로 무대를 향해 던졌다.

뻐억~! 하는 소리가 울려 퍼지면서, 아오의 얼굴에 신발이 정확하게 명중했다.

아오는 「아얏!」 하고 짤막하게 외치면서, 그 자리에서 그대로 쓰러졌다.

"뭐, 뭐야?! 아프잖아—."

"—체포오오오오오오!"

""""오오오오오오오오오!""""

아오가 몸을 일으키는 것과 동시에, 무대 위로 일제히 쳐들어간 아주르스들이 아오를 공손히 체포했다.

"앗, 뭐야! 너희들, 이게 무슨 짓이니! 잠깐—."

그런 말을 남기면서, 아주르스들이 아오를 그대로 연행했다.

눈앞에서 벌어진 갑작스러운 사태 탓에 술렁거리는 관객

들 앞에, 아오와 교대하듯 진짜 루리가 모습을 보였다.

"……후야죠 루리예요. 소란을 피워서 죄송해요. 책임을 지기 위해, 기권하겠어요."

그리고 그렇게 말하면서 수치심이 어린 얼굴을 꾸벅 숙인 후, 무대에서 내려갔다.

관객들은 한동안 무슨 일이 일어난 건지 모르겠는지 얼이 나가 있었지만…….

『어머~, 액시던트가 발생했네요~. 왠지 평소의 루~ 양보다 시스터니움이 부족한 느낌이 들었는데…… 뭐, 이 언니한테 있어서는 귀여운 동생이에요! 자! 그러면 다음 차례로 넘어가 보죠!』

시르벨이 태연한 어조로 한 말을 듣고 일단 안심한 건지, 드문드문 박수 소리가 들려오기 시작했다.

"방금 대체 무슨 일이 일어난 거지……."

"〈정원〉의 후야죠 루리 맞지……?"

"빨리 옷 갈아입기……?"

의문이 완전히 가시지는 않았지만, 큰 소동으로는 이어지지 않고 상황이 진정되어 갔다.

그리고 잠시 후, 미인 대회는 다시 재개됐다.

『―참가 번호 8번, 익명 희망!』

시르벨의 그 말에 맞춰, 무대 위에 다음 참가자가 나타났다.

그 모습을 본 무시키는 무심코 눈을 동그랗게 떴다.

무대에 나타난 이는 바로 카라스마 쿠로에 본인이었던 것이다.

게다가 아까처럼 교복 차림이 아니었다. 평소 저택에서 사이카의 곁을 지킬 때 착용하는 옷을 입고 있었다.

한순간 참가명이 익명 희망인 것에 의문을 느꼈지만, 곰 곰이 생각해 보니 이해할 수 있었다. 마도카의 앞에서 쿠 오자키 사이카라고 밝힌 만큼, 카라스마 쿠로에로서 참가 할 수는 없었을 것이다. 그렇다고 사이카의 이름으로 참가 했다간, 사이카를 아는 관객들이 위화감을 느끼리라. 그러 니 이름을 감추는 게 가장 무난한 선택지다.

그리고 그것은 뜻밖의 효과를 발휘했다. 이름을 숨긴 덕분 에, 「저 애는 누구지?」라는 목소리가 여기저기서 들려왔다.

"본 적은 있어. 이름이 뭐였더라―."

"저 옷을 보니 알겠네. 마녀님을 모시는 종자야."

"마녀님의 종자가 미인 대회에……?"

그런 대화가 들려오면서, 꽤 화제가 되기 시작했다. 본 인의 미스터리어스함도 더해진 덕분인지, 신비적인 분위 기를 조성하는 데 성공한 것 같았다.

"……아하. 꽤 머리 썼네. 일부러 이름을 숨겨서, 다른 이들의 흥미를 끈 거야."

무시키의 옆에서 그런 핀트가 어긋난 해설이 들려왔다.

―루리였다.

"루리, 언제 돌아온 거야?"

"평범하게 돌아왔을 뿐이야. 불만 있어?"

"그런 건 없는데……."

정말 마음이 강한 아이다. 역시 루리는 대단해, 하고 무시키는 생각했다.

"……."

관객들의 흥미가 최고조에 도달했을 때, 쿠로에가 움직였다.

공손히 고개를 숙이는가 싶더니, 걸치고 있던 옷을 벗기 시작한 것이다.

"아니……!!"

"쿠, 쿠로에……?"

술렁거리는 관객들 앞에서 쿠로에는 옷을 벗어던지더니―경기용 수영복 차림으로 그 자리에서 몸을 빙글 회전시켰다. 관객들(주로 남학생)이 오오! 하고 환성을 질렀다.

아무래도 처음부터 안에 수영복을 입고 있었던 것 같았다. 묘하게 가슴이 뛴 무시키는 무심코 안도의 한숨을 내쉬었다.

그런 와중에, 루리는 진지한 표정으로 턱을 쓰다듬었다.

"……큭, 그런 거구나. 그렇게 노출이 심하지 않은데도, 먼저 정숙한 메이드복 차림을 보여 줘서 갭을 연출했어…….

역시 도둑 까마귀, 남자 마음을 뒤흔드는 법을 아네……."

루리는 그렇게 말하면서 『갭. 중요』하고 스마트폰에 메모했다. 발언 자체는 문제가 많지만, 가상의 적에게도 배우려 하는 자세는 높이 산다.

박수와 환성 속에서, 쿠로에는 한 번 더 인사를 한 후에 벗은 옷을 손에 쥐고 무대에서 내려갔다.

끝나고 보니, 말 한마디 하지 않고 이제까지의 참가자 중에서 최고의 환성을 이끌어 냈다. 어디까지 계산한 건지는 모르겠지만, 쿠로에가 보여준 퍼포먼스는 그야말로 압권이었다.

『네! 감사합니다! 분위기가 뜨거워지고 있군요! 이 두근 거림…… 염화(艶化) 시스터니움이 느껴져요! 강한 몸을 만드는 데 꼭 필요하니 이 언니는 적극적으로 섭취하고 싶네요! —그러면 다음으로 넘어가죠! 참가 번호 9번, 쿠가 마도카!』

그리고 시르벨이 다음 참가자를 안내했다.

그러자 표정이 우울한 여성이 느릿느릿한 발걸음으로 무대에 나타났다. —다름 아닌, 무시키의 누나인 마도카다.

아무리 마도카라도, 이 뜨거운 분위기 속에서는 불리할 것이다. 무시키는 쿠로에의 승리를 확신하며, 주먹을 꼭 말아 쥐었다.

"……."

하지만 무대 중앙에 선 마도카는 천천히 재킷을 벗어 던졌다.

—설마, 마도카도 쿠로에와 같은 방법을……?! 관객들 또한 술렁거리기 시작했다.

하지만 마도카는 재킷만 벗었다. 얇은 옷차림이 된 마도카는 천천히 어깨를 흔들며 가느다란 숨을 내쉬었다.

"——."

그 광경을 본 관객들이 숨을 삼켰다.

이제까지 옷에 가려져 있던 마도카의 팔과 복부가 공기 중에 노출됐다. 그 모습이— 예술 작품처럼 아름다웠다.

요염하다……와는 조금 달랐다. 네네처럼 근육질인 것도 아니다. 그저 하염없이 갈고 또 간 칼날 같은 위태로움과 오랜 세월을 들여 형성한 보석 같은 빛이 동거하는 황금의 육체. 마술사로서 매일 수련에 힘쓰는 학생들은 일종의 동경심마저 느끼면서 그 광경을 멍하니 응시했다.

"……부탁해."

마도카는, 불쑥 그렇게 말했다.

그러자 무대 밖에서 대기하고 있던 진행요원 학생이 마도카 앞에 간이 테이블을 둔 후, 그 위에 투명한 빈 병을 몇 개 올려 뒀다.

"……?"

대체 무엇을 하려는 걸까— 관객들이 의아한 표정을 지

은, 바로 그때였다.

"하앗—."

짤막한 숨결을 토하면서, 마도카가 오른편에 있는 빈 병에 손을 댄 순간, 몇 개의 빈병 너머에 있는 왼편 끝의 빈 병이 소리 없이 바스러졌다.

"아니……!"

"대체, 뭐가 어떻게 된 거야—."

무슨 일이 일어난 건지 모르는 관객들이 어리둥절한 표정을 짓고 있는 가운데, 마도카가 두 손을 모으며 예를 표했다.

다음 순간, 와아~ 하는 환성이 터져 나왔다.

"……저기, 무시키, 저게 뭐야. 언니는 저런 것도 할 줄 아는 거야?"

"……나도 몰라. 오늘 처음 봤거든……."

루리의 질문에, 무시키는 식은땀을 흘리며 그렇게 답했다.

그러자 루리는 눈을 가늘게 뜨면서 말을 이었다.

"그래서, 결과는 어떤데? 아까 아사기한테 들었는데, 언니가 1등을 하면 큰일 나는 거잖아?"

"아…… 응. 하지만—."

무시키는 아까 전의 광경을 떠올리며 턱에 손을 댔다.

"방금 반응만 보면…… 괜찮지 않을까 싶어. 쿠로에 차례 때의 환성이 더 컸거든. 내 느낌으로는 히메미야 선배가 2등이고, 마도 누나가 3등일 것 같아."

"……히메미야 선배가 누군데?"

"정체불명의 바니……려나."

무시키가 쓴웃음을 머금으며 그렇게 말하자, 루리는 영문을 모르겠다는 듯이 고개를 갸웃거렸다.

바로— 그때였다.

『네, 대단한 묘기군요! 방금 들어온 정보에 따르면, 마도양은 뭇군의 누나라고 해요! 여러분의 언니 누나인 시르벨로서는 함부로 흘려 넘길 수 없는 정보지만, 두 사람 다 이시르벨의 동생이니 큰 문제는 없겠네요! 그러면—.』

시르벨의 목소리에 갑자기 치지직 하는 노이즈가 섞이는가 싶더니—.

무대를 비추는 거대한 조명이 갑자기 흔들거리면서 마도카, 그리고 병을 치우는 진행요원 학생이 있는 무대 중앙을 향해 추락했다.

"위험해!"

비명에 가까운 목소리가 울려 퍼졌지만— 이미 늦었다.

진행요원 학생과 관객들이 마술을 펼치기도 전에, 무게가 수백 킬로그램 이상인 거대한 강철 덩어리가 무대에 있는 이들을 인정사정없이 짓뭉갰다.

—아니, 짓뭉갠 것처럼 보였다.

"어……."

망연자실한 목소리가, 관람 에어리어에 울려 퍼졌다.

하지만 그것도 무리는 아니었다. 무대 중앙에 두 발로 선 마도카가, 한 손으로 조명을 받아 낸 것이다.

"……괜찮아?"

"아…… 네. 으음, 당신이야말로, 괜찮아요……?"

"……자주 있는 일이거든."

마도카는 자기 발치에서 다리가 풀려 주저앉은 학생이 무사하다는 것을 확인한 후, 손에 든 조명을 무대 위에 내려놓았다.

잠시 후…….

술렁거리고 있던 관람 에어리어에서, 우레와도 같은 박수와 환성이 터져 나왔다.

"우와……. 방금 어떻게 한 거야—."

"어떤 마술을 쓴 거지? 발동이 안 보였어."

"아냐, 안 썼어……. 맨손으로 받아 낸 거야…….."

"뭐?! 말도 안 돼!"

그런 목소리가 들려오는 가운데, 얼이 나가 있는 사람이 두 명 있었다.

바로 마도카의 동생인 무시키와 루리다.

"무시키…… 저게 뭐야?"

"아니, 그러니까 나도 모른다고…….."

하지만 얼이 나간 채 박수치던 무시키는 헉하고 숨을 삼키며 손을 멈췄다.

뜻밖의 사고, 그리고 그것을 멋지게 해결한 마도카의 모습. 그에 따라 들려오는 환성과 박수는 쿠로에 때보다 더 큰 것처럼 느껴졌다. 만약 이것이 마도카의 점수에 포함된다면, 승패가 뒤집힐지도 모른다.

쿠로에의 차례는 이미 끝났다. 이제부터 점수를 더 벌 수는 없다. 이대로 가다간, 마도카에게 지고 말 것이다.

하다 못해 다른 참가자가 1등을 하면 좋겠지만, 이제 와서 저것을 능가하는 박수와 환성을 받아 낼 수 있는 인물이 있을 리가—.

"……."

바로 그때, 무시키의 눈썹 끝이 파르르 떨렸다.

딱 한 명. 딱 한 명, 그것이 가능할지도 모르는 인물이 있다.

심사숙고할 시간은 없다. 무시키는 마음속으로 말을 읊조렸다.

(—쿠로에. 들리나요, 쿠로에.)

(—네. 무슨 일입니까.)

그러자 그 말에 답하듯, 쿠로에의 목소리가 머릿속에서 들려왔다.

(이대로 가다간 질지도 몰라요. 하지만—.)

무시키는 방금 떠올린 타개책을 쿠로에에게 간결히 전달

했다.

(……진심입니까? 무시키 씨.)

(네. 다른 방법이 없어요. 부탁드려요.)

무시키가 호소하듯 그렇게 말하자, 쿠로에는 결의를 다지듯 이렇게 답했다.

(알겠습니다. 상황이 이러하니 어쩔 수 없군요.)

(감사해요.)

무시키는 그렇게 답하더니, 어느새 감고 있던 눈을 떴다.

바로 그때, 옆에 있던 루리가 자신을 지그시 응시하고 있다는 사실을 눈치챘다.

"저기, 무시키? 내 말 듣고 있어? 왜 갑자기 멍하니……너, 너, 설마 또 쿠로에와 염화를 주고받은 건 아니지—."

하지만 루리는 갑자기 말을 멈췄다.

이유는 단순했다. 무시키가 루리의 손을 꽉 움켜쥐더니, 그녀의 눈을 지그시 응시한 것이다.

"—루리, 부탁이 하나 있어."

"어엇……?! 가, 갑자기 무슨 소리를 하는 거야……."

"옷을, 벗어 주지 않겠어?"

무시키가 똑바로 바라보며 그렇게 말하자, 루리는 얼굴이 홍당무처럼 새빨개졌다.

"대…… 대대대대대, 대뜸 무슨 소리를 하는 거야?! 그딴 짓을 어떻게—."

"부탁이야. 이런 부탁을 할 사람은 루리뿐이야."

"그, 그런 소리 해 봤자……."

"루리."

무시키가 얼굴을 쑥 내밀며 이름을 부르자…….

"아…… 아라써……."

눈이 빙글빙글 도는 루리가 고개를 끄덕였다.

"……아~, 쳇. 따끔한 맛을 봤네."

흥분으로 가득 찬 무대 뒤편에서, 라이무는 질렸다는 표정으로 한숨을 내쉬었다.

참고로 그는 아직도 억지로 입혀진 바니걸 차림이었으며, 머리에는 토끼 머리띠를 쓰고 있었다. 그 옷차림으로 다리를 크게 벌리며 몸을 숙이자, 린도가 「다, 다리 좀 오므려요! 정말 조신치 못하군요!」라는 알쏭달쏭한 꾸중을 들었다.

라이무는 쓴웃음을 흘리더니, 하늘하늘한 치맛자락을 들어 올렸다.

"이딴 걸 입은 사내자식을 구경하는 게 뭐가 즐거운 거냐고. 완전히 개그 담당이잖아……."

그렇게 말하면서 아까 전의 무대를 떠올렸다. 관람 에어리어가 묘한 열기에 휩싸여 있었던 것 같은데…… 뭐, 남자가 바니걸 의상을 입고 나타난다면 자신도 웃음을 터뜨릴 것이다. 설마 라이무를 여자로 착각했을 리도 없고 말이다.

라이무는 어깨를 으쓱하더니, 무대 쪽을 힐끔 쳐다봤다. 이 위치에서는 무슨 일이 일어난 건지 알 수 없지만, 꽤 분위기가 고조되어 있었다. 방금까지 라이무의 앉는 자세를 가지고 잔소리를 해대던 린도와 네네도 무대를 보러 갔다.

―기회다. 라이무는 짐에서 스마트폰을 꺼내더니, 애플리케이션을 켰다.

"그럼 슬슬 **이쪽** 일을 처리해 볼까."

딱히 이 애플리케이션 자체는 별것 아니다. 원격 조작으로 어떤 『상자』의 뚜껑을 여는 게 전부다. 이미 이곳에 오기 전에 사전 준비를 마쳐 뒀던 것이다.

"―자, 연회도 절정, 축제도 클라이맥스. 슬슬 큼지막한 불꽃을 쏘아 올려볼까요……."

라이무는 입가를 일그러뜨리며 씨익 웃더니, 패스워드를 입력하고 화면을 터치했다.

"……."

특설 무대의 뒤편에 설치된 대기실에서 무대 쪽을 쳐다

보면서, 마도카는 조용히 팔짱을 꼈다.

의도하지는 않았지만 추락하는 조명을 받아 낸 덕분에, 마도카는 엄청난 환성과 박수를 받았다. 무시키가 좋아하는 사람— 쿠오자키 사이카도 점수를 꽤 괜찮게 받은 것 같았지만, 그래도 마도카가 이겼을 것이다.

마도카 또한 무시키의 의지를 존중하고 싶다. 하지만 어디 사는 누구인지도 모르는 상대에게 소중한 동생을 맡길 수는—.

"……어?"

그런 생각을 하면서 주위를 둘러보던 마도카는 미간을 미세하게 좁혔다.

이유는 단순했다. 방금까지 마도카와 마찬가지로 대기실에 있었던 쿠오자키 사이카의 모습이 어느새 사라진 것이다.

자신의 패배를 받아들이지 못해서 도망쳤을 리는 없다. 수상쩍은 인물이기는 하지만, 이제까지의 승부를 보면 근성이 썩어빠진 사람 같지는 않았다.

"대체 어디에—."

하지만 마도카는 말을 끝까지 잇지 못했다.

『자, 참가자는 이것으로 끝일 예정이었습니다만, 현장 참가자가 나타났습니다! 참가 번호 10번, 쿠오자키 사이카!』

그런 예상치 못한 말이, 스피커를 통해 들려왔다.

"……뭐?"

마도카의 머릿속에 두 개의 의문으로 가득 찼다.

하나는 이미 무대에 섰던 사이카가 다시 무대에? 라는 의문.

그리고 다른 하나는, 왜 첫 번째 등장 때와 다르게 이름을 밝힌 건가, 라는 의문이다.

하지만 사회자의 선언은 거짓말도, 마도카가 잘못 들은 것도 아니다.

갑작스러운 안내 음성에 술렁이는 관객들의 목소리를 가르듯, 한 소녀가 무대 위에 나타난 것이다.

밤의 어둠 속에서 한층 더 빛을 뿜는 햇살 빛깔의 머리카락.

사람들의 선망과 동경을 모으는 극채색의 두 눈동자.

그리고 걸친 것은 『마녀의 저택』에서 루리가 입고 있던, 밤을 응축해서 만든 듯한 미드나이트 블루 색상 드레스였다.

하지만, 마도카는 확신했다.

저 사람은 아까 모습을 보였던, 여성의 모습을 한 무시키였다.

"—다들, 안녕. 좀 눈치 없는 짓이라고 생각하지만, 잠시 실례하겠어."

그렇게 말한 무시키는 빙긋 미소 지으면서 손을 흔들었다. 그러자—.

"어, 저 사람은…… 마녀님?!"

"거짓말, 본인 맞아?! 미인 대회에 참가하신 거야?!"

"우와! 모처럼 〈정원〉에 왔으니까, 꼭 보고 싶었다고!"

오늘 들어 가장 큰 환성이, 행사장을 가득 채웠다.

"—야회는 즐기고 있으려나. 좀처럼 얼굴을 비추지 못해 미안해."

사이카로 변신한 무시키는 환한 미소를 지으면서 손을 흔들었다. —『쿠오자키 사이카』에게는 그 이상의 어필이 필요 없다. 그리고 무시키의 예상대로, 행사장 안은 마도카 때를 능가하는 열기로 가득 차 있었다.

그렇다. 아오가 제시한 룰에 따르면, 이 승부는 1등을 차지한 자의 승리다. 열세라는 것을 눈치챈 무시키가 쿠로에게 부탁해서 서둘러 존재변환을 한 후, 마지막 자객으로서 『쿠오자키 사이카』를 전장에 투입한 것이다.

참고로 이 의상은 루리에게 부탁해서 빌린 것이다. 마도카에게 대항하기 위해서는 미인 대회 측에서 준비한 싸구려 코스프레 의상으로는 역부족이라 판단했다. ……뭘 착각한 건지, 옷을 교환하자는 말을 들은 루리가 엄청난 눈길로 자신을 쳐다본 것 같은 느낌이 들지만…… 아마 별일 아닐 것이다.

바로 그때—.

"……."

무대 뒤편에서 마도카의 시선이 느껴지자, 미소를 머금고 있는 무시키의 등이 땀으로 축축해졌다.

……확실히 무리는 아니다. 느닷없이 현장 참가자가 나타났는데, 그 사람이 바로 무시키인 것이다. 게다가 쿠오자키 사이카를 자처했고, 관객들도 그 말에 납득했다. 이 승부에서도 지는 것을 피하기 위해서라고는 해도, 마도카가 의문을 품는 게 당연했다.

『—자! 설마설마한 인물의 등장! 시르벨이 자랑스러워하는 여동생, 사~ 양입니다! 그러면 이것으로, 모든 참가자의 심사가 끝났습니다! 결과 발표로 넘어갈 테니, 참가자 여러분은 다시 무대 위로 올라와 주세요!』

행사장에 시르벨이 목소리가 울려 퍼졌다. 그에 맞춰서, 무대 뒤편에 있던 미인 대회 참가자들이 다시 무대로 돌아왔다.

그리고 그것은 마도카 또한 무대로 온다는 사실을 뜻했다.

마도카는 차분한 발걸음으로 무시키의 옆에 서더니, 작은 목소리로 물었다.

"……어떻게 된 거야, 무시키. 저 여자가 쿠오자키 사이카 아니었어?"

마도카가 미심쩍은 눈길로 노려보며 그렇게 말하자, 무시키는 등골이 서늘해지는 느낌을 받으면서도 자신만만한 미소를 머금었다.

"……흣. 그럴만한 사정이 있어. ―그것보다, 잊은 건 아니겠지? 미인 대회에서 1등을 한 사람이 승리라는 룰을 말이야."

아무리 정체가 들통날지라도, 이 모습을 대의 무시키는 어디까지나 사이카다. 무시키는 어찌어찌 마음을 진정시키면서, 어디까지나 사이카로서 대꾸했다.

"……."

그런 무시키를 보고 무슨 생각을 한 건지, 마도카는 말없이 눈을 가늘게 떴다.

그런 두 사람 사이의 긴박한 분위기를 눈치챈 건지, 사회자인 시르벨의 목소리가 스피커에서 흘러나왔다.

『자. 수다 떨고 싶은 마음은 이해하지만, 우선 나란히 서주세요~. ―그럼, 드럼 롤, 컴온~!』

시르벨의 목소리에 맞춰, 두루루루~ 하는 드럼롤이 울려 퍼졌다. 조명 또한 어두워지더니, 스포트라이트가 빙글빙글 돌면서 무대 위를 어지러이 비췄다.

『자, 올해의 미스 〈정원〉을 차지한 사람은~.』

시르벨이 손을 높이 치켜들면서, 승리자의 이름을 외치려 한 바로 그때였다.

―〈정원〉 전역에, 격렬한 경보가 울려 퍼졌다.

"――."

그 갑작스러운 소리에, 무시키는 작게 숨을 삼켰다.

거기에 맞춘 것처럼, 관객과 미인 대회 참가자 및 다른 손님들이 동요하기 시작했다.

"어……."

"뭐, 뭐야……? 경보?"

"멸망인자인가—!!"

하지만, 이 자리에 모인 이들은 학생이기는 해도 하나같이 훈련을 받은 마술사다. 곧 동요가 잦아들더니, 그들의 얼굴에 경계심이 어렸다.

하지만 마술사들이 임전 태세를 취했지만, 관측됐을 터인 멸망인자의 정체는 밝혀지지 않았다. 그저 허공에 경보가 울려 퍼질 뿐, 멸망인자가 아직 모습을 드러내지 않은 것이다.

눈에 보이지 않는 멸망인자일까. 재해 타입이나 병원체 타입일까. 아니면 오보에 지나지 않을까— 무시키는 다양한 가능성을 떠올리면서, 상세한 내용을 확인하기 위해 호주머니에 넣어 둔 스마트폰을 향해 손을 뻗었다.

하지만, 바로 그 순간에 눈치챘다.

—하늘이, 묘하게 밝다는 것을 말이다.

"뭐야……?"

무시키는 그 위화감에 미간을 찌푸리면서 하늘을 올려다보았다.

어느새 무수히 흩날리는 불똥이 밤하늘을 붉게 비추고 있었다.

그리고 조그마한 불똥이 유성처럼 밤하늘을 맴돌더니, 점점 하나의 형태를 형성했고—.

이윽고, 거대한 인간의 모습으로 변했다.

"아니—."

—환상이, 하늘을 가득 채웠다.

신화의 밤이, 그 막을 올렸다.

아침 해처럼 지상을 비추고 있는 불꽃의 거인이 강림하자, 〈정원〉 학생들은 얼이 나간 채 하늘을 우러러보았다.

그렇다. 거인— 그렇게 형용할 수밖에 없었다.

몸통과 머리, 그리고 긴 손발 같은 실루엣을 지닌 너무나도 거대한 불꽃 덩어리.

그런 이형의 존재가, 갑자기 허공에 모습을 드러낸 것이다.

"저건—."

말을 이으려다 가볍게 헛기침을 한 무시키는 미간을 좁혔다.

저 불꽃의 거인이 모습을 드러낸 후, 주위의 온도가 급상승했다. 마치 오븐 안에 갇힌 것처럼 피부가 따끔거렸다. 오랫동안 이 자리에 있다간, 몸의 수분이 전부 증발할 것만 같았다.

"—사이카 님!"

옷을 다시 입은 쿠로에가 고함을 질렀다. 무시키는 어마어마한 열기 탓에 인상을 찡그리며 물었다.

"쿠로에! 저건 뭐지?!"

무시키가 묻자, 쿠로에는 붉게 물든 하늘을 올려다보며 대답했다.

"멸망인자:005호— 〈수르트〉입니다."

"싱글 넘버— 신화급인가!"

무시키는 그 말을 듣더니, 쥐어 짜낸 듯한 목소리로 그렇게 외쳤다.

신화급 멸망인자. 그것은 과거에 세상에 등장했다고 하는 열두 개의 위협.

사이카 외에는 대처가 불가능하다고 여겨진, 통상 등급을 능가하는 세계의 위기.

쿠로에는 굳은 표정으로 고개를 끄덕이더니, 보충 설명을 하듯 말을 이었다.

"네. 팔을 한 번 휘두르기만 해도 대지가 불타고, 한 걸음만 내디뎌도 호수가 증발하고 마는 극소형 태양. 저 활활 타오르는 몸에는 그 어떤 무기도 통하지 않습니다. 그리고 저것이 지상에 존재하는 것만으로도, 전 세계의 기온이 평균 10도 상승한다고 하죠. 만약 가역 토멸 기간 안에 토벌하지 못한다면— 그것이 어떤 결과를 일으킬지는 쉬이 상상되실 겁니다."

"큭……."

무시키는 지긋지긋하다는 듯이 주먹을 말아 쥐며 말했다.

"신화급이 부활했다는 건— 쿠라라가 관여한 건가. 일부러 야회가 열리는 밤을 노리다니, 여전히 정취를 모르는 것 같은걸."

—토키시마 쿠라라. 신화급 멸망인자 〈우로보로스〉를 몸 안에 지닌 마술사.

무시키가 그렇게 말하자, 쿠로에는 고개를 끄덕였다.

"아마 그럴 겁니다. 게다가 육체가 불완전했던 〈리바이어던〉 때와는 다릅니다. 설마 이건—."

쿠로에가 말을 이으려던 순간, 무시키의 옆에 있던 마도카가 〈수르트〉를 올려다보며 미간을 찌푸렸다.

"무시키. 저건……."

"—멸망인자. 우리가 해치워야만 하는, 〈세계〉의 적이야."

무시키는 어디까지나 사이카로서 답하더니, 마도카를 지키듯 손을 내밀었다.

"너는 안전한 곳으로 피난하도록 해. 여기서부터는— 마술사의 영역이야."

무시키가 그렇게 말한 순간…….

하늘을 찌를 듯한 거인 〈수르트〉가 거대한 산 같은 몸을 젖히면서 엄청난 포효를 터뜨렸다.

하늘이 떨렸고, 대지가 울부짖었으며, 공기가 찢어졌다.

그것은, 오랜만에 현세에 강림한 것에 대한 환희처럼도 들렸고—.

과거에 자신을 소멸시킨 철천지원수를 향한, 원념에 찬 목소리처럼도 들렸다.

"——."

무대 위에서 하늘을 올려다보며, 린도는 반쯤 얼이 나간 채 눈을 치켜떴다.

느닷없이 나타난 신화급 멸망인자 〈수르트〉의 처절하다 해도 과언이 아닌 위용을 보자, 숨을 쉬는 것조차 잊고 그 자리에 못 박힌 듯 서 있게 됐다.

"괜찮나. 진정해라."

"……어. 아, 네."

옆에 있던 네네가 말을 건네자, 그제야 퍼뜩 정신을 차리며 대답했다. 오랜만에 숨을 쉬면서 달궈진 공기를 들이마셔서 그런지, 가볍게 헛기침을 하고 말았다.

바로 그때, 린도는 봤다. —지상에서 〈수르트〉를 향해, 유성처럼 날아오르는 빛줄기를 말이다.

그 빛 하나하나가 바로 마술사였다. 다들 빛을 뿜고 있는 장비를 걸치고 있었으며, 손에는 다양한 무기를 발현시켰다.

아마 〈정원〉에 상주하고 있는 방위 부대일 것이다. 제3현현을 전개한 것을 보면, A급 이상의 마술사가 틀림없다.

—그렇다. 린도는 주먹을 말아 쥐었다. 여기는 〈공극의 정원〉. 세계 최강의 마술사, 쿠오자키 사이카의 성이다. 멸망인자에 대항하는 세력의 총본산이라 해도 과언이 아니다. 게다가 지금은 수많은 마술사가 이곳에 모여 있다. 아무리 신화급 멸망인자일지라도, 그리 간단히—.

【————————————————————.】

하지만. 린도의 어렴풋한 희망은 그 뇌명 같은 포효로 인해 지워졌다.

마술사들이 연이어 펼친 다양한 공격은 〈수르트〉의 활활 타오르는 몸에 닿자마자 타들어 가거나, 혹은 녹아서 없어졌다.

아니, 그것만이 아니다. 〈수르트〉가 힘을 모으기 위해 몸을 동그랗게 말자, 그 온몸에서 엄청난 열풍이 뿜어져 나왔다. 겨우 그것만으로, 주위에 있던 고위 마술사들이 격추되어서 지상으로 추락했다.

"……!"

자기보다 고위의 마술사들이 날벌레처럼 당하는 모습을 보자, 린도는 또 숨을 삼켰다.

—열풍을 동반하며, 〈수르트〉가 그 거대한 두 팔을 천천히 치켜들었다.

직접 닿은 게 아닌데도 근처에 있는 나무들이 불길에 휩싸이더니, 주위의 풍경이 시뻘건 색으로 물들었다.

하지만 그것은 〈수르트〉의 거동에서 비롯된 여파에 지나지 않았다.

저 괴물이 치켜든 두 팔 끝에서는 길쭉한 불꽃 덩어리가 형성되고 있었다.

너무 거대한 탓에 그것이 뭔지 바로 눈치채지 못했지만—다음 순간, 깨달았다.

그것은 고층 건축물 크기의, 지나치게 거대한 『검』이었다.

그렇다. 불꽃의 거인은, 혼신의 힘을 다한 일격을 〈정원〉에 날리려는 것이다.

그것은 신화의 영역에 이른 일격. 거대 운석의 충돌 못지않은 파괴의 망치. 아무리 결계로 지켜지고 있을지라도, 저런 것을 정통으로 맞는다면 〈정원〉은 물론이고 이 자리에 있는 이들은 잠시도 버티지 못하리라.

"아, 아—."

린도는 반쯤 무의식적으로, 자기 입에서 흘러나오는 가냘픈 목소리를 들었다.

—신화급 멸망인자를 향한 증오는, 다른 마술사보다 크다고 자부한다. 고조부와 〈누각〉의 동포들을 죽지 못하는 존재로 만든 〈우로보로스〉, 니라이 섬에서 마주친 〈큐피드〉 등과도 인연이 깊다. 만약 또 신화급 멸망인자와 마주

치게 된다면, 그때는 전심전력을 다해 한 방 먹여 줄 생각이었다.

하지만— 현실은, 이러했다.

저 압도적인 절망감 앞에서, 린도는 꼼짝달싹 못 했다.

맞서는 건 고사하고, 도망칠 수도 없다. 저것이, 신화급. 최강의 마술사만이 쓰러뜨릴 수 있다고 여겨지는 특급의 괴물.

—〈수르트〉의 검이, 천천히 휘둘러졌다.

린도는 그저 그 자리에 서서, 죽음을 기다릴 수밖에 없었다—.

그럴, 터였다.

하지만, 다음 순간.

"—만상개벽. 이리하여 천지는 내 손아귀 안."

주위를 가득 채운 절망을 깨부수듯, 맑고 늠름한 목소리가 울려 퍼졌다.

"……."

그 목소리를 들은 순간, 린도는 몸을 부르르 떨었다.

—그렇다. 왜 잊고 있었을까.

"순종을 맹세해. 너를—."

—이 자리에, 최강의 마술사가 있다는 것을…….

"─신부로 삼아 주겠어."

4획의 계문을 전개시킨 무시키가 그 문언을 읊조리는 것과 동시에…….

세계의 경치가, 덧칠됐다.

제4현현. 〈현상〉을 넘고 〈물질〉을 형성해, 〈동화〉를 거친 끝에 도달하는 지고의 〈영역〉.

〈수르트〉의 일격으로부터 〈정원〉을 지켜 내려면, 다른 선택지가 없었다.

─지면에서, 하늘에서, 수많은 마천루가, 거대한 『검』을 막아 내려는 듯이, 그리고 〈수르트〉의 거대한 몸을 꿰뚫듯이 자라났다.

하지만, 거대한 『검』을 완전히 막아 내지는 못했다. 농밀한 불꽃과 열기로 형성된 그것은, 성문처럼 생겨난 수많은 마천루를 녹이고, 비틀고, 변형시키면서 지상을 향해 육박했다.

확실히 그 어떤 무기도 통하지 않는다고 일컬어진 멸망인자다웠다. 그 특성은 공격에서도 성가시기 그지없었다.

"─하앗!"

하지만. 마음속의 동요를 순식간에 씹어 삼킨 무시키가 시선을 날카롭게 만들자, 계문은 더욱 찬란히 빛났다.

지금 자신은 쿠오자키 사이카. 그리고, 사이카는 과거에 이 멸망인자를 한 번 쓰러뜨렸다.

그렇다면 무시키가 이런 데서 꼴사나운 모습을 보일 수는 없다……!

"꽤 하는걸……! 그렇다면, 무대를 다시 꾸며볼까……!!"

무시키가 그렇게 외치며 손을 앞으로 내민 순간, 마천루로 이뤄진 감옥이 새하얀 색을 띠기 시작했다.

사이카의 제4현현 【가능성의 세계】는 이 지구상의 온갖 경치를 그려 낼 수 있다. 평소 주로 쓰는 마천루의 숲은 그 일면에 지나지 않는다.

무시키는 마천루의 숲 위에, 또 하나의 경치를 현현시킨 것이다.

─얼음 폭풍. 주위에서 혹한의 냉기가 소용돌이쳤다. 마천루의 창문이 냉기에 물들더니, 그 실루엣이 얼음으로 뒤덮였다. 눈 깜짝할 사이에, 고층 건물의 송곳니는 얼음 창으로 변모했다.

물론 〈수르트〉의 열풍 앞에서 이런 짓은 무의미하다 해도 과언이 아니다. 마 천루를 뒤덮은 얼음이 순식간에 녹아내리면서, 주위가 새하얀 수증기로 뒤덮였다.

하지만 그것은 어디까지나, 방금 만든 것이 단순한 얼음일 때의 이야기다.

사이카의 제4현현에 의해 형성된 얼음 창은 아무리 녹여도, 깨부숴도, 한없이 그 형태를 재구축했다.

무한한 열기를 지닌 불꽃과, 한없이 재형성되는 얼음 폭풍이 하늘에서 충돌했다.

　―이윽고, 그 모순된 광경도 끝을 맞이했다.

　수많은 얼음 창이, 『검』을 밀어내더니, 〈수르트〉의 몸에 박힌 것이다.

　【━━━━━━━━━━━━━━━━━━.】

　단말마에 가까운 포효를 지르는 것과 동시에, 〈수르트〉의 손에서 『검』이 사라졌다. 들고 있던 두 팔이, 힘을 잃고 지면에 빨려 들어가듯 늘어뜨려졌다.

　"……."

　그 광경을 확인한 무시키 또한 팔을 내렸다.

　주위의 경치가 원래대로 되돌아가는 것과 동시에, 그 자리에서 무릎을 꿇었다.

　"―사이카 님, 괜찮으십니까."

　"그래…… 문제없어."

　달려온 쿠로에를 향해 미소를 지어 보이며 고개를 끄덕였다.

　그러자 쿠로에는 속삭이는 듯한 목소리로 말을 건넸다.

　"놀랐습니다. 제 조언 없이, 제4현현을 이만큼이나 뜻대로 다루실 줄은……."

　"당……연하잖아. 나는…… 쿠오자키 사이카인걸."

　무시키가 그렇게 말하자, 쿠로에는 한순간 눈을 동그랗게 뜬 후에 미소를 머금었다.

"네— 그랬죠. 대단하십니다, 사이카 님."

하지만 곧 표정을 원래대로 되돌린 쿠로에는 어험 하고 헛기침하더니, 평소의 담담한 어조로 말했다.

"하지만, 아직 긴장을 풀어선 안 됩니다. 토키시마 쿠라라가 관여한 게 틀림없는 만큼, 다른 목적이 있을 가능성이 있으니까요. 서둘러 조사를—."

하지만……

쿠로에는 말을 끝까지 잊지 못했다.

이유는 단순했다. 완전히 정지해 있던 〈수르트〉가 녹슨 기계 같은 움직임으로 고개를 들더니, 무시키가 있는 곳을 향해 입을 크게 벌린 것이다.

그 두 눈과 입 안쪽에서, 찬란한 빛을 뿜는 업화가 다시 생성됐다.

"큭……! 설마, 아직—."

숨을 삼킨 무시키는 쿠로에를 감싸기 위해 손을 잡아당기면서, 다시 제4현현을 발현시키려 했다.

하지만— 다음 순간이었다.

"어……?"

무시키의 시야 구석에서 무언가가 반짝이는가 싶더니, 활활 타오르는 불꽃 덩어리가 하늘에서 떨어져 내렸다.

쿠웅 하는 묵직한 소리가 울려 퍼지더니, 주위가 희미하게 진동했다.

무시키는 한순간, 조준이 어긋난 〈수르트〉의 불꽃이 지면에 명중했다고 생각했다.

하지만, 곧 눈치챘다. 지금 자신의 눈앞에 떨어진 것의 정체를 말이다.

"아니—."

무시키는 눈을 치켜뜨며 그것을 응시했다.

—방금까지 불꽃을 뿜으려 했던, 거인의 머리를 말이다.

그렇다. 대체 무슨 일이 일어난 건지 모르겠지만, 지금 눈앞에 있는 것은, 〈수르트〉의 잘려 나간 머리였다.

"이게…… 대체—."

무시키가 얼이 나간 목소리로 그렇게 중얼거렸을 때, 누군가가 하늘에서 내려왔다.

그 사람은 여전히 불꽃이 일렁거리고 있는 〈수르트〉의 머리 앞에 착지하더니, 느릿느릿 몸을 일으켰다.

"……무시키, 괜찮아?"

그리고 가라앉은 시선으로 무시키를 쳐다보면서, 그렇게 말했다.

"마도— 누나……?"

그 모습을 본 무시키는 자기가 사이카의 모습을 하고 있다는 것을 망각한 채, 그 이름을 입에 담았다.

그렇다. 눈앞에 나타난 이는…….

오른손에 엷은 먹색의 칼을 쥔 무시키의 누나— 쿠가 마도카였다.

"……."

마도카는 〈수르트〉의 머리를 힐끔 쳐다본 후, 중얼거리듯 말했다.

"……꽤나 거대한 요괴였어. 목도…… 정말 튼튼하더라."

그 말을 들은 쿠로에는 희미하게 미간을 좁혔다.

"……요괴? 설마, 이제까지도 멸망인자를 상대한 적이 있습니까?"

"……자주 있어. 뭐, 이런 불꽃의 거인은 처음이지만 말이지."

마도카는 별일 아니라는 투로 그렇게 말하더니, 지면에 굴러다니고 있던 기타 케이스 안에서 칼집을 꺼내서 칼을 집어넣었다. ─아무래도 저 안에 칼을 숨겨 뒀던 것 같다.

"……꽤 예전부터야. 게다가 중요한 볼일이 있을 때만 나타나니까, 어쩔 수 없이 해치웠지. ─뭐, 때로는 의뢰를 받고 요괴를 사냥할 때도 있어. 다행히 그런 의뢰인들은 손도 크고 돈도 잘 줘. ……목을 치면 요괴가 나타난 흔적이 사라지고, 주위 인간도 그 일을 잊게 되는데─ 방금 한 말을 보면, 너희는 그 기억을 가지고 있나 보네. 그것도 마술의 힘일까."

마도카와 말을 맞춘 것처럼 〈수르트〉의 거대한 머리가, 그리고 머리를 잃은 거대한 몸이 빛으로 변하며 공기에 녹

아들듯 사라졌다.

그 광경을, 무시키는 반쯤 얼이 나간 채 쳐다보고 있었다.

멸망인자의 종언. 가역 토멸 기간 안에 토벌한 멸망인자는 그 사체조차 이 세상에 남기지 않는다.

그뿐만이 아니라 그 멸망인자가 일으킨 일에 의해 발생한 온갖 피해와 흔적도 이윽고 사라지며, 그 존재는 사람들의 기억에도 남지 않는다.

그것이 바로, 세계왕 쿠오자키 사이카의 〈세계〉의 시스템. 정교하게 재현된 제2의 지구를 존속시키기 위한 섭리이자 법칙.

마술사란, 그것을 유지하기 위해 섭리의 굴레에서 벗어난 자.

마술이라는 기적의 힘으로 멸망인자를 쓰러뜨리고, 그 기억과 흔적을 자기 몸에 계속 남기는 〈세계〉의 수호자.

그것이 과거에 쿠로에— 사이카에게서, 무시키가 들은 설명이었다.

—그렇다면, 이게 대체 어떻게 된 것일까.

무시키가 당혹감과 전율에 사로잡혀 있을 때, 쿠로에가 뭔가를 눈치챈 듯이 말했다.

"……확실히, 마술사 이외의 인간은 가역 토멸 기간 안에 토벌된 멸망인자의 기억을 유지할 수 없습니다. 하지만, 예외가 존재하죠."

"예외……?"

"네. 그 조건은 단순 명쾌합니다. ─멸망인자를 토벌할 수 있을 것, 입니다."

"……."

마술사가 아닌, 인간의 몸으로, 멸망인자를 토벌한다.

그것이 얼마나 비정상적인 일인지는, 마술사 경력이 얼마 안 되는 무시키도 충분히 이해할 수 있었다.

쿠로에는 속삭이는 듯한 목소리로 말을 이었다.

"……이 〈세계〉는 사이카 님의 제5현현. 즉, 거대한 현현체입니다. ─그렇기에 지극히 드문 일입니다만, 그 『시스템』의 이상으로 인해 태어나는 경우가 있습니다. 그런, 인간을 초월한 인간이 말입니다."

"뭐……."

쿠로에가 그렇게 말하자, 무시키는 무심코 숨을 삼켰다.

마도카는 그런 두 사람의 대화에 관심이 없는 건지, 혼 잣말을 중얼거리듯 이렇게 말했다.

"……솔직히 반신반의했는데, 쿠오자키 사이카라는 마녀가 소년 소녀를 싸움에 내몰고 있다는 건 틀림없는 것 같네."

그리고 자문자답하듯 잠시 생각에 잠긴 후, 무시키를 쳐다봤다.

"……하지만, 이해가 안 돼. 아무리 봐도 무시키인데, 소녀의 몸이야. 그리고 다들, 무시키를 쿠오자키 사이카라고 불러. 게다가, 저쪽에 있는 쿠오자키 사이카가 거짓말을 하는 것 같지도 않은걸—."

마도카는 쿠로에를 쳐다봤다.

우울한 느낌이 감도는 상현달 모양의 눈을, 살짝 가늘게 떴다.

"……그렇다는 건, **저 몸의 진짜 주인**은 너인 거구나."

"……."

쿠로에는 작게 숨을 삼켰다. 마도카는 납득했다는 듯이 한숨을 내쉬었다.

"……정곡을 찔렸나 보지? 대체 어떤 이유로 그런 상태가 된 건지는 모르겠지만, 무시키는 내 소중한 동생이야. 악랄한 마녀가 맷대로 하게 둘 수는 없어."

그렇게 말한 마도카는 무시키를 향해 손을 내밀었다.

"—돌아가자, 무시키. 여기는 너한테 어울리지 않아."

하지만 무시키는 어디까지나 사이카의 표정과 말투로, 거부 의사를 표시했다.

"……미안하지만, 네 뜻에 따를 수는 없어. 나는 쿠오자키 사이카. 〈공극의 정원〉의 수장이야."

"……그래. 어쩔 수 없네."

무시키가 그렇게 답하자, 마도카는 가늘게 숨을 내쉬면서 자세를 약간 낮췄다.

그리고 손에 쥔 칼을 **느릿느릿** 들어 올렸다.

"……그렇다면 억지로라도, 데려가겠어."

그 순간—.

"……!"

무시키의 온몸에 오싹한 오한이 흘렀다.

그것은, 이 〈정원〉에 오고 몇 번이나 느껴봤던 감각이다. —원시적인 공포. 죽음의 직감. 한순간이라도 긴장을 풀었다간 다음 순간에는 목이 날아갈 것이란 확신.

믿기지 않지만 무시키는 현재 인간인 마도카에게, 그 어떤 멸망인자를 상대했을 때보다도 강렬한 위기감을 느끼고 있었다.

방금까지 이해하지 못했던 쿠로에의 말을, 본능적으로 실감했다.

손속에 사정을 둘 여유 따윈 눈곱만큼도 존재하지 않는다. 무시키의 혀는, 반쯤 무의식적으로 그 말을 읊조렸다.

"만상개벽—."

"……."

하지만, 무시키가 그 말을 끝까지 잇기도 전에.

온몸에 마력을 두르기도 전에.

사신의 낫이, 무시키의 목에 닿았다.

"——."

이제는, 소리조차 낼 수도 없다.

방금까지 10미터는 더 떨어져 있었던 마도카가, 어느새 코앞에서 시야를 가득 채우고 있었다.

─세계 최강의 마술사, 쿠오자키 사이카.

만약 그녀를 쓰러뜨리려 한다면, 그 어떤 수단이 유효할 것인가.

그것은 〈정원〉에 속한 자라면─ 아니, 마술사라면 누구라도 한 번쯤은 생각해 봤을 의문이리라.

무시키도 예외는 아니라서, 무례하다는 것을 알면서도 생각해 본 적이 있다. 그런 가능성을 고려해 보는 것이, 사이카와 자신의 몸을 지키는 데 도움이 될 테니 말이다.

도출된 결론은, 크게 나눠 두 가지다.

하나는, 사이카를 능가하는 힘을 지닌 마술사가 힘으로 밀어붙이는 것이다.

이런 결론을 진지하게 발표한다면 웃음을 사겠지만, 과거에 실제로 그런 광경을 목격한 적이 있는 무시키로서는 그 가능성을 배제할 수 없었다.

그리고 다른 하나는─.

지금, 눈앞에, 완벽하게 제시되고 있다.

사이카의 술식은 강대하기 그지없다. 특히 제4현현을 전개한다면, 그 순간에 승부는 갈린 것이나 다름없다.

하지만, 그렇다면 **마술을 발동시키기 전에 쓰러뜨리면 된다.**

단순명쾌한 답이다. 물론 그 뒤에 『만약 그런 게 가능하다면』이라는 문장이 뒤따르겠지만—.

"……!"

새된 신음과 함께, 영원처럼 느껴졌던 한순간에 마침표가 찍혔다.

무시키는 얼굴이 땀으로 범벅이 된 채, 눈을 깜빡거렸다.

혼란이 뇌를 가득 채웠다. 무시키의 목에는 마도카의 칼날이 닿아 있다. 그런데 왜, 무시키는 아직 의식을 유지하고 있는 것일까……?

"—이러시면 안 됩니다, 형님."

그 답은, 그 목소리와 함께 제시됐다.

목과 두 손에 계문을 전개한 검은색 드레스 차림의 쿠로에가, 기묘한 형태의 쇠지팡이로 마도카의 일격을 막아낸 것이다.

"쿠로에—."

쿠로에는 무시키를 향해 작게 고개를 끄덕인 후, 마도카를 향해 말을 이었다.

"시누이를 상대하는 건, 아내의 소임이니까요."

제5장 사랑 고백 등도…… 자유롭게 하십시오

"헉—."

반파된 관람 에어리어에서 그 광경을 보면서, 루리는 입을 쩍 벌렸다.

하지만 그것도 무리는 아니었다. 갑자기 나타난 거대한 멸망인자의 목을, 마도카가 잘라버린 것이다.

—도저히 이해가 안 됐다. 루리는 무심코 미간을 좁혔다. 확실히 다른 환경에서 자라온 언니와는 그다지 접점이 없지만, 마술사가 아니라는 점만은 틀림없다.

하지만, 그렇기에 더욱 이해가 안 됐다. 대체 뭘 어떻게 하면, 일반인이 저런 칼 한 자루로 멸망인자를 쓰러뜨릴 수 있는 걸까—.

"루리!"

"—무슨 일이냐."

루리가 얼이 나간 채로 생각에 잠겨 있을 때, 갑자기 두 방향에서 목소리가 들려왔다.

고개를 돌려보니 아주르스들을 대동한 아오, 그리고 엘루카의 모습이 눈에 들어왔다.

아오와 엘루카는 그제야 서로의 존재를 눈치챈 건지, 눈썹을 희미하게 떨면서 시선을 교환했다.

"어머, 엘루카 씨. 오랜만이야. 여전히 괴상한 옷차림을 하고 있네."

"……설마 아오인 게냐? 그대도 그런 말 할 자격이 없는 복장을 하고 있구나."

엘루카는 아오의 말을 듣고 코웃음을 친 후, 루리를 향해 고개를 돌렸다.

"그것보다 루리, 대체 무슨 일이 벌어졌느냐. 저 멸망인자를 쓰러뜨린 건 사이카가 아닌 게냐?"

"그, 그게……."

루리는 진땀을 흘리면서 방금 눈앞에서 펼쳐진 광경을 간결하게 설명했다.

그러자 엘루카는 미심쩍다는 듯이 미간을 좁혔다.

"마력을 전혀 쓰지 않고, 멸망인자를……?"

"네……. 적어도, 제 눈에는 그렇게 보였어요. 하지만, 정말 그런 일이 가능한 걸까요?"

루리가 그렇게 말하자, 잠시 생각에 잠겨 있던 엘루카는 뭔가를 떠올린 듯이 어깨를 부르르 떨었다.

"─설마, 『초월자』인가!"

"뭐엇……?!"

엘루카가 그렇게 말하자, 아오 또한 숨을 삼키면서 믿기지 않는다는 눈길로 마도카를 쳐다봤다.

두 사람의 반응을 본 루리는 당혹스러운 표정을 지었다.

"초월자…… 그게 뭔가요?"

"모르는 것도 무리는 아니지. 나도 이 수백 년 동안 딱 한 번밖에 못 봤느니라.

〈세계〉의 시스템에 이상이 생겨서 탄생한 특이 개체. 인간을 초월한 인간. 〈세계〉의 균형을 유지하기 위해, 항상 『죽음』의 유혹을 받는 자…….

사이카가 『최강의 마술사』라면, 그자는—."

엘루카는 시선을 날카롭게 만들면서 말을 이었다.

"—『최강의 인간』이니라."

무시키는 심장이 두방망이질 치는 것을 느끼면서, 눈앞의 광경을 응시했다. 가느다란 숨결이 목에서 새어 나오더니, 이마와 볼에는 땀에 젖은 머리카락이 몇 가닥이나 붙어 있었다.

이렇게 심장이 미친 듯이 뛰고 있는 이유는 말할 것도 없었다.

이유 중 하나는 방금, 마도카에 의해 궁지에 몰리면서 목숨의 위기를 느꼈기 때문이다. 물론 차분하게 생각해 보면 마도카가 진짜로 무시키를 죽일 리가 없다는 걸 알 수 있겠지만, 그녀에게서 뿜어져 나오는 압력은 그가 죽음을 직감하게 만들기에 충분한 힘을 지녔다.

그리고 또 하나의 이유는—.

"———."

무시키를 지키기 위해 눈앞에 나타난 쿠로에의 모습이, 너무나도 아름다워서다.

제3현현— 현현체를 온몸에 두르는 〈동화〉의 위계. 그녀의 이름에 걸맞은, 물에 젖은 까마귀 깃털 같은 칠흑색 드레스는 마력에 비치면서 아리따운 빛을 자아내고 있다.

손에 쥔 쇠지팡이는 아마 제2현현일 것이다. 목을 취하는 데 쓰일 듯한 흉흉한 끝부분은 무자비한 고문도구를 연상케 하면서도, 몽환적인 분위기에 가득 차 있었다.

그리고 손과 목에 구속구처럼 전개된, 원형의 계문—.

그 모든 것이 하나가 되어서, 그녀를 요사하면서 아름다운 모습으로 변모시켰다.

"……."

아니— 무시키는 머릿속에 떠올린 그런 생각을 부정하려는 듯이 숨을 삼켰다.

확실히 처음 보는 제2현현 및 제3현현을 두른 쿠로에의 모습은 분명 아름답다.

하지만 무시키가 눈을, 마음을 빼앗긴 것은 그런 겉모습의 매력 때문이 아니었다.

무시키를 지키기 위해 스스로 위험에 몸을 던진 그 용맹함.

전장에서도 여전히 우아함이 감돌고 있는 몸가짐.

그리고, 차분하면서도 강한 의지가 깃들어 있는 두 눈.

그 모든 요소에서 묻어나는 고결함은, 겉모습은 다르나 틀림없이 극채의 마녀 쿠오자키 사이카의 것이 틀림없다.

아아. 저 모습은 그야말로, 지상에 강림한 여신이라고 해도 과언이 아닌—.

(……머릿속으로 너무 또렷하게 말을 떠올리지 마시길. 전부 전해지고 있습니다.)

(아.)

바로 그때, 쿠로에의 염화를 받은 무시키는 허둥지둥 생각을 멈췄다. 무시키의 생각이 전부 전해지는 건 문제 될 게 없지만, 쿠로에의 집중이 흐트러지는 것을 피해야 한다.

쿠로에는 여전히 마도카를 쳐다보며 진지한 표정을 유지하고 있지만, 왠지 볼이 약간 빨개진 듯한 느낌이 들었다.

바로 그때, 뒤편으로 몸을 날린 마도카는 쿠로에의 쇠지팡이에 닿았던 칼날 부분을 미심쩍은 눈길로 노려봤다.

"……기묘한 감촉인걸. 한순간, 칼이 사라졌어."

그리고 그렇게 말한 마도카는 다시 쿠로에를 향해 시선을 돌렸다.

"……대체 뭘 한 거야? 그 가녀린 팔에 내 일격을 막아낼 힘이 있을 것 같진 않은데 말이지."

"글쎄요. 그것보다 그 칼날을 사이카 님에게 겨누다니, 대체 무슨 생각이십니까. —이유야 어쨌든, 당신은 이분을 무시키 씨로 인식하고 있을 텐데요? 진짜로 죽일 생각이었습니까?"

"……그럴 리가 없잖아."

마도카는 짤막하게 대답한 후, 느릿느릿하게 칼을 자기 목에 댔다.

그리고 주저 없이, 칼로 자기 목을 그었다.

"아니—."

"……."

그 뜻밖의 행동을 본 무시키와 쿠로에는 무심코 숨을 삼켰다.

하지만 피가 튀기는커녕, 마도카의 목에는 생채기 하나 나지 않았다.

"……보다시피, 이 칼은 아무것도 벨 수 없어. 튼튼한 모조 칼 같은 거야."

그렇게 말한 마도카는 먹색의 칼날을 보여 주려는 듯이 칼을 앞으로 들었다.

"……농담이 과하시군요. 아무리 튼튼할지라도, 모조 칼로 멸망인자를 쓰러뜨리는 건 불가능합니다. 게다가 상대는 바로 그 〈수르트〉. 칼날에 녹아내린 흔적조차 없는 것 자체가 비정상—."

바로 그때, 쿠로에는 말을 멈췄다.

마치 머릿속으로 어떤 가능성에 도달한 것처럼 말이다.

"쿠로에?"

무시키가 뭔가를 묻듯 그렇게 말하자, 볼을 타고 땀 한 방울이 흘러내린 쿠로에가 입을 열었다.

"설마—『무명 118번』."

쿠로에가 그렇게 말하자, 무시키는 작은 목소리로 물었다.

"그게 뭐지?"

"……희대의 마도구사이자 도검 장인인 타이마 켄보가 만든, **최약의 한 자루**라 불리는 칼입니다."

"최약……?"

무시키가 영문을 모르겠다는 표정을 짓자, 쿠로에는 작게 고개를 끄덕이며 말을 이었다.

"말 그대로입니다. 저 칼은 결코 그 무엇도『베는 것』이 불가능하다고 여겨지고 있습니다. 칼날이 달려 있지 않거나 날을 안 세운 게 아닙니다. 칼날의 자루 부분에 새겨진 제3세대 마술식에 의해, 『아무것도 벨 수 없다』라는 효과가 부여된 마도구죠."

"흠…… 왜 그런 칼을 만든 거지?"

"……마술에는 먼 옛날부터『대가』라는 개념이 존재합니다. 즉, 『무언가』를 내놓는 대신에 다른『무언가』를 얻는다고 생각하면 됩니다. 당연히 내놓는 것이 크면 클수록, 그것이 중요하면 할수록, 얻게 되는『무언가』도 커지기 마련이죠."

"얻게 되는『무언가』─."

무시키가 맞장구를 치자, 쿠로에는 식은땀을 흘리며 말을 이었다.

"네. 저 칼은『아무것도 벨 수 없는』대신에『그 무엇에도 부서지지 않는다』는 의미를 얻은 불괴(不壞)의 칼이라 불리고 있습니다."

"……그래."

무시키가 이해했다는 투로 그렇게 말하자, 두 사람의 대화를 듣고 있던 마도카가 눈을 살짝 치켜뜨며 손에 쥔 칼의 날 부분을 꼼꼼히 뜯어봤다.

"……그래. 이것도 마술이란 것으로 만들어진 것이었구나. 그래서 이렇게 튼튼한 거네."

"모르셨습니까."

"……응. 그 어떤 무기도 내 힘을 버텨 내지 못해서 곤란하던 참에, 지인이 준 것이거든. 손질 관리 같은 것도 필요 없어서 좋아."

마도카가 태연한 어조로 그렇게 말하자, 무시키는 숨을 삼켰다.

이유는 단순했다. 마도카가 지닌 칼의 정체가 밝혀지는 것과 동시에, 아까 목격한 광경이 지닌 의미가 명백해졌기 때문이다.

쿠로에의 추측이 옳다면, 저 칼이 〈수르트〉의 몸에 닿고도 형태를 유지한 것은 이해할 수 있다.

하지만 그와 동시에, 어떤 의문이 고개를 치켜들었다.

"……그녀는 벨 수 없는 칼로, 〈수르트〉의 목을 벤 건가?"

"……네. 그렇게 됩니다."

"대체 어떻게……."

"아마 단순한 완력으로 그 목을 **으깨면서 끊어 낸 것**이 아닐까 합니다."

"맙소사."

무시키는 미간을 좁히며 그렇게 말했다.

그러자 마도카는 천천히 고개를 흔들면서 쿠로에를 노려봤다.

"……눈치챘겠지만, 나는 매우 강해. 하지만, 딱히 싸움을 벌이고 싶은 건 아냐. 네가 순순히 무시키를 해방해 주는 게, 나로서는 가장 바람직한데 말이지."

"그 기대에 부응하지 못해 송구합니다. 무시키 씨는 〈정원〉에—"

쿠로에는 가볍게 고개를 젓더니, 말을 고쳤다.

"아뇨. 저에게, 필요한 분입니다."

"쿠로에—."

마도카를 설득하기 위해 한 말이라는 건 알지만, 그 말을 듣고 가슴이 울컥했다. 무시키는 가슴에 손을 대며, 감동한 듯한 목소리로 그녀의 이름을 입에 담았다.

하지만, 그것도 잠시였다.

"……그래. 유감인걸."

마도카가 작은 목소리로 그렇게 중얼거린 바로 그때였다.

그녀의 모습이 눈앞에서 사라지는 것과 동시에, 격렬한 금속음이 울려 퍼졌다.

"큭……?!"

갑작스러운 충격에, 무시키는 무심코 얼굴을 찡그렸다.

한순간 무슨 일이 일어난 건지 모르겠지만— 곧 이해했다.

눈 한번 깜짝하는 것보다 짧은 시간에 자신을 향해 육박한 마도카가 날린 일격을, 쿠로에가 또 받아낸 것이다.

눈에 비치지도 않는…… 정도가 아니라, 사고회로조차 반응하지 못할 속도의 공방이었다. 만약 쿠로에가 없었다면, 무시키는 그 자리에서 쓰러지고 말았을 것이다.

마도카 또한 비슷한 생각을 한 것 같았다. 그녀 또한 깜짝 놀란 것처럼 눈을 치켜떴다.

"……놀라운걸. 한 번도 아니고 두 번이나 내 칼을 막아낼 줄이야."

"황송하기 그지없습니다. 그러는 당신이야말로 대단한 실력이시군요."

쇠지팡이로 부서지지 않는 칼을 막아내면서, 쿠로에가

대답했다.

그 도발하는 듯한 반응에 긍지를 자극받은 건지, 마도카는 눈을 가늘게 떴다.

"……죽이지는 않겠어. 하지만, 더 방해한다면, 따끔한 맛을 보게 될 거야."

그렇게 말한 마도카는 칼을 쥔 손에 더욱 힘을 줬다.

그것을 느낀 쿠로에는 표정을 굳혔다.

"사이카 님, 물러나십시오."

"하지만—."

"—아무래도, 단아한 춤사위를 선보일 수는 없을 듯합니다."

그렇게 말한 순간, 두 사람을 중심으로 강철의 폭풍우가 휘몰아쳤다.

무시키는 인상을 찡그리더니, 그 충격에 밀려나듯 뒷걸음질 쳤다.

"큭……!"

행동 자체는 그렇게 어려운 일이 아니다. 자유자재로 거침없이 펼쳐지는 마도카의 공격을, 쿠로에는 받아내거나 튕겨 내거나 혹은 흘려 넘기고 있을 뿐이었다.

하지만 그 속도가, 강도가 상상을 초월했다.

그 광경은 그야말로 철풍뇌화(鉄風雷火)였다. 함부로 다가간다면, 즉시 살과 뼈가 분리될 것만 같을 정도로 박력이 넘쳤다.

그런 폭풍 한가운데에서, 격렬한 금속음과 함께 경탄에 가까운 마도카의 목소리가 들려왔다.

"……정말, **꽤 하는걸**. 인간도, 요괴도, 내 공격을 이렇게 받아 내지는 못했거든. 정말 존경스러워."

"과분한…… 칭찬인지라, 몸 둘 바를…… 모르겠습니다—."

"……그래도 나한테 이기지는 못해."

"——."

그 순간.

발을 더 크게 내디디면서 날린 마도카의 일격이, 쿠로에의 방어를 뚫으면서 그녀의 몸을 대각선으로 그어 올렸다.

"크허억—."

고통에 짠 신음을 흘리면서, 쿠로에의 몸이 그대로 허공을 갈랐다.

날이 없는 칼이기에 피가 흩뿌려지지는 않았지만, 그 충격과 마찰은 견고한 제3현현을 찢으면서 가슴과 복부에서 새하얀 피부를 드러내게 했다.

쿠로에의 몸은 아름다운 포물선을 그리면서 날아가더니, 이윽고 지면에 추락했다. 그런 그녀의 목과 두 손에 존재하던 계문이 사라지더니, 옷 또한 평소의 복장으로 되돌아갔다.

"쿠로에!"

무시키가 비명에 가까운 목소리로 그렇게 외치더니, 허둥지둥 쿠로에를 향해 달려갔다.

"사이카…… 님……."

쿠로에는 더듬더듬 그렇게 말했지만, 곧 의식을 잃은 것처럼 눈을 감았다.

그 모습을 본 마도카는 가늘게 숨을 내쉬더니, 검을 쥔 손을 내렸다.

"끝이야. 꽤 잘 싸우기는 했지만, 약속대로 무시키를 데리고 가겠─."

하지만…….

"……."

다음 순간, 마도카는 숨을 삼키면서 다시 검을 치켜들었다.

그와 동시에, 날카로운 금속음이 울려 퍼졌다.

"어─."

다음 순간, 무시키는 이해했다.

전투태세를 푼 마도카의 등 뒤에 누군가가 나타나더니, 공격을 날린 것이다.

기습 공격이 막힌 습격자는 아쉬워하기는커녕 찬사를 보냈다.

"승리를 확신하고도 이 공격에 반응하신 겁니까. 역시 대단하시군요. ─**형님**."

"……아니?"

그 말, 그리고 습격자의 모습을 본 마도카는 미심쩍은 표정을 지었다.

하지만 그것도 무리는 아니었다. 왜냐하면 그 상대는 바로—.

"하지만, 방심하는 건 좋지 않습니다. 여기는 〈정원〉. 마술의 공간. 무슨 일이 일어날지 모르는 환상의 우리 안이니까요."

—방금 마도카가 쓰러뜨린, 카라스마 쿠로에였던 것이다.

"……말도 안 돼. 내 공격은 분명히 들어갔어. 죽지는 않을지라도, 한동안은 숨조차도 제대로 못 쉴 거야. 그런 상태에서, 내 눈을 피해 등 뒤를 점하다니……."

바로 그때, 마도카는 말을 멈췄다.

아마, 눈치챈 것이리라.

—자신의 눈앞. 무시키가 무릎을 꿇고 있는 곳에, 쿠로에가 여전히 쓰러져 있다는 사실을 말이다.

그렇다. 마도카의 등 뒤에 나타난 이는 제2현현 및 제3현현을 발현시킨 **또 한 명의 쿠로에**였다.

"……어떻게 된 거지? 쌍둥이도 아닌 것 같은데 말이야."

"글쎄요. 무시키 씨와 저의 관계를 인정해 주신다면 설명해 드리겠습니다."

"……헛소리 마."

마도카는 불쾌하다는 듯이 눈을 일그러뜨리더니, 칼을

휘둘렀다.

쿠로에가 그 공격에 재빠르게 대응하면서, 제2라운드가 시작됐다. 쿠로에와 마도카는 또 엄청난 속도로, 아름답게 꾸며진 〈정원〉 부지 안을 종횡무진으로 내달렸다. 풍압과 충격 탓에 노점이 망가졌고, 거기에 휘말리는 것을 두려워한 학생들이 도망 다녔다.

"――."

"큭……, 앗……!"

하지만 새롭게 나타난 쿠로에 또한, 압도적인 완력을 지닌 마도카에게 밀린 끝에 그녀의 공격을 정통으로 맞고 말았다. 뼈가 우그러지는 소리가 울려 퍼지더니, 쿠로에는 지면을 구른 후에 그대로 움직임을 멈췄다.

"쿠로―."

하지만, 무시키가 이름을 끝까지 부르기도 전에…….

"――."

마도카의 등 뒤에 있는 건물 옥상에서, 제3현현을 두른 세 명째의 쿠로에가 쇠지팡이를 치켜들며 마도카를 향해 뛰어내렸다.

"……위쪽인가."

마도카 또한 이번에는 기습을 예상하였던 것 같았다. 차분하게 하늘을 올려다보더니, 자신을 향해 뛰어내린 쿠로에를 요격하려 했다.

하지만—.

"이 또한."

"예측."

"했습니다."

다음 순간, 세 방향에서 그런 목소리가 들려왔다. 그리고 방금 격돌로 발생한 진한 흙먼지를 찢듯이 네 명째, 다섯 명째, 여섯 명째의 쿠로에가 동시에 모습을 보였다.

"아니—."

마도카가 이것은 예상하지 못한 건지, 눈을 치켜뜨면서 숨을 삼켰다.

지상에 나타난 세 명의 쿠로에는 그 틈을 노리듯이, 손에 쥔 쇠지팡이를 휘둘렀다.

머리 위, 그리고 지상의 세 방향. 전방위에서의 공격이 마도카를 덮쳤다.

"쳇……."

퇴로가 막힌 마도카는 작게 혀를 차더니, 다리를 살짝 굽혔다.

그리고 모은 힘을 단숨에 해방하듯 공중으로 뛰어오르더니, 상공에 있는 쿠로에가 휘두른 쇠지팡이를 종이 한 장 차이로 피하면서 상대의 명치에 칼자루를 꽂았다.

"……?!"

상공의 쿠로에는 고통스러운 신음을 흘리면서 지상에 추

락했다.

낙하지점은 지상에 있는 쿠로에들이 모이는 장소였다. 지상의 쿠로에들은 추락하는 『자신』의 몸을 받아내기 위해, 한순간 쇠지팡이를 멈췄다.

"하앗—."

그 틈을 놓칠 마도카가 아니었다. 상공으로 뛰어오른 그녀는 건물 벽을 걷어차면서 다시 지상으로 향하더니, 그대로 세 명의 쿠로에를 멋지게 기절시켰다.

"……환영 같은 게 아니야. 뼈와 살로 이뤄진 육체네. 게다가 다른 사람도 아닌걸. 이렇게 동일한 인간이 몇 명이나 존재할 수 있는 거야?"

마도카는 기절한 쿠로에들을 내려다보면서, 섬뜩하다는 듯이 눈썹을 일그러뜨렸다.

하지만 곧 짧게 한숨을 내쉬더니, 시선을 날카롭게 만들었다.

"……하지만, 그게 다야. 몇 명이 덤벼들든, 결과는 달라지지 않아. 이게 네 비장의 카드야? 그렇다면, 조금 김새는걸."

그렇게— 마도카가 말한 순간이었다.

"글쎄요—."

"정말 그럴까요."

"확실히 누님분의 신체 능력은 경이롭습니다."

"맨몸으로 멸망인자를 쓰러뜨리다니, 여전히 믿기지 않는군요."

"하지만 『숫자』의 폭력이라는 것을, 너무 경시하는 것 같습니다만?"

흙먼지 안에서, 건물 뒤편에서, 노점의 잔해에서, 도망치는 학생들 사이에서…….

10…… 50…… 100—.

셀 수도 없을 만큼 많은 쿠로에가, 마도카를 둘러싸려는 듯이 모습을 보였다.

"……기괴한걸."

그 광경을 본 마도카는 인상을 찡그렸다.

확실히 마도카의 말대로, 그것은 기괴한 광경이었다. 현실에서 이런 일이 일어났다는 게 도저히 믿기지 않았다. 악몽이라고 하는 편이 오히려 설득력이 있으리라.

하지만 그 믿기지 않는 광경을, 무시키는 차분한 눈길로 응시하고 있었다.

이유는 단순했다. 이 광경을 자아낸 트릭이 뭔지, 짐작이 됐기 때문이다.

"이건, 설마…… 의해?"

"……정답……입니다."

무시키가 불쑥 중얼거린 말에, 무시키의 품속에 있던 쿠로에— 아까 마도카에게 처음으로 당했던 이가 작게 기침하며 대답했다.

"아. 쿠로에, 괜찮아?"

"……네. 문제없습니다. 갈비뼈가 분쇄 골절됐을 뿐입니다."

"그건 괜찮다고 말할 수 없지 않을까?"

무시키가 식은땀을 흘리며 그렇게 말했지만, 쿠로에는 개의치 않으며 말을 이었다.

"—예상하신 대로, 쿠오자키 저택의 지하에 비치되어 있던 실험용 인조인간—『카라스마 쿠로에』의 예비를 동시 조작해 투입하고 있습니다. 병렬 조작인지라 하나하나의 거동에 래그가 발생하고 있습니다만, 완전히 하나의 의지에 통솔된, 죽음을 두려워하지 않는 군대입니다."

쿠로에는 평소와 다르게 입가에 자신만만한 미소를 머금으며, 말을 이었다.

"—보여드리겠습니다. 싸움이란, 꼭 강한 쪽이 이기는 게 아니라는 것을 말이죠."

『—!』

무수한 의해가, 마도카에게 달려들었다.

쿠로에는 그 광경을 여러 시점에서 병렬 관측하면서, 수백 개의 의해를 동시에 조작하고 있었다.

물론, 원래 하나의 육체에는 하나의 혼만이 존재한다. 그러니 평범한 사람은 여러 개의 신체를 동시에 조작하는 건 불가능하리라.

하지만, 현재 이 의해에 깃들어 있는 것은 마술 기교에 있어서는 세계 제일로 손꼽히는 마술사의 혼이다. 수백의 『카라스마 쿠로에』는 하나의 의지에 따라 완전히 통제되면서, 원래라면 존재가 불가능한 하나의 군대를 형성하고 있다.

게다가, 그것만이 아니었다. 〈정원〉 부지 안에 나타난 무수한 쿠로에의 몸에는 3획의 계문이 빛나고 있었다.

제1현현 【심문의 눈】. 해석 효과가 있는 그 술식을 상시 발동시켜서, 마도카의 근육이 보이는 미세한 반응을 통해 동작의 발생 타이밍을 감지한다.

하지만 그것만으로는 신속이라 해도 과언이 아닌 마도카의 공격에 대응할 수 있을 리가 없다.

제2현현 【진실의 송곳니】. 그 술식은 『제한』과 『금지』. 특정 조건을 충족시켜서, 상대에게 족쇄를 채운다.

쿠로에는 현재, 【심문의 눈】을 통해 도출한 포인트에 제2현현을 전개해서, 마도카의 움직임을 제한시키고 있다.

그리고, 온몸에 두른 제3현현 【흑오(黑鳥)의 옷】은 쿠로에의 신체에서 통각을 제거해 준다. 그 효과와 신체에 가해지는 부담을 도외시한 강화 마술을 병용해서, 쿠로에는 현재 인간의 한계를 초월한 반응속도와 신체 능력을 손에 넣은 것이다.

이런 전투 방식은 결코 장려해도 되는 것이 아니다. 설령 쿠로에가 교편을 쥐게 될지라도, 가능하면 〈정원〉의 학생에게는 전수하지 않으리라. 설령 승리를 거둘지라도, 육체에 가해지는 대미지가 심각한 것이다.

이런 전법을 쓸 수 있는 마술사는 오늘 이 자리에서 죽어도 괜찮다는 각오를 다진 자, 혹은 **예비 신체를 보유하고 있는 자**뿐일 것이다.

그렇다. 의해·카라스마 쿠로에의 특성 및 그 몸에 새겨진 마술 구성식. 그 양쪽을 최대한 활용해서, 쿠로에는 현재 초인이 된 것이다.

하지만, 그런데도—

"——."

쿠로에는 운석 같은 일격을 받아내면서, 고통스러운 신음을 흘렸다.

【심문의 눈】을 발동시킨 쿠로에는 현재, 마도카의 범상치 않은 육체 조성을 선명하게 파악하고 있다.

—극한까지 압축된 강인한 근골. 겉으로 드러난 크기만으로는 상상조차 할 수 없는 밀도. 아마 그녀의 체중은 100킬로그램이 넘을 것이다. 게다가 인간과 같은 형태를 지녔지만, 인간을 아득히 능가하는 장기와 감각기관. 신속에 가까운 반응을 가능하게 하는 신경계.

말하자면 그녀는, 신이 추구하는 『인간』이란 형태의 완성형이다. 〈세계〉에 발생한 심각한 버그라고 표현할 수밖에 없는, 비정상적인 생물이다.

 멸망인자와의 싸움과도, 마술사간의 결투와도 다른, 심플하고 순수한 투쟁.

 특수한 권능도, 마술 효과도, 저 육체에는 존재하지 않는다.

 ─그저 빠르고, 그저 강하다.

 그런 순수한 요소만으로, 마도카는 쿠로에를 능가하고 있는 것이다.

 "……그래. 어떤 트릭을 쓰는 건지는 모르겠지만, 참 성가신걸."

 그런 쿠로에의 생각을 아는지 모르는지, 몇 명이나 되는 쿠로에를 해치운 마도카가 불쑥 그렇게 중얼거렸다.

 "……하지만, 이야기로 들은 쿠오자키 사이카와는 꽤나 다르네. 분신을 부린다는 정보는 못 들었는데 말이야."

 이어지는 그 말을 들은 순간, 쿠로에의 눈썹이 희미하게 떨렸다.

 "사이카 님을 아십니까?"

 "……소문 정도만 들었어. 아자무라라고 했던가. 산속에 숨어 살던 노인들이 너를 죽여 달라고 의뢰했어. 되게 원망하던걸. 꽤 악랄한 짓을 했나 보지?"

"아자무라—."

쿠로에는 그 이름을 듣고 잠시 생각에 잠기던, 곧 「아하」
하고 말했다.

"떠돌이 마술사 일족 말이군요. 100년쯤 전에 사이카 님
에게 덤볐다가 오히려 당한 이들이죠. 도망친 이들이 있었
습니다만, 아직도 그런 생각을 포기하지 않았습니까."

그렇게 말한 쿠로에는 미심쩍어하듯 미간을 좁혔다.

"설마 당신 같은 분이 그런 자들에게 이용당한 겁니까?
그렇다면, 낙담을 금할 수 없군요."

"……이야기만 들었을 뿐이야. 의뢰는 받지 않았어."

"그렇습니까?"

"……그 노인들의 말을 덜컥 믿을 생각은 없어. 그들 또한
신용 못할 자들이거든. 그 어떤 이유가 있을지라도, 타인에
게 살인을 의뢰하는 이가 제대로 된 인간일 리가 없잖아."

"옳은 말씀입니다."

쿠로에는 고개를 크게 끄덕였다.

바로 그때, 「하지만」 하고 마도카는 말을 이었다.

"……네 말 또한 거짓말로 점철되어 있어. **이렇게** 되고도,
자기 자신을 속이고 있지. 그런 인간을 어떻게 믿으란 거
지? 어떻게 그런 인간에게, 소중한 동생을 맡기란 거지?"

"……."

마도카가 그렇게 말하자, 쿠로에는 작게 숨을 삼켰다.

무시키의 누나는 매우 감이 좋다. —무시키와 루리가 한 말이지만, 이제는 이해가 됐다. 【심문의 눈】을 통해 본 그녀의 감각기관은 범상치 않았다. 아마 상대방의 미세한 거동과 언동의 차이를 통해, 무의식적으로 진실 여부를 판단하는 것이리라.

그렇다면, 피치 못할 사정이 있을지라도 원래 존재하지 않는 인간을 연기하고 있는 쿠로에게 위화감을 느끼는 것도 무리는 아니다.

"……."

쿠로에는 여러 의해의 눈을 통해, 주위를 살폈다.

주위에 사람은 없다. 신화급 멸망인자의 출현, 그리고 쿠로에와 마도카의 싸움으로 인해 주위에 있던 이들이 다 대피한 것이다. 지금이라면 다소 비밀스러운 대화를 나눌지라도, 새어나갈 걱정은 안 해도 될 것이다.

그렇게 판단한 쿠로에는 한순간 눈을 감더니— 가늘게 숨을 내쉰 후에 눈을 떴다.

마치, 머릿속의 인격을 교체하듯이 말이다.

"—실례했어. 나한테도 피치 못할 사정이 있거든. 그래도 확실히, 성실하지 못하긴 했어. 이제부터는 한 줌의 거짓도 섞지 않겠다고 맹세하지."

"……흐음?"

쿠로에— 사이카가 본래의 자기 말투로 그렇게 말하자,

마도카의 눈썹이 희미하게 떨렸다.

"……꽤 태도가 다른걸. 하지만 아까지의 공허함이 사라졌어. 이게 네 본성인가. ……드디어 만났네, 쿠오자키 사이카."

"그래―. 인사가 늦은 걸 사과하지. 쿠가 마도카."

그렇게 말한 사이카는 손에 쥔 쇠지팡이를 오른편으로 내밀었다.

그리고 다음 순간, 마치 거기에 빨려 들어가는 듯한 궤적을 그리면서 마도카의 공격이 퍼부어졌다. 술식이 발현했는데도 불구하고, 공격을 받아낸 팔의 뼈가 삐걱거렸다. 제3현현으로 통각을 차단하지 않았다면, 이마에 진땀이 맺혔으리라.

"이거― 인사가 참 너무한걸."

"……내가 할 소리야. 내가 쇄도하지 않았다면, 뒤편에 있는 네가 공격했을 거잖아?"

"글쎄, 무슨 소리인지―."

말을 이으려던 사이카가 웃음을 터뜨렸다.

"실례했어. 거짓을 섞지 않기로 방금 약속했었지."

"……본성을 드러내고 있는데도, 아까보다 더 수상해 보이는걸."

"하하, 미안해. 이게 내 본성이라 말이지."

사이카가 그렇게 말하자, 마도카는 더욱 파고들면서 힘

을 실어 칼을 휘둘렀다.

도저히 버틸 수 있는 검압이 아니었다. 사이카는 지면을 박차더니, 그 기세에 맞서지 않으며 그대로 허공으로 튕겨 날아갔다.

—그와 동시에, 주요 개체를 바로 교체했다. 수백의 의해를 동시에 조작하고 있지만, 대화의 주체가 되는 몸은 정해두는 편이 전투에 있어 편리한 것이다.

"정말 거친걸. 설마 이대로 계속 싸울 생각이려나?"

등 뒤에서 말을 건네자, 마도카는 느릿느릿 뒤편으로 돌아섰다.

"……이러는 편이 너를 잘 이해할 수 있거든. 아니면 마술사란 자리 깔고 앉아서만 이야기를 나눌 수 있는 거야?"

그리고, 그 말을 하는 것과 동시에—

"——."

마도카는 예비 동작 없이, 사이카의 주요 개체를 향해 쇄도했다.

【심문의 눈】으로 그것을 예측한 사이카는 주위에 전개한 다수의 개체를 조종해서, 그 움직임에 대응했다.

불괴의 칼과, 금제의 쇠지팡이. 태생이 다른 신비가 뒤얽히면서, 날카로운 금속음이 몇 번이나 울려 퍼졌다.

눈에 보이지 않는 공방전이 펼쳐지는 가운데, 마도카는 사이카의 눈을 응시하면서 중얼거렸다.

"……다시 묻겠어. 너와, 무시키에 관해서야."

"하하―, 제정신이야? 대단한걸!"

마도카가 진짜로 싸움을 이어가면서 문답을 시작하자, 사이카는 무심코 입술을 일그러뜨렸다.

하지만, 불쾌함이나 혐오감을 느낀 건 아니다. 오히려 이 기묘한 교류에, 불가사의한 고양감마저 느끼고 있었다.

사이카는 눈을 가늘게 뜨더니, 몇 번째일지 모를 마도카의 공격을 받아 내면서 말했다.

"―쿠가 마도카. 지금부터 내가 하는 이야기는 누구에게도 말하지 말고, 네 가슴속에만 담아 뒀으면 해. 내가 이 이야기를 해 주는 걸, 너에게 최대한의 경의를 표시하는 것으로 받아들여 줘."

"맹세하겠어."

마도카는 한순간도 망설이지 않으며, 그렇게 대답했다.

가벼운 말뿐인 약속이지만, 사이카는 왠지 확신할 수 있었다. ―이 여성이 이 약속을 어길 리가 없다는 것을 말이다.

"네 짐작대로, 지금의 나는 본래 모습이 아냐. 무시키가 지금 깃들어 있는 몸이야말로, 내 본래의 육체지. 빈사 상태가 된 나와 무시키의 목숨을 부지하기 위해, 융합할 수밖에 없었거든. 그 후로 무시키는 『무시키』와 『나』로서, 이 중생활을 해 주고 있지."

"……그래. 원리는 모르겠지만, 감각적으로 이해가 돼."

그래서, 하고 마도카는 말을 이었다.

"……두 사람이 다시 분리되는 건 가능해?"

"불가능하지는 않다고 생각해. 하지만 한 번 융합된 몸을 다시 분리하는 건 쉬운 일이 아니지. 지금 바로는 무리라는 게 현실이야. 그리고 내 입으로 이런 말을 하는 건 좀 그렇지만, 나는 마술계에서 가장 중요한 인물이라고 해도 과언이 아냐. ―내가 죽으면, 세계가 멸망해. 이게 농담이나 헛소리가 아니라는 건, 너라면 알 수 있을 테지."

"……."

사이카가 그렇게 말하자, 마도카는 미간을 좁히면서 표정을 굳혔다.

아마, 눈치챘을 것이다. 사이카가 거짓말을 하고 있지 않다는 것을 말이다.

사이카는 마도카의 공격을 받아 내면서, 뒤편에 있는 의해로 주요 개체를 변경했다. 그리고 마도카를 향해 쇠지팡이를 휘두르며, 목소리를 쥐어짜냈다.

"그러니 나는, 내 몸을 보유하고 있는 무시키를 잃을 순 없어……!"

"……."

하지만 마도카는 몸을 팽이처럼 회전시키더니, 앞쪽과 뒤쪽에서 달려드는 의해를 일격에 쓰러뜨렸다.

"크윽―."

벽에 내동댕이쳐진 주요 개체가 고통에 찬 신음을 흘렸다.

고통은 느껴지지 않지만, 아마 뼈가 부러졌을 것이다. 사이카는 그 의해를 버리고 다음 의해로 주요 개체를 옮기려 했다.

하지만 다음 순간, 볼 바로 옆에 마도카의 칼이 꽂혔다. 마치, 사이카의 의식이 이동하는 것을 막듯이 말이다.

"——."

사이카가 숨을 삼키자, 마도카는 그런 그녀를 향해 얼굴을 내밀면서 낮은 목소리로 말했다.

"……그런 건 아무래도 좋아."

"그, 그런 것……?"

예상조차 못 했던 반응이기에, 사이카는 눈을 동그랗게 떴다.

하지만 그것도 당연했다. 왜냐하면 마도카는 세계의 운명을 아무래도 좋다고 말한 것이다.

그것은 평생 세계를 지켜온 사이카에게 있어서, 최대의 모욕이라고 해도 과언이 아닌 말이었다.

하지만 너무나도 갑작스러울 뿐만 아니라 독기조차 느껴지지 않는 말이었기에, 분노를 느끼기보다 얼이 나가 버리고 말았다.

마도카는 그런 사이카를 향해 얼굴을 더욱 내밀면서 질문을 던졌다.

"……결국, 너는 무시키를 좋아하는 거야?"

그 질문에…….

"뭐ー."

사이카는 얼이 나간 듯이 입을 쩍 벌리고 말았다.

하지만 마도카는 진지한 어조로 말을 이었다.

"……아까 너는 무시키와 결혼하고 싶다고 말했어. 하지만 그것은 나를 납득시키기 위해 한 말이지? 가면이 벗겨진 지금, 너의 진짜 마음을 알고 싶어."

"무슨 소리를…… 하나 했더니…….."

ー무시키를? 좋아하냐고? 사이카는 생각에 잠겼다. 좋아하는지 싫어하는지만 본다면, 전자일 게 틀림없다. 하지만 마도카가 말하는 『좋아한다』가 그런 의미가 아니라는 것은 사이카도 이해하고 있었다. 연애, 사모, 애정ー 말로 표현하자면 그런 식의 감정이리라.

단순명쾌한 질문이다. 하지만 그것은 사이카가 가장 어려워하는 유형의 질문이다.

약 500년 전, 마술의 비기를 접하고 제5현현 〈세계〉를 형성한 후로…….

인간이라는 틀을 초월해, 세계왕의 자리에 앉은 후로…….

사이카는 누구보다 깊고 넓은 인류애를 얻은 대신, 특정 개인을 향한 특별한 감정을 지니지 못하게 됐다.

마술을 구사해서 노화와 수명이라는 속박에서 벗어난 것

도 관계가 없지는 않으리라. 생물은 생명의 위기에 처하면, 본능적으로 종의 보존을 갈구하게 된다고 한다. 반대로 젊고 건강한 육체를 장기간 유지하는 게 가능해진다면, 생물은 자손을 남긴다고 하는, 생물로서 당연한 욕구가 희박해지는 것이다.

그리고 —이것은 어쩔 수 없는 일이지만— 마술사로서 절대적인 존재가 된 쿠오자키 사이카에게 청혼하는 이가 이 세상에 존재할 리가 없다.

그렇다. 그때, 목숨이 경각에 처한 상황에서 만난 소년을 제외하고 말이다.

무시키. 쿠가 무시키. 생각해 보면 그에게는 항상 놀라기만 했다. ……아니, 루리의 오빠라는 점과 비범한 마술적 재능을 지녔다는 점도 그렇지만, 무엇보다도 그 인간성이 황당했다.

자기가 목숨을 잃을 뻔했을 뿐만 아니라 알지도 못하는 여자와 융합했는데도, 그가 신경 쓰는 건 사이카에 관한 것뿐이었다.

하지만 그가 없었으면 극복하지 못했을 국면이 몇 번이나 있었다는 점 또한, 사실이다.

그의 (사이카에 대한) 탁월한 관찰력과 (사이카 한정) 연기력 덕분에 헤쳐 나올 수 있었던 상황이 몇 번이나 있었고, 전투 중에 꽃피운 무시키 본인의 술식 덕분에 위기를 극복한 적도 셀 수 없이 많다.

아니, 그것만이 아니라 항상 긍정적인(항상 사이카 생각만 한다) 그의 자세에 용기를 얻은 적도 한두 번이 아니다.

게다가—.

"……왜 그래? 그렇게 어려운 질문을 했다고는 생각 안 하는데 말이야."

머릿속이 복잡하게 헝클어진 가운데, 이렇게 어려운 질문을 던진 마도카가 고개를 갸웃거리며 그렇게 말했다.

사이카는 땀을 삐질삐질 흘리면서, 신음하는 듯한 어조로 말했다.

"그, 게……."

"……그게?"

마도카가 물었다.

사이카는 갈기갈기 찢겨나간 감정과 생각을 꿰매듯이 이어 붙이면서 말했다.

"—우리의 몸이 원래대로 되돌아가면 프러포즈할 권리를 달라고 무시키는 말했지. 그때, 나는— 조금이지만, 마음이 흔들렸다……고, 생각해. 세계의 유지자인, 바로 내가……."

……하고, 서서히 말을 이었다.

머릿속에 쭉 존재했던 그 흐릿한 감정에, 하나하나 이름을 붙이는 듯한 느낌이 들었다.

그것은 정체불명의 괴물에게 이름을 붙여 존재를 정의함

으로써 물리칠 수 있게 만드는 수법과 흡사했다.

"……애초에, 이상한 녀석이었어. 절대적 궁지에 몰려도 어딘가 느긋하달까, 내 생각밖에 안 한달까…… 솔직히, 저래도 되나 싶을 때도 많아.

하지만, 그런 무시키의 바보 같은 면에 구원받은 적이…… 없었다고 말하면, 거짓말이겠지.

분명 그 어떤 상황에 처하더라도—.

그야말로, 그때 나타난 『그녀』의 예언대로, 세계가 멸망을 맞이하는 사태가 벌어질지라도—.

무시키만은, 어차피 나만 생각하고 있겠지, 란…… 바보 같은…… 영문 모를 확신이 들어.

그리고 나는…… 분명 그걸, 그다지 싫어하지 않으리라고…… 생각해."

왜냐하면 그건, 인류 전체가 절망에 지배당할지라도…….

무시키만은, 밝은 미래를 그려 나가리라는 의미인 것이다.

……물론 그 미래가, 특정 측면으로 편중되어 있을 우려가 있지만 말이다.

—거꾸로…….

문득, 자기 자신에게 이렇게 물었다.

—만약 무시키가 사이카를 싫어하게 된다면. 혹은 완전히 흥미를 잃는다면, 어떨까.

너무나도 바보 같은 가정이기에, 실소를 터뜨릴 뻔했다.

—무시키가, **바로 그 쿠가 무시키**가, 사이카를 싫어한다? 흥미를 잃는다? 그것이야말로 하늘과 땅이 뒤집혀도 있을 수 없는 일이다.

그런 일이 일어난다면, 그것은 무시키가 죽을 때이리라. ……아니, 무시키라면 죽은 후에도 영체나 잔류 사념이 되어 현세에 남아서, 자기를 찾아온 이들에게 사이카가 얼마나 멋진지를 이야기하는 성가신 유령이 될 것 같은 느낌마저 들었다.

"하지만—."

사이카가 뇌리를 스친 묘한 상상 탓에 쓴웃음을 머금으며 말하자, 마도카는 의아한 듯이 고개를 갸웃거렸다.

"……하지만?"

"그 녀석은 나를 좋아한다, 일편단심 나뿐이다, 하고 말하면서도 다른 여자애를 상냥하게 대하거나 가슴이 콩닥거릴 때가 있지. 그건 좀 그런 것 같지 않아?"

"……글쎄. 그 안에서 한 명을 선택하기에, 그 마음이 고귀한 것 아닐까?"

"아니, 그건 그럴지도 모르지만—."

사이카가 말을 이으려 한 순간, 마도카는 뭔가를 눈치챈 것처럼 고개를 갸웃거렸다.

"……즉, 질투하는 거야?"

"뭐? 말도 안 돼. 내가 누구인 줄 알고—."

바로 그때, 사이카는 말을 멈췄다.

반사적으로 부정하려 한 마도카의 말. 하지만 객관적 시점에서 생각해 보니, 자신의 생각과 언동이 그 말에 부합된다는 생각이 든 것이다.

자기보다 어린 소년의 사랑을 받고, 기분이 좋아졌다.

그가 자신을 싫어하게 될 리 없다고, 근거 없이 믿는다.

그러면서, 그런 그가 다른 여자애와 가깝게 지내는 것이 마음에 들지 않는다.

─그런 건, 그런 건…….

사이카가 몇 번이나 봐 온, 어리석지만 사랑스러운 인간들과 별반 다를 게 없지 않은가.

"아. 어라─ 혹시…….".

사이카는 눈을 동그랗게 뜨며, 반쯤 얼이 나간 목소리로 말했다.

"─나, 무시키를 좋아하는 건가."

"큭……!"

사이카의 모습을 한 무시키는 상처를 입은 쿠로에의 의해 옆에서 무릎을 꿇으며 인상을 찡그렸다.

어디선가 나타난 무수한 쿠로에가 전장을 뒤덮은 탓에 자세한 상황을 알 수 없지만, 쿠로에와 마도카는 여전히 싸우고 있는 것 같았다. 간헐적으로 굉음이 들려왔고, 때 때로 쿠로에의 의해가 허공을 갈랐다.

수적으로는 쿠로에가 압도적으로 유리했지만, 무시키는 마도카가 패배하는 광경을 상상조차 할 수가 없었다.

"……."

아까 마도카와 격돌했을 때의, 그 한순간의 공방이 뇌리 에 떠올랐다.

마술사와 싸울 때의, 최적의 해답. 탁상공론에 지나지 않는 그 유일한 방법을 실현한, 비정상적인 신체 능력. 아 무리 사이카일지라도, 의해인 채로는 아무리 많은 물량을 투입할지라도 이기지 못할 것 같았다.

만약 사이카가 본래의 몸을 되찾아서 제4현현을 발현시 킬 수 있다면 이야기가 달라질지도 모르지만…….

"아—."

바로 그때, 무시키는 낮은 신음을 흘렸다.

그렇다. 지금이라면, 마도카가 무수한 쿠로에에게 둘러 싸인 이 상황에서라면 무시키도 제4현현을 발현시킬 수 있을지도 모른다. 설령 들킬지라도, 쿠로에의 의해들이 발 동을 위한 시간을 벌어 줄 것이다.

그리고, 사이카의 제4현현은 궁극이자 무적.

발동에만 성공한다면, 제아무리 마도카일지라도—.

"아냐……."

바로 그때, 무시키는 입술을 깨물었다.

마도카의 압도적인 힘 탓에 착각할 뻔했지만, 무시키의 목적은 단순히 마도카를 쓰러뜨리는 게 아니다.

그렇다. 무시키의 목적은 어디까지나 마도카에게 〈정원〉 편입을, 그리고 —이것은 좀 성급한 생각일지도 모르지만— 사이카와의 관계를 인정받는 것이다.

하지만, 그것이야말로 난제 중의 난제다. 그 어떤 말을 할지라도, 마도카에게 무시키의 마음을 이해시키는 것은 매우 어려울 것이다.

바로 그때—.

(아. 어라— 혹시……, 나—.)

바로 그때, 갑자기 단편적인 목소리가 머릿속에서 들려온 탓에 무시키의 눈썹이 희미하게 떨렸다.

염화다. 도렷하게 들리지는 않지만, 무언가가 전해져 왔다. 예를 들자면, 혼선으로 인해 남의 통화가 들려오는 느낌이랄까. 전할 생각은 없었으나 너무 강렬한 마음이 생겨난 탓에, 컨트롤을 할 수 없게 된 느낌이었다.

"……쿠로에? 무슨 말 했어?"

"……."

무시키가 그렇게 묻자, 쿠로에는 갑자기 화들짝 놀란 표정을 지으며 눈을 치켜떴다.

다음 순간…….

(—아이싱 파워 전개! 하바네로 군단을 해치워라! 대단해, 컵케이크맨♪)

머리가 컵케이크인 정체불명의 히어로의 모습과 함께 주제가가 머릿속에 떠올랐다.

마치 쿠로에가 머릿속의 말을 읽히지 않기 위해, 일부러 강한 이미지를 떠올린 느낌에 가까웠다.

"……뭐, 뭐야. 묘한 영상이 머릿속에…….”

무시키가 당혹스러운 듯이 이마에 손을 대며 그렇게 말하자, 방금까지 전투에 집중하느라 침묵을 지키고 있던 쿠로에의 의해가 살며시 입술을 움직였다.

"갑자기 말 걸지 말아 주십시오. 깜짝 놀라지 않았습니까.”

"어? 아, 미안해.”

평소보다 태도가 더 퉁명한 것을 의아하게 생각하면서도 무시키가 순순히 사과하자, 쿠로에는 고개를 반대편으로 휙 돌리면서 말을 이었다.

"……그리고, 너무 들러붙어 있는 것 아닙니까? 좀 떨어지십시오.”

"쿠로에, 무슨 일 있는 거야……?”

"네? 딱히 아무 일도 없습니다만? 괜한 추측 마시길. 자기는 사소한 변화도 눈치챘다는 점을 어필하는 겁니까?”

"아니, 그럴 생각은 없는데……."

무심코 땀을 삐질삐질 흘리던 무시키는—.

"＿＿."

갑자기 숨을 삼켰다.

어떤 가능성이, 머릿속을 스친 것이다.

"……그래. 어쩌면……."

"……? 왜 그러십니까?"

쿠로에는 의아하다는 투로 물었다. 그러자 무시키가 그
녀의 눈을 지그시 응시했다.

"쿠로에. 부탁이 하나 있어. 실은—."

무시키가 자기 생각을 말해 주자, 쿠로에는 눈을 동그랗
게 떴다.

"……제정신입니까?"

그리고, 미심쩍은 투로 그렇게 말했다. 무시키는 당연하
다는 듯이 말을 이으려 했다.

하지만…….

"—하고, 제가 아니라 다른 사람이라면 물었겠죠."

이어지는 그 말을 들은 순간, 무시키의 표정이 환해졌다.

"쿠로에—."

"본의는 아닙니다만, 해 볼 가치는 있을 겁니다."

◇

"……."

쿠가 마도카는 경계심을 늦추지 않은 채, 눈앞의 광경을 흥미롭다는 듯이 응시했다.

하지만, 그러는 게 당연했다.

"—아니, 아니, 잠깐만. 잠깐만 있어 봐. 아냐. 아냐. 그럴 리가 없어."

아까까지만 해도 냉정하고 오만하던 마녀, 쿠오자키 사이카가 허둥대기 시작했으니 말이다.

그 모습은 세계 최강의 마술사라기보다, 처음으로 사랑을 자각한 순진무구한 소녀 같아 보였다.

"하지만, 아니, 말도 안 돼. 응. 그래. 나는 마녀인걸. 굳이 따지자면, 상대를 손바닥 위에 올려놓고 농락하면서 목적을 위해 이용하는 타입이야. 좀 귀여운 연하 남자애한테 좋아한다는 말 좀 들었다고 그대로 넘어갈 만큼 쉬운 애가 아냐. 게다가, 걔는 진짜 이상한 녀석인걸."

"……남의 동생한테 그런 말은 좀 심하지 않을까?"

"하지만 내 트레이딩 카드 게임을 허락도 안 받고 만들었단 말이야……."

"……그건 좀 기분 나쁘긴 하네."

"그렇지? 아니, 기분 나쁘다는 건 좀 과하다고 생각하는

데……."

"……어느 쪽인데?"

마도카가 미간을 찌푸리며 묻자, 사이카는 스스로에게 묻듯이 말을 이어갔다.

"—그도 그럴 게, 만약…… 어디까지나 만약에 말이지? 이 답답~한 느낌이 **그것**이라면, 처음으로 존재변환시켰을 때의 그거라든가, 프러포즈할 권리를 달라는 말을 들었을 때라든가…… 그런 것도 전부 **그것**인 게 되잖아. ……응. 역시 말도 안 돼. 그럴 리가 없어. 제자를 건드리는 건, 마녀로서 가장 꼴사나운 짓인걸. 수백 년이나 살다 보면 말이지? 그런 세속적이고 속된 감정도 사라진다고나 할까? 그러니 평범한 인간의 척도로 가늠하지 말아 줬으면 해."

"……그 말은 너한텐 무시키에게 연애 감정이 전혀 없고, 그저 그 애의 감정을 이용하고 있을 뿐이라는 거야?"

"맞아! 바로 그거야!"

"……그건 쓰레기 같은 짓 아냐?"

"맞네……."

마도카가 그렇게 말하자, 사이카는 인상을 쓰며 신음 섞인 목소리로 그렇게 말했다.

왠지, 첫인상보다 더 유쾌한 소녀였다.

"……그것보다, 아까부터 말투가 꽤 평범해졌잖아."

"——."

마도카가 그렇게 말하자, 그 지적을 듣고서야 그 점을 눈치챈 것처럼 어깨를 부르르 떤 마도카는 어험 하고 헛기침했다.

"……실례했는걸. 좀 마음이 흐트러졌나 봐."

"……괜찮아. 편한 말투를 써. 아까까지의 너보다는 더 호감이 가거든."

"……."

사이카는 부끄러워하듯 볼을 붉힌 후, 마음을 다잡으려는 듯이 고개를 저었다.

"……홋. 말 한번 잘하는걸. 하지만, 너조차도 눈치를 못 챈 것 같군. 쿠가 마도카."

"……응?"

"방금 대화는 전부 연기지. 너를 방심시키기 위한 연기— 말이야."

"……아니, 그렇게 안 보였거든?"

"내가 연기라면 연기인 줄 알아."

사이카는 매서운 눈길을 머금으며 그렇게 말하더니, 이윽고 표정을 누그러뜨렸다.

"그 증거로— 준비를, 끝마쳤어."

"뭐—."

사이카가 자신만만한 어조로 그렇게 말한 순간, 마도카는 온몸이 위화감에 휩싸이는 감각을 느꼈다.

—하늘이, 대지가, 자신을 둘러싼 경치가, 전부 덧칠되어 갔다. 사이카의 뒤편을 기점으로 해서 푸른 하늘과 무수한 마천루가 생겨나더니, 농밀한 바람이 휘몰아쳤다.

그것은 아까 무시키가 불꽃의 거인에게 쓴 마술이었다.

"──."

이것이 어떤 마술인지는 모르지만, 뜻대로 하게 두는 건 좋지 않다. 마도카는 직감적으로 위험을 감지했다.

마도카는 눈을 살짝 가늘게 뜨더니, 아직 발치에 남아 있는 대지를 박차면서 단숨에 전방으로 도약했다.

목표는 사이카의 뒤편. 이 경치의 기점. 아마 그곳에 무시키가 있을 것이다.

—일격에 기절시켜서, 이 경치를 없애 주겠다.

마도카는 표적을 정한 후, 곧장 쇄도했다.

"─그렇게 둘 것 같아?"

하지만 사이카 또한 마도카의 움직임을 예측한 것 같았다. 주위에 있던 같은 얼굴의 사이카들이 마도카를 보내지 않겠다는 듯이 막아섰다.

사이카 또한, 이런다고 마도카의 발을 묶을 수 있으리라고 생각하지는 않을 것이다. 아마 그녀의 목적은 무수한 몸으로 벽을 만들어서, 마도카의 시간을 빼앗는 것이다. 시간만 번다면, 무시키의 마술이 마도카를 무력화시키리라고 믿어 의심치 않는 것이리라.

"······재미있네."

마도카는 눈을 가늘게 뜨더니, 칼자루를 쥔 손에 힘을 줬다. 웬만한 무기의 손잡이는 바스러뜨리고도 남을 정도의 악력이다. 하지만 그 무엇으로도 부술 수 없는 이 무딘 칼은 그 어떤 소리도 내지 않으며 마도카의 의지에 부응해 줬다.

마도카가 선택한 방침은 단순했다. 눈앞에 막아서는 자들이 있다면, 순식간에 전부 쓰러뜨리면 된다. 그런 황당무계하고 말도 안 되는 일을 실제로 실행에 옮길 힘을, 마도카의 팔은 지니고 있었다.

눈앞에 존재하는 무수한 사이카. 그녀들을 한꺼번에 쓸어버리려는 듯이, 마도카는 걸음을 내디뎠다.

하지만—.

"······!"

다음 순간, 뜻밖의 일이 눈앞에서 일어난 탓에 마도카는 숨을 살짝 들이마셨다.

마도카의 주위에 펼쳐져 있던 마천루의 미궁. 그것이 갑자기 무너지면서, 공기에 녹아든 것이다.

마도카는 아직 충격을 받지 않았다. 그런데 왜 공격을 중단한 것일까? 뭔가 작전이 있는 것일까. 이미 목적을 달성한 것일까. 아니면 예상치 못한 사태가 일어나서 경치를 유지하지 못한 것일까—.

마도카가 머릿속으로 그런 생각을 하고 있을 때, 또 예상치 못한 일이 벌어졌다.

눈앞에 누군가의 그림자가 나타나는가 싶더니, 마도카가 수평으로 휘두른 칼을 막아 낸 것이다.

한순간, 사이카의 다른 개체가 나타났다고 생각했지만―아니었다.

그 자리에 나타난 이는―.

"―이제 그만해, 마도 누나."

"……무시키."

소녀의 모습에서 원래 모습으로 되돌아간 마도카의 동생, 쿠가 무시키였다.

그런 그의 모습은 마도카가 아는 무시키의 모습과 약간 달랐다.

무시키의 머리 위에는 왕관처럼 빛나고 있는 문양이 존재했고, 손에는 유리처럼 투명한 검 한 자루가 쥐어져 있었다.

그 검이 범상치 않다는 것은 한눈에 눈치챘다. 아마 이 것도 마술과 연관된 물건이리라. 그렇지 않다면 다소 손속에 사정을 뒀다고는 해도, 마도카의 일격을 정면에서 막아 낼 수 있을 리가 없다.

"……."

―아니, 마도카는 마음속으로 그 생각을 부정했다.

아무런 근거도 없는 감각적인 이야기지만, 아까 마도카와 싸운 사이카와 지금의 무시키는 미묘하게 감촉이 다른 듯한 느낌이 들었다.

사이카가 다양한 마술과 온갖 기교로 마도카에게 대항한 것과 달리, 무시키의 검에서는 순수하고 강렬한 마음만이 느껴졌다.

"—우선, 고마워."

마도카가 그런 생각을 하고 있을 때, 무시키가 조용한 어조로 그렇게 말했다.

"나를 생각해 줘서, 나를 지켜 주려 해서, 나를— 구해 주려 해서 고마워."

하지만, 하고 무시키는 덧붙였다.

"나는 이미, 결심했어. 이 〈정원〉에서 마술사로서, 인류를 지키기 위해 싸우기로…….

사이카 씨에게 목숨을 구원받은 자로서, 그 책임을 다하기로…….

그리고— 사이카 씨와, 함께하기로 말이야."

그렇게 말한 무시키는 마도카를 똑바로 바라봤다.

무시키의, 솔직하고 강렬한 그 말에—.

"……그래. 네 생각은 알겠어."

하지만 마도카는, 날카로운 시선으로 답했다.

"하지만— 그게 다야?"

"——."

무시키가 작게 숨을 삼켰다. 마도카는 조용히 말을 이었다.

"……너에게 네 마음이 있듯이, 나에게도 내 마음이 있어. 그 두 가지가 맞부딪친다면, 마지막에는 **이렇게** 되는 게 피할 수 없는 운명이야. 말했을 텐데? 네 마음을 관철하고 싶다면, 나를 넘어서 봐."

무시키는 그 말을 듣더니, 결의를 다지듯 날카로운 시선을 머금었다.

"—알았어. 내가 얼마나 진심인지, 마도 누나에게 하나도 남김없이 전부 알려 주겠어."

"……뭐?"

무시키의 말을 이해 못 한 마도카는 미간을 좁혔다.

그러자 무시키는 의식을 집중하듯, 가는 숨을 내쉬면서 눈을 감았다.

이렇게 가까운 거리에 상대가 있는데도 눈을 감는 건 제정신인 이가 할 짓이 아니다. 게다가 무시키는 어디까지나 의식을 집중시킬 뿐, 뭔가를 위해 근육을 움직이는 등의 예비 동작은 전혀 취하지 않았다. 무시키의 의도를 파악 못 한 마도카는 당혹스럽다는 듯이 숨을 삼켰다.

바로 그때, 상황에 변화가 발생했다.

"……."

무수한 사이카 중 하나가 무시키의 곁으로 다가오더니,

부끄러워하듯 볼을 붉히면서 귓속말을 했다.

"—사랑해, 무시키."

그 순간—.

"——————."

무시키가 눈을 치켜뜨더니…….

마도카의 머릿속으로 엄청난 양의 정보가 흘러들어왔다.

말. 영상. 목소리. 감촉. 냄새. 그리고 마음. 다양한 종류의 이미지가 순식간에 노도처럼 몰려들어왔다. 게다가 놀랍게도, 현기증이 날 만큼 방대한 그 정보의 파도는 단 하나의 요소만을 다루고 있는 것 같았다.

그것은 바로—.

(…….)

정신을 차려 보니, 마도카는 기묘한 장소에 서 있었다.

끝없이 넓고, 새하얀 공간이었다.

(여기는…….)

(—마도 누나, 어서 와.)

갑자기 목소리가 들려오자, 마도카는 뒤편을 돌아봤다.

그곳에는 온화한 미소를 머금은 무시키가 서 있었다.

(……무시키?)

(나는 무시키지만, 무시키가 아냐. 마도 누나의 뇌가 만들어 낸, 이야기꾼으로서의 무시키려나.)

(……이야기, 꾼? 대체 무슨 이야기를 할 건데?)

마도카가 묻자, 무시키는 미소를 머금은 채 허공에 걸터 앉았다.

그리고 딱 소리가 나게 손가락을 튕겼다.

그러자 거기에 맞춘 것처럼, 아무것도 없는 새하얀 공간에 책이 가득 꽂혀 있는 무한한 책장이 생겨났다.

그 책장에서 책 한 권이 둥실 떠오르더니, 무시키의 손아귀에 들어갔다.

(그야 물론— 사이카 씨가 얼마나 멋진 사람인지. 그리고, 내가 사이카 씨를 얼마나 사랑하는지야.)

무시키는 진한 미소를 머금더니, 손에 쥔 두꺼운 책을 펼쳤다.

(자, 시작해 볼까. 우선 사이카 씨와 내 만남부터—.)

무시키가 이야기를 시작하자, 두꺼운 책의 페이지가 저절로 넘어갔다.

그 순간, 새하얀 공간이 덧칠되어 갔다. —무수한 마천루로 형성된, 불가사의한 밤의 도시 미궁으로 말이다.

그곳에, 마도카는 홀로 서 있었다.

그리고 그 앞에, 가슴에 피의 꽃이 피어난 소녀 한 명이 쓰러져 있었다.

그것은 여성화한 무시키— 즉, 쿠오자키 사이카 본인의 모습이었다.

(──────.)

그 모습을 본 순간, 마도카는 심장이 크게 뛰는 느낌을 받았다.

이제까지 맛본 적이 없는 충동. 꿀처럼 달콤하고, 저주처럼 강한 감정.

그제야 마도카는 눈치챘다. ─지금 자신이, 자신이지만 자신이 아니라는 것을 말이다.

이것은, 무시키의 시점. 지금 마도카는 무시키의 기억을 간접 체험하고 있는 것이다.

(너에게, 내 세계를 맡기겠어─.)

그렇게 첫 입맞춤을 나눈 순간, 또 세계가 덧칠됐다.

학원 풍경. 저택 안. 운동장. 방 안. 그리고 해저도시. 게임 속─.

무시키가 사이카와 보낸 광경이, 어지럽게 눈앞에 펼쳐졌다.

그리고 그것들에 동기화하듯, 마도카의 뇌와 마음에 무시키의 솔직한 감정이 꽂혔다.

사이카와 만난 후의 나날은, 선명한 색상으로 물들어 있었다.

〈정원〉에서 보낸 일상은, 사랑스럽기 그지없었다.

농담이 아니라 그날 사이카를 만난 후로 자신의 인생이 드디어 시작됐다고 여길 만큼, 처절하고 선명한 충격을 받았다. 마도카는 해일에 농락되는 나룻배처럼, 그 감정의 소용돌이에 휘말렸다.

정신을 차리고 보니, 어느새 주위는 야경이 보이는 레스토랑으로 변해 있었다.

(아름다운 야경인걸, 무시키.)

(사이카 씨가 더 아름다워요.)

(호오, 그런 작업 멘트로 내 환심을 사려는 거야?)

(아뇨…… 진심이에요.)

(훗— 알고 있어.)

사이카가 미소를 머금더니, 극채색의 두 눈동자에 웃음기가 어렸다.

그에 맞춰, 이번에는 주위의 경치가 보석 가게로 바뀌었다.

(호오— 알렉산드라이트인가.)

(네. 사이카 씨에게, 잘 어울릴 것 같아요.)

(후후. 기쁜걸. 아, 맞아. 내 손가락 사이즈는—.)

(—8호, 맞죠?)

(하하. 역시 알고 있구나—.)

—또 경치가 새하얗게 변하더니, 어디선가 종소리가 들려왔다.

나팔 소리가, 경쾌한 행진곡을 자아내고 있었다.

(이, 건…….)

정신을 차리고 보니, 또 주위의 경치가 바뀌어 있었다.

장엄한 예배당. 새빨간 융단. 눈부신 라이스 샤워와 환성 속에서, 새하얀 턱시도를 입은 무시키와 웨딩드레스를 입은 사이카가 모습을 보였다.

어느새 마도카는 세련된 색상의 드레스 차림으로 하객들과 함께 두 사람을 축복하고 있었다.

(아아…… 그래―.)

어째서일까. 마도카는 자연스럽게 이해했다.

이것은 무시키의 기억을 체험하는 게 아니라― 그 너머.

아직 이 세상 어디에도 존재하지 않는, 무시키의 이상적인 미래의 광경인 것이다.

단상에 선 사이카는 하객을 향해, 손에 든 부케를 높이 던졌다.

하객 중 한 명인 루리가 엄청난 기세로 손을 뻗었지만― 부케는 루리의 손을 빠져나가더니, 마도카의 손에 쏙 들어왔다.

그 광경을 본 사이카와 무시키는 빙긋 미소 지었다.

(―이제까지 여러모로 신세졌는걸.)

(고마워, 마도 누나. 우리, 행복해질게―.)

부케를 받은 마도카는 두 사람의 미소를 보더니, 불가사의한 감회에 사로잡혔다.

무시키의 눈을 통해 두 사람이 걸어온 고난의 길을 간접 체험한 마도카는, 행복을 그림으로 그린 듯한 그 광경을 보면서 입가에 옅은 미소를 머금었다.

"오오오오오오오오오오오오오오오오—!!"

"……!"

기백으로 가득 찬 목소리가 들려오자, 마도카는 눈을 치켜떴다.

—의식이 나갔다. 한순간, 자신이 처한 상황을 이해 못한 채 당혹감에 사로잡혀 있었다.

눈동자를 굴려서 주위의 상황을 확인했다. —손에는 칼. 눈앞에는 투명한 검을 휘두르는 무시키의 모습. 그리고 마녀, 쿠오자키 사이카 중 한 개체.

그것을 확인하고서야 겨우 떠올렸다. 자신이 무시키와 싸우고 있었다는 사실을 말이다.

대체 뭘 당한 건지는 모르겠지만, 오랫동안 기나긴 꿈을 꾸고 있었던 듯한 느낌이 들었다.

하지만 시간상으로는 한순간에 지나지 않을 것이다. 눈앞에 펼쳐진 광경은 마도카가 의식을 잃기 직전과 전혀 다르지 않았다.

"아무리 마도 누나가 상대일지라도, 이 마음만은— 절대지지 않아!"

무시키가 기합을 지르면서 검에 힘을 줬다. 투명한 칼날이 옅은 빛을 뿜었다.

"──."

완전히 허를 찔리고 만 마도카는 흐트러진 자세를 회복하기 위해 손에 힘을 줬다.

하지만 그 순간, 믿기지 않는 위화감이 뇌리를 스쳤다.

우지직─.

절대로 부서지지 않는 자기 칼의 자루 부분에서, 들어본 적 없는 소리가 난 것이다.

마치 칼자루가 마도카의 악력을 견디지 못해 비명을 지르는 듯한, 그런 소리였다.

"아니……."

뜻밖의 사태가 벌어지자, 한순간 마도카의 손에서 힘이 빠졌다.

"─【영지검】!"

그때를 노린 것처럼, 무시키가 온 힘을 다해 투명한 검을 휘둘렀다.

─날카로운 소리가 울려 퍼지더니…….

절대 부서지지 않는 칼이 한가운데에서 부러지고, 그 칼날 조각이 춤추듯 허공을 갈랐다.

"하아……, 하아……."

제2현현 【홀로 에지】를 휘두른 무시키는 얼굴이 땀으로

범벅이 된 채, 어깨를 거칠게 들썩였다.

　―아무래도, 바라던 대로 된 것 같았다. 깨끗하게 부러진 마도카의 칼을 보면서, 꿀꺽하고 숨을 삼켰다.

　무시키의 제2현현【홀로 에지】는 대상의 마력 및 술식을 소거하는 무(無)의 검이다. 그 힘이라면, 마도카의 칼을 절대 부서지지 않게 하는 『대가』의 술식을 없앨 수 있으리라고 생각한 것이다.

　하지만, 그것만으로는 부족했다. 분명 마도카가 만전의 상태였다면, 칼에 걸린 술식을 없애더라도 어떤 식으로든 대응했을 것이다.

　마도카의 허를 찌를 수 있었던 것은, 바로 마도카의 새끼손가락에 감긴 머리카락 덕분이다.

　그렇다. 그것이 이 작전의 승부수다.

　무시키는 쿠로에가 술식을 걸어 준 머리카락을 마도카의 손가락에 감은 후, 어마어마한 염화를 보내서 그녀의 의식을 빼앗았다. ―루리의 장난 탓에, 쿠로에가 한순간 얼이 나갔던 것처럼 말이다.

　하지만 전투 중에 마도카의 손가락에 머리카락을 묶는 것은 매우 어려운 일이다.

　그게 가능했던 것은 겨우 몇 초 동안 발현시켰던 제4현현【보이드 가든】덕분이다.

　무시키는 제4현현을 발현시키는 것과 동시에, 휘몰아치

는 바람에 자신의 머리카락을 실어서 **우연히** 마도카의 손가락에 그것이 감기는 가능성에 승부를 걸었다.

물론, 상대방의 손가락에 머리카락이 딱 감기는 건 있을 수 없는 일이다. 성공 확률은 천문학적으로 낮으리라.

하지만 사이카의 제4현현이 지닌 권능은, 가능성의 관측과 선택.

미세한 가능성일지라도, 일어날 수 있는 일이라면 일으킬 수 있다.

그래서 무시키는 마도카에게 자신이 사이카를 얼마나 사랑하는지 전할 수 있었고, 결과적으로 그녀의 의식을 한순간 빼앗는 데 성공했다. ……쿠로에의 멋진 어시스트 또한, 성공에 크게 기여했지만 말이다.

"……."

무시키가 긴장한 표정으로 숨을 고르는 가운데, 마도카는 깨끗하게 부러진 자신의 칼을 쳐다본 후에 작게 중얼거렸다.

"……멋진걸."

그리고 그렇게 말하면서, 무시키를 쳐다봤다.

"……방금 기술은 뭐지? 마치 몇 년이나 함께 보낸 듯한 감각이었어."

아마 염화를 말하는 것이리라. 무시키는 고개를 끄덕이며 대답했다.

"—사이카 씨 너무 좋아 빔."

"……이름…… 더 괜찮은 건 없었던 거야?"

등 뒤에서 쿠로에— 사이카의 가느다란 목소리가 들려왔다. 고개를 돌려보니, 그녀는 얼굴을 새빨갛게 붉힌 채 이마에 손을 대고 있었다.

"어, 어떻게 된 거예요? 왜 갑자기 비틀거리는—."

무시키는 말을 이으려다 떠올렸다. 그러고 보니 사이카도 새끼손가락에 무시키의 머리카락이 감겨 있었다. 마도카처럼 정통으로 맞지는 않았겠지만, 그 여파에 휘말렸을 가능성이 있다.

"죄, 죄송해요. 거기까지는 미처……."

"……아니, 괜찮아. 걱정하지 마. 이 정도는 아무것도 아냐. 응…… 아무렇지도 않지……."

사이카는 고개를 흔들면서 그렇게 말하더니, 마도카를 힐끔 쳐다봤다.

"……무시무시한 기술이었어. 쿠오자키 사이카의 『장점』이, 머릿속에 때려 박히는 느낌이었지. 내가 아니라 다른 사람이었다면, 너를 좋아하게 됐을지도 몰라."

"아…… 응……. 저기, 미안한걸……."

사이카는 쓴웃음을 머금으며 말했다.

그러자 마도카는 만족한 듯이 숨을 내쉬었다.

"……아무래도, 내가 진 것 같네. 이렇게 되면…… 너를 인정할 수밖에 없겠어, 쿠오자키 사이카."

"마도 누나―."

"……네 의식을 빼앗은 것도, 칼을 부러뜨린 것도, 내가 아니라 무시키잖아. 괜찮겠어?"

사이카가 묻자, 마도카는 힐끔 돌아보면서 말을 이었다.

"……그 한순간에 깨달았어. 너는 나보다도, 무시키에게 사랑받고 있다는 걸 말이야. 그것보다 확실한 승리는 없지 않겠어? 게다가―."

"게다가…… 뭐지?"

"……말해도 되겠어?"

"――."

마도카가 그렇게 말한 순간, 사이카는 한순간 눈을 동그랗게 뜬 후에 고개를 돌렸다. ―마치, 무시키에게 자기 표정을 보여 주고 싶지 않다는 듯이 말이다.

그 모습을 본 마도카는 입가에 옅은 미소를 머금었다.

"……애초에, 무시키의 연애를 방해할 생각은 없어. 그저, 그 상대가 어떤 사람인지 알고 싶었을 뿐이야. 그리고, 무시키에게 각오가 되어 있는지를 말이지."

마도카는 이어서 자조하는 투로 말했다.

"……그리고, 질투를 했을지도 모르겠네."

"질투……?"

마도카가 무슨 말을 하는 건지 이해 못한 채, 무시키는 고개를 갸웃거렸다.

그러자 마도카는 입술을 삐죽 내밀면서 말했다.

"……옛날에 무시키는 장래에 누나와 결혼할 거라고 말했었잖아."

"뭐……?!"

뜻밖의 말이었는지, 무시키는 무심코 새된 목소리로 그렇게 외쳤다.

그러자 사이카는 일부러 도끼눈을 뜨며 말했다.

"……호오? 그랬구나. 뭐야, 무시키. 나한테 일편단심이라고 했으면서, 실은 바람둥이였네."

"자, 잠깐만요! 마도 누나, 그게 몇 살 때 이야기야?! 나, 전혀 기억에 없거든?!"

"아아, 나도 노리개에 불과했던 건가. 슬픈걸."

"아니에요! 오해예요! 저기, 마도 누나?! 마도 누나~?!"

"……훗."

무시키가 도움을 청하듯 그렇게 외쳤지만, 마도카는 기분 좋아 보이는 표정으로 그 광경을 쳐다보며 미소를 머금을 뿐이었다.

종장 마지막으로, 뒤풀이는 성대하게 부탁드립니다

『―오늘 밤의 야회도, 멋진 시간이었어. 학원장인 쿠오자키 사이카의 이름으로, 이 자리에서 정원 야회의 폐막을 선언하지.』

주위에 설치된 스피커에서, 늠름한 목소리가 흘러나왔다.

신화급 멸망인자 〈수르트〉의 토벌, 그리고 쿠가 마도카와의 싸움을 마치고 약 세 시간 후. 일출을 기다리는 〈정원〉에서는 야회의 폐회식이 열리고 있었다.

중앙 광장의 특설 무대에 선 이는 물론 쿠오자키 사이카― 무시키였다. 연단에 놓인 마이크를 향해, 힘찬 목소리로 말했다.

『신화급 멸망인자의 습격이라는 특급 재해가 벌어졌지만, 단 한 명의 사상자도 내지 않고 폐회식을 맞이한 것을 자랑스럽게 여겨. 여러분의 헌신에 진심으로 감사해. ―그리고, 중앙 학사의 식당을 일시적으로 무료 개방하기로 했어. 뒤풀이에 이용하도록. 그리고 안비에트 스바르나 교사가 특별 메뉴를 제공해 준다던 걸.』

그 말이 나온 순간, 주위에 있던 〈정원〉 학생들이 일제히 박수와 환성을 보냈다.

"오오……?!"

"역시 마녀님! 배포가 커!"

"학원장 선생님, 사랑해~!"

"뭐?! 잠깐만 있어 봐! 지금 바로냐?!"

초조함이 섞인 항의의 목소리도 들려온 것 같지만, 주위의 환성과 무대 뒤편에서 발사된 불꽃놀이용 폭죽 소리에 가려졌다. 인식 저해 결계가 없었다면, 인근 주민들의 항의가 빗발쳤을 게 틀림없을 정도로, 분위기가 고조됐다.

그 모습을 쿠로에— 사이카는 마도카와 단둘이서, 중앙 학사의 발코니에서 보고 있었다.

"……그래. 확실히, 무시키가 없으면 안 되겠네."

"한심한 일이지만 말이지. 지금은 무시키의 연기력에 기댈 수밖에 없는 실정이야."

여기서라면 남이 대화를 듣는 것을 걱정할 필요가 없다. 그래서 사이카는 원래의 말투로 그렇게 대답했다.

무대 위의 무시키를 응시하던 마도카는 이윽고 감회 섞인 숨결을 토했다.

"……그건 그렇고 누나~ 누나~ 하며 항상 내 뒤를 쫓아다니던 그 무시키가 약혼자를 소개해 주는 날이 찾아올 줄이야. 기뻐할 일이지만, 마음이 좀 복잡해."

"……딱히 약혼자인 건 아닌데 말이지."

사이카가 볼을 붉히며 그렇게 말하자, 마도카는 뜻밖이

라는 듯이 고개를 갸웃거렸다.

"……그래? 꽤 즐겁게 반지를 고르던데 말이야."

"잠깐만. 그건 무시키의 이미지 속 이야기잖아."

"결혼식은 예배당 파인가……. 드레스를 준비해야겠네."

"아니, 그러니까……."

"……훗. 농담이야. 일단은 그런 것으로 해 두겠어."

마도카는 의미심장한 목소리로 그렇게 말하며 어깨를 으쓱했다. 사이카는 질렸다는 듯이 한숨을 내쉬었다.

그러자 마도카는 벽에 기대 세워 둔 기타 케이스를 등에 멨다.

"흠, 어디 가는 거지?"

"……돌아가려는 거야. 볼일은 마쳤잖아. 무시키의 의지와 상황은 확인했고— 너도, 사전에 들은 평판과 다르게 꽤 믿을 만한 사람 같거든."

"……그거 영광인걸."

사이카는 쓴웃음을 머금으며 어깨를 으쓱한 후, 말을 이었다.

"하지만, 이제부터 뒤풀이를 할 거야. 무시키, 루리와 인사라도 나누는 게 어때?"

"……그런 자리에 보호자가 있으면 흥이 가실 뿐이잖아? 따로 날을 잡겠어."

마도카는 그렇게 말하며 가볍게 손을 흔들더니, 발코니

를 벗어나려 했다.

하지만 마도카는 뭔가가 생각난 것처럼 갑자기 걸음을 멈췄다.

"……맞아. 너한테 해 둘 말이 하나 있어."

"흐음, 뭐지?"

"……약속은 약속이야. 특별히, 나를 형님이라고 부르는 걸 허락해 주겠어."

"그거 고마운걸……."

사이카는 힘없이 쓴웃음을 흘렸다. ……자기가 먼저 그렇게 부르기는 했지만, 정식으로 허락을 받고 나니 왠지 그렇게 부르기 어려웠다.

하지만, 하고 마도카는 덧붙여 말했다.

"……두 사람의 몸이 분리되어서 진짜로 결혼하게 되면, 정식으로 인사를 받을 거야."

마도카가 그렇게 말하자, 사이카는 볼을 붉히며 진땀을 흘렸다.

"글쎄. 내가 프러포즈를 받아들일 거란 보장은 없고, 그 전에 무시키의 마음이 바뀔 수도 있지 않으려나?"

"전자는 너한테 달렸지만, 후자는 아마 있을 수 없겠지. 그건 너도 알고 있지 않아?"

"……."

사이카가 볼을 더 붉히며 입을 다물자, 마도카는 조용히 말을 이었다.

"……편애가 조금 섞인 평가일지도 모르지만, 무시키는 괜찮은 남자야. 좀 폭주하는 경향이 있기는 해도 도리에 어긋나는 짓은 하지 않고, 정도 많지. ─무엇보다, 사랑하는 사람을 배신하는 짓은 절대 하지 않을 거라고 단언할 수 있어."

"으음. 그건…… 그래……."

"……하지만, 그걸 믿고 방심하는 것도 추천하진 않아."

"뭐?"

사이카가 눈을 동그랗게 뜨자, 마도카는 차분한 어조로 말을 이었다.

"마음이 정리되면, 그 애와 제대로 마주해 줬으면 좋겠어. ─무시키는 저래 봬도 자기도 모르게 여자를 후리고 다니는 녀석이거든. 네가 방심한 사이에, 다른 사람이 채 갈지도 몰라."

"그건─."

그 말을 들은 순간, 사이카는 심장이 옥죄어 드는 듯한 느낌을 받았다.

그런 사이카의 모습을 본 마도카는 웃음을 흘렸다.

"……뭐야. 괜한 참견이었나 보네."

마도카는 그렇게 말한 후, 그 자리를 벗어났다.

◇

 ──중앙 학사에서 나온 후, 시끌벅적한 광장 옆의 한적한 도로를 따라, 〈정원〉 부지 밖으로 향했다.

 인식 저해 결계를 빠져나간 마도카는 뒤편을 힐끔 쳐다봤다.

 방금까지 들리던 불꽃 소리와 환성이, 전혀 들리지 않았다. 마치 갑자기 〈정원〉이 잠든 것만 같았다.

 〈정원〉 외벽에는 검게 타들어 간 흔적, 그리고 그것을 둘러싸듯 노란색 테이프가 쳐져 있었다. 그것을 보고 뭔가가 생각난 것처럼, 마도카의 눈썹이 희미하게 떨렸다.

 "……아, 그래."

 그러고 보니, 여기에 오는 길에 바이크 한 대를 박살냈었다.

 자기 발이 되어 줄 교통수단을 잃었으니 어쩔 수 없다. 마도카는 작게 한숨을 내쉰 후, 어두운 길을 따라 홀로 걸었다.

 그리고 얼마나 걸어갔을까.

 『아~, 잠깐만 기다려 주세요. 거기 있는 멋진 언니.』

 "……응?"

 뒤편에서 누군가가 말을 걸어 오자, 마도카는 걸음을 멈추며 그쪽을 돌아봤다.

그러자, 고양이 혹은 뼈를 연상케 하는 디자인의 인형 탈을 입은 인물이 달을 등진 채 서 있는 모습이 눈에 들어 왔다. 아마 정원 야회에서 빠져나온 것이리라. 밤길에 홀로 서 있는 그 모습이 꽤 비현실적이었다.

"……그 인형 탈은 뭐야?"

『아, 몰라요? 스컬 캣인 호네코 양이에요. 요즘 항간에서 엄청 인기를 얻게 만들려고 포교 중인 캐릭터죠.』

인형 탈이 장난스러운 말투로 그렇게 말했다. 그러자 마도카는 미간을 살짝 좁히면서 대꾸했다.

"……그런 의미가 아냐. 얼굴을 가린 채로 사람과 이야기를 나누는 거야?"

『아, 실례했어요. 사실 이 몸은 꽤 유명인이라서요. 이렇게라도 안 하면 팬에게 둘러싸이거든요~.』

그렇게 말한 상대방이 양손으로 머리 부분을 벗자, 뿅~ 하는 코미컬한 소리가 났다.

인형 탈을 입고 있는 사람은 화려한 외모를 지닌 소녀였다. 핑크와 블루 색상으로 컬러링된 머리카락과 눈가를 강조하는 듯한 화장, 그리고 귀에는 피어스와 이어 커프스가 줄지어 달려 있었다.

"……너는 누구지?"

마도카가 미심쩍은 어조로 그렇게 묻자, 소녀는 인형 탈을 벗으면서 말을 이었다.

"만나서 반가워요. 이 몸은 토키시마 쿠라라라고 해요. —전직 〈누각〉 소속 마술사이자 천하무적의 방송인.^(마기튜버) 그리고 무시삐의 여친 후보죠~."

"……무시삐?"

"아, 쿠가 무시키 씨 말이에요~."

"……흐음."

소녀— 쿠라라가 그렇게 말하자, 마도카는 눈을 가늘게 떴다.

"……그런데, 나한테 무슨 볼일인데?"

"이야~, 야회에서 이런저런 이야기를 들었거든요. 그래서 이 몸도 무시삐의 누님분과 친해지고 싶지 뭐예요~. 그도 그럴 것이 장래에 이 몸의 형님이 될지도 모르는 분이잖아요? 게다가 제4현현의 보조를 받았다고는 해도, 〈수르트〉를 맨몸으로 토벌하는 건 말도 안 되잖아요~. 이거 확인사를 해야겠다 싶더라니까요. —그리고, 쿠오자키 사이카라는 성격 더러운 마녀에게 농락당할 위기에 처한 무시삐를 함께 구출하죠!"

"……그 건에 관해서는 일단 관망하기로 했어. 앞으로 어떻게 될지는 무시키와 그녀에게 달렸지. 그리고, 현재 딱 하나 확실한 건—."

마도카는 쿠라라를 날카롭게 노려보며 말했다.

"—너, 상당한 거짓말쟁이구나."

"꺄아☆ 그렇게 보였어요?"

마도카가 그렇게 말하자, 쿠라라는 딱히 충격을 받지는 않은 것처럼 윙크했다.

"……뭐, 좋아. 무시키의 여친 후보를 자처한다면, 해야 할 일은 하나야."

마도카는 조용한 어조로 그렇게 말하더니, 기타 케이스 안에서 칼집에 들어 있는 칼을 꺼내 들었다.

"—나한테, 이겨 봐."

"휘유— 언니는 참 멋지네요~."

달빛 아래에서, 쿠라라는 입술을 일그러뜨리며 씨익 웃었다.

폐회식 인사를 마친 무시키가 원래 모습으로 되돌아가서 식당에 가 보니, 그곳에서는 이미 연회가 벌어지고 있었다.

테이블 위에는 가벼운 식사와 과자, 그리고 안비에트가 서둘러 완성한 듯한 특제 메뉴가 놓여 있었으며, 학생들은 종이컵에 담긴 소프트 드링크로 건배를 하고 있었다.

밤에 개최되는 정원 야회의 특성상, 뒤풀이가 열리는 것도 해가 뜰 때까지다. 다들 밤새도록 일해서 피곤할 테지만, 야회를 성공리에 마쳤다는 충실감 덕분인지 신화급 멸

망인자의 습격에서 살아남았다는 고양감 덕분인지는 몰라
도 졸려 보이는 사람은 많지 않았다. 다들 흥분한 목소리
로 이야기꽃을 피우고 있었다.

"―아, 쿠가. 어디 갔던 거야. 이미 뒤풀이를 시작했다고."

"항상 중요한 순간에 없다니깐~. 미인 대회 봤어? 마녀
님이 나오셨어. 그것도 그랜드 위치 의상으로 말이지!"

무시키를 발견한 친구들이 말을 건네왔다. ……무시키야
말로 무대 위에 선 본인이니 물론 알고 있지만, 그 사실을
밝힐 수는 없기에 분해 죽겠다는 투로 「어, 어~, 그랬구
나. 놓쳐서 아쉽네~」하고 대꾸했다.

그 말을 들은 건지, 히즈미도 다가왔다. 모든 일을 마쳐
서 그런지 표정이 조금 환해졌달까, 눈동자에 인간성이 돌
아온 듯한 느낌이 들었다.

"아, 쿠가. 누님분과의 일은 잘 해결됐어?"

"아, 응. 그런 것 같아……."

무시키는 히즈미한테서 탄산음료를 건네받으면서, 애매
하게 답했다. ―바로 그 결과를 확인하기 위해, 무시키는
이곳으로 돌아온 것이다.

그렇다. 어찌어찌 마도카의 설득에 성공하기는 했지만,
무시키는 사이카로서의 사후 처리와 폐회 선언을 하느라
쿠로에에게 뒷일을 맡길 수밖에 없었다. 그후로 두 사람
사이에 어떤 대화가 오갔는지, 신경이 쓰여서 견딜 수가

없었다.

　물론 산전수전 다 겪은 쿠로에가 실수를 범할 리가 없다고 생각하지만—.

　"아—."

　바로 그때, 친숙한 뒷모습을 발견한 무시키는 그 사람에게 다가갔다.

　다른 이들과 조금 떨어진 자리에, 쿠로에가 앉아 있었던 것이다.

　"—쿠로에, 여기 있었군요."

　"······!"

　무시키가 등을 두드리며 그렇게 말하자, 쿠로에는 흠칫하며 어깨를 부르르 떨었다.

　"······느닷없이 말을 걸지 말아 달라고 부탁드렸을 텐데요?"

　"어? 아······ 죄, 죄송해요."

　무시키가 고개를 갸웃거리며 사과하자, 쿠로에는 작게 헛기침하면서 자세를 바르게 고쳤다.

　"그런데, 대체 무슨 일입니까?"

　"아니, 저기, 누나 말인데요. 그 후로 어떻게 됐나요?"

　"······걱정 마시길. 별일 없이 귀가하셨습니다. 무시키 씨의 건에 관해서는 한동안 관망하시겠다더군요."

　"그런가요······! 고마워요. 여러모로 폐를 끼쳐 죄송해요."

　"아뇨. 무시키 씨는 〈정원〉에 있어 꼭 필요한 분인 만큼,

이 정도는 당연합니다. 〈정원〉에 있어서 말이죠. 네, 그렇고 말고요. 〈정원〉에 있어 필요한 분이니, 전혀 이상할 게 없습니다."

"……쿠로에?"

쿠로에가 강조하듯 그렇게 말하자, 무시키는 고개를 갸웃거렸다.

"무슨 일 있었어요? 왠지…… 마도 누나와 싸울 때부터 어딘가 이상해 보였는데……."

"네? 아무렇지도 않습니다만? 괜한 추측은 자제해 주십시오."

차가운 어조로 그렇게 말한 쿠로에는 뭔가가 생각난 듯이 말을 이었다.

"……그러고 보니 누님분에게 염화를 날릴 때, 제가 한 말 말입니다만……."

"아, 네. 그건—."

무시키는 그 말을 듣고 무심코 볼을 붉혔다.

쿠로에가 무엇을 말하는 건지, 짐작된 것이다.

(—사랑해, 무시키.)

그렇다. 그때 쿠로에는 무시키의 귓가에서 그렇게 속삭였다.

작전을 미리 알려 줬지만, 그것은 쿠로에의 애드리브였다. 결과적으로 그 예상 못 한 충격 덕분에 무시키의 이미지는 폭발적으로 부풀어 올랐고, 마도카에게 그렇게 강렬한 염화를 날릴 수 있었다.

하지만……

"—그건, 무시키 씨가 지닌 이미지의 출력을 높이기 위한 고육지책이었다는 건 이해하고 계시겠죠? 결코, 결단코, 괜한 착각을 하지 말아 주시길 바랍니다."

쿠로에는 무시키의 눈을 쳐다보지도 않으면서, 차가운 목소리로 그렇게 말했다.

그 쌀쌀맞은 태도를 본 무시키는 식은땀을 삐질삐질 흘렸다.

쿠로에의 말투는 원래 담담한 편이고, 그 말이 마도카를 쓰러뜨리기 위한 수단인 것도 이해하고 있다. —하지만, 이건 명백하게 이상했다. 무시키는 거품을 입에 물면서, 쿠로에의 시선 앞으로 이동했다.

"저, 저기, 나, 혹시 쿠로에의 기분을 상하게 할 만한 짓을 했나요……?"

"……그렇지 않습니다만? 무시키 씨의 사소한 행동 탓에 제가 태도를 바꾸리라고 생각하는 겁니까? 자의식 과잉에도 정도가 있습니다."

쿠로에는 고개를 휙 돌리면서 그렇게 말했다. 그러자 무시키는 아연실색한 표정을 지을 수밖에 없었다.

바로 그때였다.

"쿠우우우우우우로오오오오오오오오에에에에에에에에에에에—."

그런 원망에 찬 목소리가 들려오는가 싶더니, 머리에 회중전등 두 개를 끈으로 묶어서 단, 괴상한 모습을 한 루리가 나타났다.

"여기 있었구나, 이 도둑 까마귀이이잇……!!『마녀의 저택』에서 한 발언에 관해, 설명해 줘야겠어어어어엇……!"

그렇게 말한 루리는 쿠로에를 노려봤다.

하지만 쿠로에는 딱히 동요하지 않으며 한숨을 가볍게 내쉬었다.

"그러고 보니, 그런 이야기도 했었죠. —그건 누님분을 설득하기 위한 방편이었습니다. 저는 무시키 씨에게 특별한 감정을 눈곱만큼도 품고 있지 않으니 안심하시길."

"……!"

쿠로에가 딱 잘라 그렇게 말하자, 무시키는 그 자리에서 무너지듯 주저앉을 뻔했다.

……아니, 딱히 기대하고 있었던 건 아니다. 하지만 저런 말을 들으니, 마음이 꿰뚫리는 듯한 충격을 받고 말았다.

하지만…….

"……뭐? 무슨 소리야. 완전 좋아해서 피하기 모드잖아!"

"어……?"

"……?!"

이어지는 루리의 말을 들은 무시키는 눈을 동그랗게 떴고, 쿠로에는 숨을 삼켰다.

"좋아해서…… 피하기?"

"맞아! 자기 마음을 눈치채고 부끄러워진 나머지, 상대방과 예전처럼 이야기를 나누지 못하게 된 거잖아! 초딩이냐~!"

"……."

한동안 입을 다물고 있던 쿠로에는 곧 자리에서 벌떡 일어나더니, 그대로 줄행랑을 쳤다.

"앗, 잠깐만, 아직 이야기 안 끝났거든~?!"

루리는 발끈하며 쿠로에를 향해 그렇게 고함쳤다.

상황을 파악하지 못한 무시키는 그저 이 광경을 멍하니 쳐다보고 있을 수밖에 없었다.

◇

"아…… 큰일났어……."

쿠로에— 사이카는 인적 없는 장소에 도착하더니, 벽에 등을 맡기며 주저앉았다.

솔직히 말해, 아무 말도 하지 않고 도망치는 건 최악의 선택지다. 하지만 자신의 지금 얼굴을 무시키와 루리에게 보여 주는 것만은 피하고 싶었다.

거울을 안 봐도 알 수 있다. 얼굴이 새빨개졌을 것이다.

사이카는 열기를 식히려는 듯이 손으로 얼굴을 감쌌다.

"어쩌지. 이거…… 진짜로 큰일이네……."

어둠에 뒤덮인 학원 한편에서…….

쿠오자키 사이카는 세계 최강의 마술사답지 않은 말을 입에 담았다.

■ 작가 후기

오랜만입니다. 타치바나 코우시입니다. 『왕의 프러포즈 7 오흑의 종자』를 여러분께 전해드립니다. 어떠셨는지요. 재미있으셨기를 빕니다.

이번 권의 표지를 장식한 건 카라스마 쿠로에. 제1권부터 등장한 최고참이자 이야기의 핵심 인물입니다.

감이 좋은 분은 눈치채셨을지도 모릅니다만, 이번 권의 표지는 왕프 1권과 대비를 이루고 있습니다. 나란히 두고 보시면 좀 재미있을지도 모릅니다. 끝내주는 연출입니다. 우후후. 실은 말이죠. 쿠로에가 바로 ○○○예요(1권을 읽지 않은 독자 여러분을 위해 가렸습니다)……

새로 등장한 무시키와 루리의 누나, 쿠가 마도카를 표지에 실을까도 했습니다만, 이야기상 이번 표지는 쿠로에여야만 해……! 라고 생각해, 지금 같은 형태가 됐습니다. 마도카도 꽤 마음에 드는 캐릭터라 아쉽습니다만, 표지에 등장하지 않는 대신에 작품 안에 그녀의 매력을 담았으니 결과적으로 잘 됐다고 생각합니다.

자, 이번에도 많은 분께서 도와주신 덕분에 책을 낼 수 있었습니다.

일러스트레이터이신 츠나코 씨. 이번에도 멋진 일러스트를 그려 주셔서 감사합니다. 마도카를 디자인할 때, 「좀 더…… 눈매를 험악하게 부탁합니다!」, 「분노타입이 아니라 우울 타입으로 해 주세요!」, 「가늘고 깊은 느낌으로 가죠!」, 「다크 서클을 더 진하게!」, 「이 날카로운 느낌이에요!」, 「이만한 걸 그리느라 잠들지 못한 밤도 있었겠네!」 같은 무모한 요구를 해 대서 죄송합니다. 덕분에 정말 멋진 캐릭터가 됐다고 생각합니다.

디자이너이신 쿠사노 씨, 그리고 담당 편집자님께도 매번 감사드립니다. 「1」과 「7」의 닮은꼴이란 점을 멋지게 살린 표지 디자인을 보고 무심코 무릎을 쳤습니다. 대단해요.

편집, 출판, 유통, 판매 등, 이 작품에 관여해 주신 모든 분. 그리고 지금 이 책을 손에 쥐신 여러분께 진심으로 감사드립니다.

자, 이번 권에서 관계가 진전된 무시키와 사이카는 앞으로 어떻게 될까요.

그 점이 신경 쓰이는 분께서는 『왕의 프러포즈』 8권에서 확인해 주셨으면 합니다.

2024년 11월 타치바나 코우시

■ 역자 후기

안녕하십니까. 근로청년 번역가 이승원입니다.

『왕의 프러포즈 7 오흑의 종자』를 구매해 주셔서 진심으로 감사드립니다.

저는 추석 연휴에 이 글을 쓰고 있습니다. 이번 추석은 토일 휴무인 사람은 일주일, 한글날 다음 날인 금요일도 쉬시는 분은 장장 열흘간의 울트라 장기 휴가입니다. 이 긴 휴가를 독자 여러분은 어떻게 보내고 계신지요. 가족 친지와 풍성하고 행복한 시간을 보내는 분도 계시겠죠. 이 긴 휴가를 이용해 즐거운 여행을 떠나는 분도 계시리라 생각합니다. 아니면 이참에 집에 쌓여 있는 소설, 애니메이션, 게임을 열심히 즐기는 분도 계시지 않으려나요.

참고로 저는…… 일합니다. 마감이 너무 많아요! 게다가 아버지 성묘 및 벌초도 다녀와야 하고, 아프신 어머니 대신해서 추석 음식도 해야 하고, 집에 오는 친지들 접대도 해야 하고, 친척 어르신들 인사도 가야 합니다, AHAHA.

……그리고 틈틈이 번역, 번역, 번역~까지 해야 하네요.

이번 마감 지옥이 끝나고 나면…… 저도 게임하고 싶습니다. 슈퍼한 로봇이 대전을 펼치는 게임을 사 놓고 아직 포장도 뜯지 못했어요ㅠㅜ

독자 여러분은 풍성하고 즐거운 한가위 보내셨길 진심으로 빕니다!

그럼, 왕의 프러포즈 7권에 관한 이야기를 조금 해 볼까 합니다. 스포일러가 포함되어 있으니 아직 본문을 읽지 않으신 분은 유의해 주시길!

이번 권의 히로인은 카라스마 쿠로에! 이 작품의 진! 히로인이라고 불러야 할지, 정! 히로인이라고 불러야 할지 고민이 되는 캐릭터입니다.

……사실 쿠가 마도카와 카라스마 쿠로에 중에서 누구를 이번 권의 히로인이라 불러야 할지 고민됩니다만…… 그래도 역시 표지를 장식하고 있는 캐가 메인 히로인! 인 게 이제까지의 왕프 공식이었으니까요. 그래서 저는 쿠로에가 히로인이라고 생각합니다!

〈공극의 정원〉 문화제인 『정원 야회』를 무대로, 무시키의 누나이자 보호자인 마도카에게 정원 전학한 것을 인정받으려 하는 무시키. 하지만 마도카는 마술사가 아닌데도 정말 만만치 않은 사람이었습니다. 사이카로 변한 무시키를 바로 간파하는 눈썰미, 그 어떤 사고에 휘말려도 살아남는 생명력, 그리고 신화급 멸망인자까지 해치우는 압도적인 전투력…… 그런 누님의 설득에 무시키가 고전하는 가운데, 누님 설득 작전은 스페셜 게스트까지 동원되며 펼쳐집니다. 그리고 최종적으로 펼쳐지는 건 마도카vs쿠로에! 그 결말은 독자 여러분께서 직접 확인해 주시길!

그럼 이만 줄이겠습니다.

L노벨 편집부 여러분, 항상 재미있는 작품을 맡겨 주셔서 감사합니다. 추석 잘 보내셨길 진심으로 빕니다!

추석 연휴라고 인사하러 온 악우여. 내가 구운 전 날름날름 먹으면서 울 오마니와 티비 보면서 수다 떠니 좋더냐~. 다음에 또 쳐들어오면 너도 요리 시킬 거다, 짜샤!

마지막으로 항상 제 버팀목이 되어 주시는 어머니와 『왕의 프러포즈』를 읽어 주신 모든 분에게 진심으로 감사드립니다.

수학여행지인 홋카이도에서 사이카가 데이트를 하는(누구와?) 『왕의 프러포즈 8』 역자 후기 코너에서 다시 뵙겠습니다!

2025년 10월 초
역자 이승원 올림

왕의 프러포즈 7

초판 1쇄 발행 2025년 12월 10일

지은이_ Koushi Tachibana
일러스트_ Tsunako
옮긴이_ 이승원

발행인_ 최원영
본부장_ 장혜경
편집장_ 김승신
편집진행_ 권세라 · 최혁수 · 김경민 · 최정민
편집디자인_ 양우연
국제업무_ 박진해 · 조은지 · 박지현 · 남궁명일
관리 · 영업_ 김민원 · 조은걸

펴낸곳_ (주)디앤씨미디어
등록_ 2002년 4월 25일 제20−260호
주소_ 서울시 구로구 디지털로 32길 30, 코오롱디지털타워빌란트 1301−1308호
전화_ 02−333−2513(대표)
팩시밀리_ 02−333−2514
이메일_ lnovellove@naver.com
ㄴ노벨 공식 카페_ http://cafe.naver.com/lnovel11

OSAMA NO PROPOSE Vol.7 UKOKU NO JUSHA
ⓒKoushi Tachibana, Tsunako 2024
First published in Japan in 2024 by KADOKAWA CORPORATION, Tokyo.
Korean translation rights arranged with KADOKAWA CORPORATION, Tokyo..

ISBN 979−11−278−8539−7 04830
ISBN 979−11−278−6866−6 (세트)

값 8,500원

내 화염에 무릎 꿇어라, 세계여 1~4권

스메라기 히요코 지음 | Mika Pikazo 일러스트 | 텟타 배경화 일러스트 | 김장준 옮김

'기회만 있으면 뭔가 불태우고 싶다…….'
그런 욕구를 가진 호무라는 이세계로 불려간다.
그곳에는 똑같이 이상한 여고생이 모여 있었고
특별한 재능을 가진 그녀들에게 이 세계를 구해 달라는 이야기가 나오는데?
100년 만에 부활한 마왕, 혼란에 틈타 활개 치는 악당들.
대혼란의 시대를 평정하기 위해서 소녀들은 세계의 운명을 짊어진다―.
"당신 악당이에요? 그럼 마음 놓고 불태울 수 있죠!"
불로 정화하는 것이야말로 정의! 소각 처분에 대흥분!!
압도적 화력으로 세계를 제압하는
정상인 듯 정상 아닌 미소녀 호무라의 미래는?!

최강 방화녀의 이세계 코미디!!

데스마치에서 시작되는 이세계 광상곡 1~32권, EX

아이나나 히로 지음 | shri, 나가하마 메구미 일러스트 | 박경용 옮김

한창 데스마치를 치르던 프로그래머 스즈키 이치로(29).
『사토』란 닉네임을 쓰는 그가 잠시 잠들었다 깨어나 보니
듣도 보도 못한 이세계에 방치되어 있었다!
혼란에 빠질 틈도 없이 눈앞에는 처음 보는 괴물의 대군이 다가오고,
하늘에서는 유성우가 쏟아진다.
정신을 차리고 보니, 최강 레벨의 힘과 막대한 부를 손에 넣었는데……?!
이렇게 사토의 『유유자적, 가끔 시리어스, 그리고 하렘』인
이세계 모험담이 시작된다!!

최강 레벨과 막대한 재보를 가지고
시작되는 유유자적 이세계 관광!!